U0679206

日读古诗词

朱伟 著

中信出版集团 | 北京

图书在版编目（CIP）数据

日读古诗词 / 朱伟著 .-- 北京：中信出版社，
2019.9（2019.9 重印）
ISBN 978-7-5217-0550-8

I. ①日… II. ①朱… III. ①古典诗歌—诗歌欣赏—
中国 IV. ① I207.22

中国版本图书馆 CIP 数据核字（2019）第 086847 号

日读古诗词

著　　者：朱伟
出版发行：中信出版集团股份有限公司
（北京市朝阳区惠新东街甲 4 号富盛大厦 2 座　邮编　100029）
承 印 者：北京盛通印刷股份有限公司

开　　本：880mm × 1230mm　1/32　　印　　张：14.75　　字　　数：400 千字
版　　次：2019 年 9 月第 1 版　　印　　次：2019 年 9 月第 4 次印刷
广告经营许可证：京朝工商广字第 8087 号
书　　号：ISBN 978-7-5217-0550-8
定　　价：69.80 元

版权所有 · 侵权必究
如有印刷、装订问题，本公司负责调换。
服务热线：400-600-8099
投稿邮箱：author@citicpub.com

清代　石涛　陶渊明诗意册页·悠然见南山

南宋　刘松年　四景山水图·冬景

目录

明代　蓝瑛　仿古山水册十二开 · 偶法郭河阳画

自　序

我一直以为，一年四季，从农历新年（现在叫春节）到除夕，人与天地万物和谐共处，让一天天过得有滋有味，我们古人一代代传下来，其实有一个“密码本”。我们古人的认识中，人在天地万物的荫蔽呵护之中，这个“密码本”是教人认识自己与天地万物的关系的。

现在回想，我祖母那一代，是有在天地万物中的敬畏心的。祖母28岁生我父亲，母子不到30年的年龄距离，却似乎清晰分界了新旧两个时代——祖母出生在光绪九年（1883），她生父亲是宣统二年[①]。父亲说过，他出生第二年，就没有皇帝了。我母亲比我父亲小三岁，则一出生就是民国，她自豪地逃脱了缠足，完全是被新思想洗礼的知识女性了。

祖母活到96岁，不识字，但这不妨碍她一直维持高傲的姿态。母亲说，祖母是一直看不起她的。母亲的说法是，因为她出身相对贫寒。我的理解，则可能主要是因为母亲身上更少旧规矩的制约，祖母更看重规矩。

祖母是喜欢我的，直到1968年离家下乡前，我一直住在

---

① 我父亲是春节前生日，即1911年1月9日，按旧历纪年为宣统二年。——作者注

她房内，每晚都在她自己的捶背声中入睡。早上一睁眼，则每天香烟缭绕，祖母已经在念她的《心经》了。大姐说，这《心经》是她上师范学校时教祖母的，祖母背下来，就念了一辈子，直到“文革”也未中断，只不过安放观音的佛龛外，贴上了伟大领袖像而已。祖母在家不用拐杖，她的一双小脚秀气，但老了走不稳，踩在地板上晃悠悠，声音就很重。

祖母房里一排朝阳的明亮窗户，窗外屋脊上搭着花架，花架上摆满大大小小的花盆。她最喜欢千日红、石腊红与太阳花、石竹花。石腊红就是天竺葵，太阳花北方俗气的叫法是“死不了”，石竹花就是康乃馨了。千日红花开是一个个紫色披着无数细针的小圆球，祖母会剪下这些圆球，插在祭品上。祭祀是她隔三岔五极重要的工作，差别只在大祭还是小祭。小祭无非点三炷香，任香烟缭绕；大祭则要供上做好的鱼肉饭菜，是要磕头的。除了祖父的忌日，清明、农历七月十五与冬至，祖母的祭祀遍及先贤、地祇各种对象，她记着天上地下、神界冥界的各种生日。我总觉得，在她的世界里，天地鬼神是每时每刻活生生共同的存在，彼此是没有阻隔的。她知道什么节候该刮什么风，东南风变成了东北风，或者西北风变成了西南风，就要变天了。她知道雷公、电母、风伯、雨师对应的各路神仙，甚至能用神仙对应天上的星座。我的童年的天是湛蓝的，夜晚，天井上空是拥挤的星星。最美是秋夜：窗户洞开，清风轻拂着蚊帐，被月色映亮的檐下挂着祖母从市场买回装金蛉子、纺织娘的笼子，它们在月色中歌唱，祖母就躺在她的雕花红木大床里，隔着蚊帐，用疲倦的声音给我讲各路神仙。现在回顾，她的思维中，窗外是神界，这神界关注与作用着我们。家里居住的，除了我们，还有先祖、地祇，他们更是这个家具体的佑护者。祖母说，你做的事，先祖、地祇、神仙都能看到。她这样来理解因果报应——盛夏的每一记震天动地的雷声，在她的理解中，都是针对地上作孽的人的，幼小的我因此常毛骨悚然。我体会，老辈人正是在这样的天地人关系中产生敬畏心的。到我父母这一代，传统文化的根已被掘断，他们的敬畏心，则是被战争、逃难、你死我活的阶级斗争与政治运动、思想改造培养的了。

祖母没有文化，当然不可能接触那个神秘的所谓“密码本”。其实，早在吕不韦组织门下文人写《吕氏春秋》时，就想将前人对天地人关系的认识，整理成一个“密码本”。吕不韦身在当时的位置，是有确立天地人关系的野心的。这个“密码本”以《礼记·月令》的十二纪开头，他想在自然秩序中思考人的行为，通过物理、生理的对应，来梳理天地万物与人的关系。遗憾的是，吕不韦站在道家立场，不能将《周易》作为认识论的基础，更不可能用哲学思想，对应天时、地利来思考人和。

秦统一中国前，是古人思想飞扬的时期。可惜那时候，没能够诞生一部更深入认识天地人关系的“密码本”。待秦汉帝国强大后，皇权高于一切，文人就越来越成为帝王理想的附庸，无禁忌、无羁绊的思想巨人越来越少，文人也就将才华转向了诗赋。诗赋不产生思想，却对应一天天具体的日子，吟诵具体的天时地利人情。想想帝王时代，皇帝高坐金銮殿，群臣俯首听命，于是，一代代才子都会“眷然有归欤之情”（陶渊明《归去来兮辞》句），或为官亦身在田园。于是，一代代的诗歌，青出于蓝而胜于蓝，就汇成了一个巨大的宝库。

我是因为无能力以古人认识天地人关系的哲学方法论解

释一年四季，才想到按照一天天的日子，去寻找古人在诗词吟诵中所体现的生活态度。退而求其次，我以为，这也能成为一个惬意天地万物中，过好每一天的“密码本”。于是，我就如一叶扁舟，驶进这温风扑面的海洋。从我萌生意向起，至今有四五年了。

刚开始的工作，是每天利用微博这个工具，将一天天能对应的诗词找出来。365 天，有些天，著名诗人留下的诗词多，选择性充裕。比如元旦、三月三、五月五、七月七、八月半、九月九。大多时间，选择性不多，没有对应的，或即使有，质量也不高，这就需要寻找。因此，第一项工作是选择。从开始筛选，到最后，确定还是以唐诗为主，宋词、宋诗为辅，个别魏晋南北朝诗。这是因为，唐诗其实是在汉魏晋南北朝诗基础上，发展的巅峰。古诗词浩如烟海，选择肯定有个人喜好的局限性。我所选唐诗，基本集中在李白、杜甫、白居易、王维、李商隐、李贺、杜牧、卢照邻……甚至白居易、王维最多。宋诗词中，则多是苏东坡、陆游诗，姜夔词。这都是因我自己之好。

本书其实是我自己日读的记录。退休后，我每天晚上用一个多小时时间，对应农历每天的诗词，要求自己真正读通一首。日读方法，也有一个渐进的过程。刚开始，只限于读懂选出的这一首诗。我读前人若有的笺注，但大多时间，弄清其中的字词，则靠字典、词典。日读，因此就成为不厌其烦、磨炼心性的过程——得不断去书架拿词典，翻词典，心急不得。我不断提醒自己，一定要有耐心。

这样读了一年，觉得比较简略。于是，诗词中的用词，前人用过，后人用过的意境，又延展做了阅读。每天的一首诗，就包含了四五首诗的内容。我尽量用简练的文字，即每天只用三四百字，其中的延展，短的引全诗，长的只引一二句，亦因我自己的喜好。读者可根据所引的诗名，自己再延伸阅读。

这个日读过程，我称之“修炼”——修炼自己的耐力。因为，每天基本要查一二十次词典，搜索词条，以尽量弄准诗中用词。生僻的字，我都做了拼音注。每天的词条，做完后我都发了微博，与朋友们一起分享，希望借此激发大家深读古诗词的兴趣，真正深入体会古人诗意之美，走进诗画中去，兴致勃勃过好每一天，而非只是停留在背诵比赛上，比能背多少首。我欣慰的是，这个过程中，已经带动了很多朋友抄我的日读，再与他人分享其中的体会。这就是网络互动时代的成果了。

这不是一本讲解性的书。如果详解每首诗的创作背景、每一个句子，会用很大的篇幅，就不是这样的体例了。我自己觉得，这本小书的实际价值：一是，对应一年四季中的每一天，我们可以将古人的诗意移植进自己的体会，那每天就都能在春风、夏雨、秋霜、冬雪中，在莺飞草长、蝉鸣云飘、蛩吟桂香、霰舞鹊应中，过得诗意横溢；二是，较之一代代古人，我们的语文水平真的是在日益退化。那么，这本小书又实在可成为每天的语文课，来重补我们的语文。唐诗宋词里的意境与用词，不是最好的语文课吗？

我是希望它能成为一本语文课本的，起码应该是初中以上学生的语文课本。

是为自序。

清代　清院本十二月令图册·正月

正月

昨夜东风入武阳，
陌头杨柳黄金色。

——李白 早春寄王汉阳

明代　吕纪　梅茶雉雀图

李贺《河南府试十二月乐词》中的“正月”：“上楼迎春新春归，暗黄著柳宫漏迟。薄薄淡霭弄野姿，寒绿幽风生短丝。锦床晓卧玉肌冷，露脸未开对朝暝。官街柳带不堪折，早晚菖蒲胜绾结。”“夕逐新春管，香迎小岁杯”是沈佺期诗。“管”是律管，十二月对应十二律，太簇对应正月，阳气初生，草木繁动。“著”是显著，附着，柳芽暗黄。“宫漏迟”是日渐长了。“霭”是云气，“日明烟霭薄”是皎然诗。“短丝”是草初生，李商隐有诗：“日暮向风牵短丝，血凝血散今谁是。”叶梦得后来写“玉肌”“露脸”：“睡粉轻消露脸新。醉红初破玉肌匀。尊前留得两州春。”“绾”（wǎn）是系，菖蒲要能系结，其实还需两月。

李　贺　河南府试十二月乐词
沈佺期　梅花落
皎　然　崔　万　潘　述　道观中和潘丞观青溪图联句
李商隐　无愁果有愁曲北齐歌
叶梦得　浣溪沙（睡粉轻消露脸新）

初一

王安石的《元日》家喻户晓："爆竹声中一岁除，春风送暖入屠苏。千门万户曈曈日，总把新桃换旧符。"北周王褒诗："飞甍雕翡翠，绣桷画屠苏。""甍"（méng）是屋檐，"桷"（jué）是屋角，"屠苏"本是画在屋角上的驱邪符号。王安石诗中"屠苏"指元日饮屠苏酒俗。卢照邻诗"汉代金吾千骑来，翡翠屠苏鹦鹉杯"，可见屠苏酒是翡翠色。"金吾"是皇城禁卫。"曈曈"是日出渐明貌，南朝梁何逊最早用"曀曀风愈静，曈曈日渐旰。习静闷衣巾，读书烦几案"。"曀曀"是阴沉昏暗貌，"旰"是晚。桃符原是挂在门上画门神的桃木牌，"守以郁垒，神荼副焉"。因为桃是五木之精，做桃符能压邪气。唐以后，桃木板上开始写联语，所以，王安石说的"新符"，已经是春联了。陆游的《岁暮作》："鱼贯长条兔卧盘，往来聊续里闾欢。旧符又拟新年换，残历都无半纸看。"

王　褒　日出东南隅行
卢照邻　长安古意
何　逊　苦热诗

初二

元稹“酬复言元日感怀诗”：“腊尽残销春又归，逢新别故欲沾衣。自惊身上添年纪，休系心中小是非。富贵祝来何所遂？聪明鞭得转无机。羞看稚子先拈酒，怅望平生旧采薇。去日渐加余日少，贺人虽闹故人稀。椒花丽句闲重检，艾发衰容惜寸辉。苦思正旦酬《白雪》，闲观风色动青旗。千官仗下炉烟里，东海西头意独违。”复言是时苏州刺史李谅。泪沾衣，“存亡三十载，事过悉成空。不惜沾衣泪，并话一宵中”是韦应物诗。“鞭聪明”是元日儿童游戏，约为鞭陀螺。“拈酒”是拿酒杯喝酒，“岁酒先拈辞不得，被君推作少年人”是白居易诗。采薇典自周武王灭殷后，伯夷、叔齐隐首阳山，采薇而食，指归隐。“艾”是苍白色，“寸辉”即寸阴。《白雪》即阳春白雪，青旗对应春。仗，仪仗，“仗下”指朝堂，“炉烟”指殿前香烟，“麒麟不动炉烟上，孔雀徐开扇影还”是杜甫诗。

元　稹　酬复言长庆四年元日郡斋感怀见寄
韦应物　话旧
白居易　岁假内命酒赠周判官、萧协律
杜　甫　至日遣兴，奉寄北省旧阁老两院故人二首·其二

初三

昔白居易此日闲行诗："黄鹂巷口莺欲语，乌鹊河头冰欲销。绿浪东西南北水，红栏三百九十桥。鸳鸯荡漾双双翅，杨柳交加万万条。借问春风来早晚，只从前日到今朝。"春机勃勃，时白居易在苏州，黄鹂要四月才鸣，此时是莺欲语。白居易的《何处春先到》："何处春先到？桥东水北亭。冻花开未得，冷酒酌难醒。就日移轻榻，遮风展小屏。不劳人劝醉，莺语渐丁宁。"乌鹊桥即鹊桥，男女相会处。白居易爱用"红栏"，他答元稹诗："摆尘野鹤春毛暖，拍水沙鸥湿翅低。更对雪楼君爱否？红栏碧甃点银泥。"多美！"甃"（zhòu）是井。鸳鸯感春嬉水，"今来净绿水照天，游鱼鱍鱍莲田田。洲香杜若抽心短，沙暖鸳鸯铺翅眠"也是白居易诗。"鱍（bō）鱍"是鱼摆尾声，"田田"是莲叶茂盛貌，乐府名句："江南可采莲，莲叶何田田。"《楚辞·九歌》："采芳洲兮杜若。"杜若是香草，也称杜衡。

白居易　正月三日闲行
白居易　答微之见寄
白居易　昆明春，思王泽之广被也

初四

苏东坡《正月三日点灯会客》诗："江上东风浪接天，苦寒无赖破春妍。试开云梦羔儿酒，快泻钱塘药玉船。蚕市光阴非故国，马行灯火记当年。冷烟湿雪梅花在，留得新春作上元。"此诗作于贬居黄州时。杜甫爱用"无赖"："眼见客愁愁不醒，无赖春色到江亭。即遣花开深造次，便觉莺语太丁宁。""妍"是美好，白居易亦用"春妍"："江亭乘晓阅众芳，春妍景丽草树光。""云梦"指楚地，"羔儿酒"即羊羔酒。"药玉"是用药物煮石为玉，"药玉船"即药玉杯、酒杯。东坡有《独酌试药玉滑盏》："熔铅煮白石，作玉真自欺。琢削为酒杯，规摹定州瓷。"可见此杯形态。蜀地新春祈蚕丝，买卖蚕具及他物为蚕市，韦庄词："锦里蚕市，满街珠翠，千万红妆。"苏辙有寄东坡蚕市诗，东坡有《和子由蚕市》，首为"蜀人衣食常苦艰，蜀人游乐不知还"，尾为"诗来使我感旧事，不悲去国悲流年"。"马行"是汴京旧城的养马区，上元节即正月十五。

白居易　江亭玩春

苏　轼　独酌试药玉滑盏，有怀诸君子。明日望夜，月庭佳景不可失，作诗招之

韦　庄　怨王孙（锦里蚕市）

初五

陶渊明有正月五日《游斜川》诗，苏东坡因此作《江城子》词，题记“元丰壬戌之春，余躬耕于东坡，筑雪堂居之。南挹四望亭之后丘，西控北山之微泉，慨然而叹，此亦斜川之游也”。词为：“梦中了了醉中醒。只渊明。是前生。走遍人间，依旧却躬耕。昨夜东坡春雨足，乌鹊喜，报新晴。　雪堂西畔暗泉鸣。北山倾。小溪横。南望亭丘，孤秀耸曾城。都是斜川当日境，吾老矣，寄余龄。”陶渊明诗前题记，有“悲日月之遂往，悼吾年之不留”之叹。诗为：“开岁倏五十，吾生行归休。念之动中怀，及辰为兹游。气和天惟澄，班坐依远流。弱湍驰文鲂，闲谷矫鸣鸥。迥泽散游目，缅然睇曾丘。虽微九重秀，顾瞻无匹俦。提壶接宾侣，引满更献酬。未知从今去，当复如此不？中觞纵遥情，忘彼千载忧。且极今朝乐，明日非所求。”“倏”（shū）是忽然，“鲂”即鳊鱼，“曾”通“层”，是重叠，“俦”（chóu）是蔽，席之半称“中觞”。

陶渊明　游斜川并序
苏　轼　江城子（梦中了了醉中醒）

初六

南宋朱淑真《忆秦娥·正月初六·夜月》词："弯弯曲。新年新月钩寒玉。钩寒玉，凤鞋儿小，翠眉儿蹙。　闹蛾雪柳添妆束。烛龙火树争驰逐。争驰逐。元宵三五，不如初六。"吴融写女子，用"暖金轻铸骨，寒玉细凝肤"。韦庄写捣衣，用"临风缥缈叠秋雪，月下丁冬捣寒玉"。朱淑真喻新年新月为寒玉、凤鞋儿、翠眉儿。"凤鞋"是绣花鞋，元朝岑安卿诗"露晞香径苔藓肥，凤鞋湿翠行迟迟"。青黛画眉，称翠眉，杜甫写《江月》，用了"翠眉颦"："江月光于水，高楼思杀人。天边长作客，老去一霑巾。玉露团清影，银河没半轮。谁家挑锦字，烛灭翠眉颦。""霑"是沾湿，"挑锦字"是挑锦线绣字寄征夫，"颦"是聚拢。南朝梁元帝有诗"横波满脸万行啼，翠眉暂敛千重结"。"闹蛾""雪柳"都是头饰，赵长卿词："闹蛾儿转处，熙熙语笑，百万红妆女。"李清照词："铺翠冠儿，捻金雪柳，簇带争济楚。"

吴　融　即席十韵
韦　庄　捣练篇
岑安卿　美人行
梁元帝　燕歌行
赵长卿　探春令（元宵）
李清照　永遇乐（落日镕金）

初七

昔北宋毛滂此日有《武陵春》词："春在前村梅雪里，一夜到千门。玉佩琼琚下冷云。银界见东君。　　桃花髻暖双飞燕，金字巧宜春。寂寞溪桥柳弄晴。老也探花人。"毛滂作词此日正逢立春节气。罗隐也有《京中正月七日立春》诗："一二三四五六七,万木生芽是今日。远天归雁拂云飞，近水游鱼迸冰出。"很直白。罗邺写梅雪："腊晴江暖鹧鸪飞，梅雪香黏越女衣。""鹧鸪"俗称油鸭。"玉佩琼琚"出自《诗经·郑风·有女同车》："有女同车，颜如舜华。将翱将翔，佩玉琼琚。""舜"即木槿，"琼琚"即玉佩，"春"为东君。有桃花面、桃花妆，"桃花百媚如欲语，曾为无双今两身"是温庭筠诗。立春剪彩为燕，帖"宜春"字。崔道融诗："欲剪宜春字，春寒入剪刀。辽阳在何处？莫望寄征袍。"溪桥是古诗中易怅惘的意境，杜牧诗："两竿落日溪桥上，半缕轻烟柳影中。多少绿荷相倚恨，一时回首背西风。"

毛　滂　武陵春（正月七日，武都雪霁立春）
罗　邺　南行
温庭筠　照影曲
崔道融　春闺二首·其二
杜　牧　齐安郡中偶题二首·其二

初八

该河边看柳了。李白的《早春寄王汉阳》："闻道春还未相识，走傍寒梅访消息。昨夜东风入武阳，陌头杨柳黄金色。碧水浩浩云茫茫，美人不来空断肠。预拂青山一片石，与君连日醉壶觞。"此时李白刚流放遇赦，已至晚年。诗中王汉阳即汉阳令王宰，此诗前有《望汉阳柳色寄王宰》："汉阳江上柳，望客引东枝。树树花如雪，纷纷乱若丝。春风传我意，草木度前知。寄谢弦歌宰，西来定未迟。""西来"指刚流放归来。此诗中武阳指江夏，白居易写早春柳，也用"黄金色"："青门柳枝软无力，东风吹作黄金色。街东酒薄醉易醒，满眼春愁销不得。""青门"是东门。白居易还有《青门柳》："青青一树伤心色，曾入几人离恨中。为近都门多送别，长条折尽减春风。"壶觞即酒壶、酒杯，陶渊明先用"壶觞"："引壶觞以自酌，眄庭柯以怡颜。倚南窗以寄傲，审容膝之易安。""眄"是望，"庭柯"是庭树。

白居易　长安春
陶渊明　归去来兮辞

初九

王勃的《早春野望》："江旷春潮白，山长晓岫青。他乡临睨极，花柳映边亭。"简洁。"江旷"是开阔，春潮白，还带寒气，暖即泛绿，王昌龄诗："映门淮水绿，留骑主人心。明月随良掾，春潮夜夜深。""掾"为州、府、县属官。岫是峰峦，陶渊明的句子："云无心以出岫，鸟倦飞而知还。"吴融的"晓岫近排吟阁冷，夜江遥响寝堂虚"，则完全是另一种意境。"睨"是顾视，"边"指边地、边疆，时王勃客居巴蜀，亦泛指远离故乡。方干的《忆故山》："旧山长系念，终日卧边亭。道路知已远，梦魂空再经。秋泉凉好引，乳鹤静宜听。独上高楼望，蓬身且未宁。""蓬"即飞蓬，古人以它喻人生，"蓬生非无根，漂荡随高风"是杜甫诗。

王昌龄　送郭司仓
陶渊明　归去来兮辞
吴　融　和峡州冯使君题所居
杜　甫　遣兴

初十

南宋黄升当年《贺新郎》词：“风送行春步。渐行行、山回路转，入云深处。问讯花梢春几许，半在诗人杖屦。点点是、祥烟膏露。中有瑶池千岁种，整严妆、来作巢仙侣。相妩媚，试凝伫。　　风流座上挥谈麈。更多情、多才多调，缓歌金缕。趁取芳时同宴赏，莫惜清樽缓举。有明月、随人归去。从此一春须一到，愿东君、长与花为主。泉共石，闻斯语。”“杖屦（jù）”是拄杖漫步，杜甫诗：“百丈牵江色，孤舟泛日斜。兴来犹杖屦，目断更云沙。”“巢栖”指隐居，“麈（zhǔ）尾”为名流清谈雅器，白居易诗：“童子装炉火，行添一炷香。老翁持麈尾，坐拂半张床。”“贺新郎”又称“金缕曲”，故称“缓歌金缕”。“樽”是酒杯，“东君”即春，“春风因过东君舍，偷样人间染百花”是薛涛诗。“斯”是代词，意“此”。黄升是福建人，福建此时，桃花开了。

杜　甫　祠南夕望
白居易　斋居偶作
薛　涛　试新服裁制初成三首·其二

清代　余穉　花鸟册

十一

南宋姜夔当年今日，有《鹧鸪天·正月十一日观灯》词，当时临安，早就“试灯”，可见灯市延续之长：“巷陌风光纵赏时，笼纱未出马先嘶。白头居士无呵殿，只有乘肩小女随。　花满市，月侵衣，少年情事老来悲。沙河塘上春寒浅，看了游人缓缓归。”“笼纱”是灯笼，元稹诗：“新帘裙透影，疏牖（yǒu）烛笼纱。”“呵殿”是前呵后殿，即随从。古代官员出行，仪卫前呵后殿，姜夔清贫，自称“居士”，指自己未仕。“乘肩”即骑在肩上。“市井怀珠玉，往来人未逢。乘肩娇小女，邂逅此生同”是黄庭坚诗。描写市集一个刀镊工，与一个七岁小女依伴为生，每日所得钱，“醉则簪花吹长笛，肩女而归”。“花满市，月侵衣”在姜夔另一首《鹧鸪天·元夕不出》中，就变成“帘寂寂，月低低。旧情惟有绛都词”。“绛都春”是词牌名。沙河塘在杭州城南五里，苏东坡的“今夜送归灯火冷，河塘。堕泪羊公却姓杨”，张先的“宾从夜归无月，千灯万火河塘”，写的都是沙河塘。

元　稹　感石榴二十韵
黄庭坚　陈留市隐
苏　轼　南乡子（和杨元素）
张　先　河满子（陪杭守泛湖夜归）

十二

元宵日近，又该读李清照这首《永遇乐·元宵》：“落日镕金，暮云合璧，人在何处？染柳烟浓，吹梅笛怨，春意知几许。元宵佳节，融和天气，次第岂无风雨。来相召，香车宝马，谢他酒朋诗侣。　　中州盛日，闺门多暇，记得偏重三五。铺翠冠儿，捻金雪柳，簇带争济楚。如今憔悴，风鬟霜鬓，怕见夜间出去。不如向，帘儿底下，听人笑语。”“人在何处”的意境大约出自南朝梁江淹的“西北秋风至，楚客心悠哉。日暮碧云合，佳人殊未来”。“吹梅”指古《梅花落》曲，宋之问诗：“羌笛写龙声，长吟入夜清。关山孤月下，来向陇头鸣。逐吹梅花落，含春柳色惊。行观向子赋，坐忆旧邻情。”“次第”是依次，香车宝马，王维写元夜就开始用了：“香车宝马共喧阗，个里多情侠少年。”“喧阗”就是喧哗。“中州”指汴京，此词作于南渡后。“翠冠儿”“雪柳”都是头饰，“捻金”是金线捻丝，“簇”即簇拥，“济楚”是美好。“有个人人，生得济楚，来向耳畔，问道今朝醒未”是周邦彦词。

江　淹　休上人怨别诗
宋之问　咏笛
王　维　同比部杨员外十五夜游有怀静者季
周邦彦　红窗迥（仙吕）

十三

后天元宵。欧阳修的《生查子·元夕》词："去年元夜时，花市灯如昼。月上柳梢头，人约黄昏后。　　今年元夜时，月与灯依旧。不见去年人，泪满春衫袖。"这首名词，有误传是朱淑真、秦观、张先的。宋时元宵才有花市，"花市东风卷笑声。柳溪人影乱于云。梅花何处暗香闻"是毛滂词。月到柳梢，卢照邻有"片片行云著蝉鬓，纤纤初月上鸦黄"。人约黄昏，韩偓有"去是黄昏后，归当胧腮时。衩衣吟宿醉，风露动相思"。"胧"是月微明，"衩"是两侧开衩的长衣。"玉镭朝扶鬓，金梯晚下台。春衫将别泪，一夜两难裁"是陆龟蒙诗，"镭"是簪子。"寿觞佳节过，归骑春衫薄。鸟哢正交加，杨花共纷泊"是韩愈诗，"纷泊"是飞薄，古人用字多讲究。

毛　滂　浣溪沙（上元游静林寺）
卢照邻　长安古意
韩　偓　早归
陆龟蒙　洞房怨
韩　愈　送郑十校理得洛字

十四

明日元宵。欧阳修的《蓦山溪》词："新正初破，三五银蟾满。纤手染香罗，剪红莲、满城开遍。楼台上下，歌管咽春风，驾香轮，停宝马，只待金乌晚。　　帝城今夜，罗绮谁为伴。应卜紫姑神，问归期、相思望断。天涯情绪，对酒且开颜，春宵短。春寒浅。莫待金杯暖。"蟾在月中，"照他几许人肠断，玉兔银蟾远不知"是白居易诗。此处"红莲"指灯，"春未绿，鬓先丝，人间别久不成悲。谁教岁岁红莲夜，两处沉吟各自知"是姜夔词。"歌管"是歌声伴奏，"金乌"是太阳。"罗绮"指丝绸衣裳，"绿树闻歌鸟，青楼见舞人。昭阳桃李月，罗绮自相亲"是李白诗。相传紫姑正月十五夜被杀厕中，故元宵祀之。"烛影摇红，夜阑饮散春宵短。当时谁会唱阳关，离恨天涯远"是周邦彦词。

白居易　中秋月
姜　夔　鹧鸪天（元夕有所梦）
李　白　宫中行乐词
周邦彦　烛影摇红

十五

今日元宵节。该重温辛弃疾的《青玉案·元夕》:“东风夜放花千树，更吹落、星如雨。宝马雕车香满路。凤箫声动，玉壶光转，一夜鱼龙舞。　蛾儿雪柳黄金缕，笑语盈盈暗香去。众里寻他千百度，蓦然回首，那人却在，灯火阑珊处。”“花”与“星”都指灯，“星如雨”指南宋孟元老《东京梦华录》描写的“各以竹竿出灯毬于半空，远近高低，若飞星然”。苏味道的《正月十五夜》:“火树银花合，星桥铁锁开。暗尘随马去，明月逐人来。游伎皆秾李，行歌皆落梅。金吾不禁夜，玉漏莫相催。”“落梅”指《梅花落》,“金吾”是皇城禁卫，“鱼龙”在此指百戏杂要中变化为鱼龙的猞猁，“玉壶”指月光，“蛾儿”“雪柳”是头饰。“阑珊”是暗淡，零落，将尽，李群玉诗：“行云永绝襄王梦，野水偏伤宋玉怀。丝管阑珊归客尽，黄昏独自咏诗回。”其实，洪适先用“灯火阑珊”:“廉纤小雨来，噤罥（juàn）轻寒乍。丝竹送迎时，灯火阑珊夜。”“廉纤”的“廉”同“收敛”的“敛”,“噤”是“寒战”,“罥”是捕鸟兽的网。

孟元老　东京梦华录·卷六·十六日
李群玉　九日
洪　适　生查子（收灯日次李举之韵）

十六

姜夔的《鹧鸪天·十六夜出》："辇路珠帘两行垂，千枝银烛舞僛（qī）僛。东风历历红楼下，谁识三生杜牧之。

欢正好，夜何其。明朝春过小桃枝。鼓声渐远游人散，惆怅归来有月知。""辇"为人君之乘，"辇路"是官道。"僛僛"是醉舞摇摆貌，王安石写春雨："城云如梦柳僛僛，野水横来强满池。"崔颢《黄鹤楼》中的"晴川历历汉阳树"，"历历"是排列；这里的"历历"却是象声词，白居易诗："碧玉班班沙历历，清流决决响泠泠。自从造得滩声后，玉管朱弦可要听。"红楼是富贵女子住处，"红楼富家女，金缕绣罗襦"也是白居易诗，"罗襦"是绸短衣。李商隐也有"红楼隔雨相望冷，珠箔飘灯独自归"。"珠箔"即珠帘。姜夔常自比杜牧，"三生"是佛家说法：前生、今生、来生。"夜何其"出自《诗经·小雅·庭燎》："夜如何其？夜未央，庭燎之光。君子至止，鸾声将将。""央"是尽，"燎"是火炬，"将将"是象声词。

王安石　春雨
白居易　滩声
白居易　秦中吟

十七

苏东坡当年在黄州作《水龙吟》词："小舟横截春江，卧看翠壁红楼起。云间笑语，使君高会，佳人半醉。危柱哀弦，艳歌余响，绕云萦水。念故人老大，风流未减，独回首、烟波里。　　推枕惘然不见，但空江、月明千里。五湖闻道，扁舟归去，仍携西子。云梦南州，武昌南岸，昔游应记。料多情梦里，端来见我，也参差是。"东坡写春江的句子太多，如"春江渌未波，人卧船自流。我本无所适，泛泛随鸣鸥"。"渌"是清澈，此时水未暖。"使君"是尊称，"危柱"指琴，"凄凄明月吹，恻恻广陵散。殷勤诉危柱，慷慨命促管"是南朝宋谢灵运诗。"故人老大"指前任黄州太守，建栖霞楼，即词中的"红楼"。前半阕记他梦扁舟渡江，回望楼中"老大"会客的场景。"闻道"是听说，"西子"是西施，"去雁远冲云梦雪，离人独上洞庭船"是李频诗，唐宋时云梦泽包括了洞庭湖。"端"是副词，特来见我，"参差"是不齐，引申为差不多，辛弃疾词："老来曾识渊明，梦中一见参差是。觉来幽恨，停觞不御，欲歌还止。"

苏　轼　和陶游斜川正月五日，与儿子过出游作
谢灵运　道路忆山中
辛弃疾　水龙吟（老来曾识渊明）

十八

南宋史达祖当年此日有《夜行船》词："不剪春衫愁意态。过收灯、有些寒意在。小雨空帘，无人深巷，已早杏花先卖。　白发潘郎宽沈带。怕看山、忆他眉黛。草色拖裙，烟光惹鬓，常记故园挑菜。"张籍的《白纻歌》："皎皎白纻白且鲜，将作春衫称少年。""纻"是纻麻。陆游有名句"小楼一夜听春雨，深巷明朝卖杏花"。按刘克庄的《后村诗话》，当时已很著名，史达祖的"杏花先卖"是否脱于此？"白发潘郎"指西晋美男潘岳，潘岳的《秋兴赋》序中记，"余春秋三十有二，始见二毛"。"二毛"告暮，指发有二色。"沈带"指南朝梁沈约的腰带瘦减，"白发潘郎宽沈带"是指"沈腰潘鬓消磨"。古代妇女以青黑色颜料画眉，故称"眉黛"，"金缕毵毵碧瓦沟，六宫眉黛惹春愁"出自温庭筠的《杨柳枝》，"毵（sān）毵"是垂拂纷披貌。"惹"是染，北宋吕渭老的《浣溪沙》用"惹鬓"也妙："惹鬓蛛丝新有喜，窥窗月彩旧相从。清宵一醉许谁同。""回首故园春，往事难重省。半夜清香入梦来，从此熏炉冷"是范成大词。

史达祖　夜行船（正月十八·闻卖杏花有感）
陆　游　临安春雨初霁
吕渭老　浣溪沙（微绽樱桃一颗红）
范成大　卜算子（云压小桥深）

十九

陆游的《初春感事》诗："马迹车声是处忙，经旬无客到龟堂。水初泛溢粘天绿，梅欲飘零特地香。世事纷纷人自老，岁华冉冉日初长。百钱不办旗亭醉，空爱鹅儿似酒黄。"十天一旬，陆游晚年自号"龟堂"，取龟有三义：龟贵，龟闲，龟寿。他自己的诗中说："早年羞学仗下马，末路幸似泥中龟。烟波一叶会当逝，吹笛高人有素期。""仗下马"指仪仗马，终日无声，可饮三品刍豆，一鸣就被废黜。"泥中龟"典出《庄子·秋水》：楚王派大夫邀庄子当官，庄子说："吾闻楚有神龟，死已三千岁矣，王以巾笥而藏之庙堂之上。此龟者，宁其死为留骨而贵乎？宁其生而曳尾于涂中乎？"宁愿死后留骨尊贵，还是愿生而曳尾欢乐泥涂中？"巾笥"指以巾包裹珍藏于竹箱内。"吹笛"典出晋向秀的《思旧赋》，指伤逝怀旧。"旗亭"即酒楼，"鹅儿黄"典出自杜甫的《舟前小鹅儿》："鹅儿黄似酒，对酒爱新鹅。引颈嗔船逼，无行乱眼多。"

二十

苏东坡当年此日在黄州，有去黄州十里的“禅庄院诗”：“十日春寒不出门，不知江柳已摇村。稍闻决决流冰谷，尽放青青没烧痕。数亩荒园留我住，半瓶浊酒待君温。去年今日关山路，细雨梅花正断魂。”宋之问的《新年作》：“乡心新岁切，天畔独潸然。老至居人下，春归在客先。岭猿同旦暮，江柳共风烟。已似长沙傅，从今又几年。”“长沙傅”指西汉贾谊，被谪为长沙王太傅。“决”同“泱”，“决决”是水流貌，“泱泱水泉动，忻忻众鸟鸣”是韦应物诗，“烧痕”是野火的痕迹。“去年今日关山路”指东坡的《梅花》诗：“南行度关山，沙水清练练。行人已愁绝，日暮集微霰。殷勤小梅花，仿佛吴姬面。暗香随我去，回首惊千片。”“关山”喻至黄州路，“练”是洁白的丝织品，南朝梁江淹的《丽色赋》中用“色练练而欲夺，光炎炎其若神”。“吴姬”指吴地美女，“徘徊莲浦夜相逢，吴姬越女何丰茸”是王勃诗。“路上行人欲断魂”是杜牧诗。

苏　轼　正月二十日，往岐亭，郡人潘、古、郭三人送余于女王城东禅庄院
韦应物　县斋
王　勃　采莲曲

南宋　刘松年　四景山水图·冬景

廿一

今天正月二十一，苏东坡当年，三十八岁在杭州时，有“寻春诗”：“屋上山禽苦唤人，槛前冰沼忽生鳞。老来厌伴红裙醉，病起空惊白发新。卧听使君鸣鼓角，试呼稚子整冠巾。曲栏幽榭终寒窘，一看郊原浩荡春。”冰沼生鳞，“沼”是池水，池水冰融，潜波泛鳞。东晋郭璞的《游仙诗》中先用“阊阖西南来，潜波涣鳞起”。“阊阖风”是西风，为秋景。“红裙”指美女，“西施谩道浣春纱，碧玉今时斗丽华。眉黛夺将萱草色，红裙妒杀石榴花”是万楚诗。“碧玉”是南朝宋汝南王妾，南朝梁元帝有诗：“碧玉小家女，来嫁汝南王。”“丽华”指南朝陈后主妃张丽华。韩愈用过“红裙醉”的意境：“长安众富儿，盘馔罗膻荤。不解文字饮，惟能醉红裙。”“使君”是奉令使者，此处指送春来的东君。“一看郊原浩荡春”，气势磅礴。唐诗中，刘长卿有“白马翩翩春草细，郊原西去猎平原”，哪有“浩荡春”这样宽博浩大的气势。

苏　轼　正月二十一日病后，述古邀往城外寻春
万　楚　五日观妓
梁元帝　采莲赋
韩　愈　醉赠张秘书
刘长卿　献淮宁军节度使李相公

廿二

期待春雨了。“春雨诗”中，最有名的还是杜甫的“好雨知时节，当春乃发生。随风潜入夜，润物细无声。野径云俱黑，江船火独明。晓看红湿处，花重锦官城”。春属木，木需水才能生，这春雨，因此乃春木召唤而来。云黑火明，夜航船孤独；红湿花重，锦官城晓明；对比强烈。杜甫写细雨，还有“清夜沈沈动春酌，灯前细雨檐花落”也美，“沈沈”即“沉沉”，灯前细雨，其实写灯花与檐声。刘长卿写此时春雨的动静：“小邑沧洲吏，新年白首翁。一官如远客，万事极飘蓬。柳色孤城里，莺声细雨中。羁心早已乱，何事更春风？”飘飞蓬草，比喻漂泊貌，“羁”是束缚，“永夜谁能守，羁心不放眠”是皮日休诗。杜甫这首《春夜喜雨》作于成都，成都因曾为管织锦的官署而称锦官城，红湿晓看，雅而不俗。

杜　甫　春夜喜雨
杜　甫　醉时歌
刘长卿　海盐官舍早春
皮日休　旅舍除夜

廿三

王维的《早春行》："紫梅发初遍，黄鸟歌犹涩。谁家折杨女，弄春如不及。爱水看妆坐，羞人映花立。香畏风吹散，衣愁露沾湿。玉闺青门里，日落香车入。游衍益相思，含啼向彩帷。忆君长入梦，归晚更生疑。不及红檐燕，双栖绿草时。""黄鸟"就是黄莺，"青春几何时，黄鸟鸣不歇"是李白诗，"歌涩"是因初鸣。王维还有诗写"折杨"："朝因折杨柳，相见洛阳隅。楚国无如妾，秦家自有夫。""爱水看妆坐"大约出自南朝梁庾肩吾的"镜前难并照，相将映渌池。看妆畏水动，敛袖避风吹"。"渌"是清澈。"青门"则是折柳送别处，白居易的《青门柳》："青青一树伤心色，曾入几人离恨中。为近都门多送别，长条折尽减春风。""游衍"是恣意游逛，王维自己的《桃源行》："出洞无论隔山水，辞家终拟长游衍。自谓经过旧不迷，安知峰壑今来变。""含啼"出自隋江总的"翠眉未画自生愁，玉脸含啼还似笑"，即含悲。常在梦中，归晚疑相见，更悲凉。此时燕未入檐，绿草未生呢。

李　白　江南春怀
王　维　杂诗
庾肩吾　咏美人看画诗
江　总　秋日新宠美人应令诗

廿四

南宋姜夔当年此日，离开合肥，惜别情人，有《浣溪沙》词："钗燕笼云晚不忺。拟将裙带系郎船。别离滋味又今年。　杨柳夜寒犹自舞。鸳鸯风急不成眠。些儿闲事莫萦牵。""钗燕"是燕状发饰，晏几道词："柳间眠，花里醉。不惜绣裙铺地。钗燕重，鬓蝉轻。一双梅子青。""梅子青"是插在发髻上的青梅，"云"是秀发云鬓，而"忺"（xiān），韦应物有诗："丝竹久已懒，今日遇君忺。""不忺"便是不欢喜。元稹有诗："风蔓罗裙带，露英莲脸泪。多逢走马郎，可惜帘边思。"柳永也用别离滋味："薄衾小枕凉天气，乍觉别离滋味。展转数寒更，起了还重睡。毕竟不成眠，一夜长如岁。""些儿"即一点儿。"羞颜易变，傍人先觉，到处被著猜防。谁信道，些儿恩爱。无限凄凉。好事若无间阻，幽欢却是寻常。一般滋味，就中香美，除是偷尝"是苏东坡词。

姜　夔　浣溪沙（辛亥正月二十四日发合肥）
晏几道　更漏子（柳间眠）
韦应物　寄二严
元　稹　蔷薇架
柳　永　忆帝京（薄衾小枕凉天气）
苏　轼　雨中花慢（邃院重帘何处）

廿五

孟郊的《春日有感》，真简单：“雨滴草芽出，一日长一日。风吹柳线垂，一枝连一枝。独有愁人颜，经春如等闲。且持酒满杯，狂歌狂笑来。”“地润东风暖，闲行踏草芽。呼童遣移竹，留客伴尝茶”是白居易诗。“正月新阳生翠琯。花苞柳线春犹浅。帘幕千重方半卷。池冰泮。东风吹水琉璃软”是欧阳修词。“琯”是应节候的律管，“泮”是融解，沈佺期就喻池水为琉璃了：“池水琉璃净，园花玳瑁斑。”孟郊这首诗中唯一可琢磨的大约是“等闲”。孟郊爱用“等闲”：“文魄既飞越，宦情唯等闲”，“铜斗短蓑行，新章其奈何。兹焉激切句，非是等闲歌”。铜斗盛酒。元稹这么用“等闲”：“风引春心不自由，等闲冲席饮多筹。朝来始向花前觉，度却醒时一夜愁。”多高级。

白居易　新居早春二首·其二
欧阳修　渔家傲（正月新阳生翠琯）
沈佺期　春闺
孟　郊　送郑仆射出节山南
孟　郊　送淡公
元　稹　宿醉

廿六

李商隐的《正月崇让宅》："密锁重关掩绿苔，廊深阁迥此徘徊。先知风起月含晕，尚自露寒花未开。蝙拂帘旌终展转，鼠翻窗网小惊猜。背灯独共余香语，不觉犹歌起夜来。"崇让宅是李商隐妻家，李商隐妻病故于大中五年，他三十九岁那年有悼亡诗："露如微霰下前池，风过回塘万竹悲。浮世本来多聚散，红蕖何事亦离披？悠扬归梦唯灯见，濩落生涯独酒知。岂到白头长只尔？嵩阳松雪有心期。""濩"（huò）本是檐水下流貌，"濩落"指沦落、失意，"嵩阳"是嵩山南，嵩阳松雪是隐逸风操象征。这首《正月崇让宅》乃李商隐于大中十一年回到长安作，时崇让宅已破败。"蝙"即蝙蝠，"帘旌"即帘幕，"远壁秋声虫络丝，入檐新影月低眉。床帷半故帘旌断，仍是初寒欲夜时"是白居易诗。"窗网"指蛛网，"背灯"是掩灯，"南窗背灯坐，风霰暗纷纷。寂寞深村夜，残雁雪中闻"也是白居易诗。施肩吾的《起夜来》："香销连理带，尘覆合欢杯。懒卧相思枕，愁吟起夜来。""起夜来"是怀旧思君之来。

李商隐　七月二十九日崇让宅宴作
白居易　旧房
白居易　村雪夜坐

廿七

韩愈的“早春诗”：“天街小雨润如酥，草色遥看近却无。最是一年春好处，绝胜烟柳满皇都。”“莫道官忙身老大，即无少年逐春心。凭君先到江头看，柳色如今深未深。”长安街称天街，韩愈还有诗：“天街东西异，祗命遂成游。月明御沟晓，蝉吟堤树秋。”“祗”是敬，“祗命”即奉命。酥，如乳酪。李商隐写烟柳：“春梦乱不记，春原登已重。青门弄烟柳，紫阁舞云松。拂砚轻冰散，开尊绿酎浓。无悰托诗遣，吟罢更无悰。”“酎”（zhòu）是反复酿就的醇酒，“悰”（cóng）是心情。“客愁看柳色，日日逐春深。荡漾春风里，谁知历乱心”是温庭筠诗。韩愈还这样写早春：“庭变寒前草，天销霁后尘。沟声通苑急，柳色压城匀。”王昌龄写柳色，则是“闺中少妇不知愁，春日凝妆上翠楼。忽见陌头杨柳色，悔教夫婿觅封侯”。

韩　愈　早春呈水部张十八员外二首·其一
韩　愈　早赴街西行香赠卢李二中舍人
李商隐　乐游原
温庭筠　客愁
韩　愈　和席八十二韵
王昌龄　闺怨

廿八

南宋杨万里当年诗，《峡外已见燕子》：“社日今年定几时？元宵过了燕先归。一双贴水娇无奈，不肯平飞故仄飞。”“不宿青枫学子规，不穿绿柳伴莺啼。双飞只爱清江水，自喜身轻照舞衣。”此诗作于他五十四岁为继母服丧时，江西吉水景象。“社日”是祭祀土地日，春祭为立春后第五个戊日。戊是天干第五位，位中央，指土。张籍的《吴楚歌》：“庭前春鸟啄林声，红夹罗襦缝未成。今朝社日停针线，起向朱樱树下行。”社日要停业，故停针线，“襦”是短衣，“罗”是丝绸。古人以候鸟定四季，燕子即玄鸟，它由北到南，春分飞归，秋分归去。但在唐诗中，燕子确实与社日关联，杜甫诗：“湖南为客动经春，燕子衔泥两度新。旧入故园常识主，如今社日远看人。”杜牧也有：“初语燕雏知社日，习飞鹰隼识秋风。”“仄”是偏斜，燕子都是双飞，“双燕复双燕，双飞令人羡。玉楼珠阁不独栖，金窗绣户长相见”是李白诗。尾句“自喜身轻照舞衣”特别好，卢照邻诗：“倡楼启曙扉，园柳正依依。鸟鸣知岁隔，条变识春归。露叶疑啼脸，风花乱舞衣。攀折聊将寄，军中书信稀。”

杨万里　正月二十八日峡外见燕子二首
杜　甫　燕子来舟中作
杜　牧　江楼晚望
李　白　双燕离
卢照邻　折杨柳

廿九

杜牧的《归燕》:“画堂歌舞喧喧地，社去社来人不看。长是江楼使君伴，黄昏犹待倚阑干。”“喧喧”即喧闹，白居易诗:“身后堆金拄北斗，不如生前一樽酒。君不见春明门外天欲明，喧喧歌哭半死生。游人驻马出不得，白舆素车争路行。归去来，头已白，典钱将用买酒吃。”“舆”可是车，也可是轿。燕子社来，张仲素的《燕子楼诗三首》:“楼上残灯伴晓霜，独眠人起合欢床。相思一夜情多少？地角天涯不是长。”“北邙松柏锁愁烟，燕子楼人思悄然。自埋剑履歌尘散，红袖香消已十年。”“适看鸿雁岳阳回，又睹玄禽逼社来。瑶瑟玉箫无意绪，任从蛛网任从灰。”北邙山上列坟茔，指墓地，“玄禽”即燕。燕为江楼伴，杜牧的《题桐叶》:“去年桐落故溪上，把笔偶题归燕诗。江楼今日送归燕，正是去年题叶时。叶落燕归真可惜，东流玄发且无期。笑筵歌席反惆怅，明月清风怆别离。”

白居易　劝酒

三十

每月最后一日夜无月，称“晦”。正月晦日曾为“晦节”，晦节是宴游节，从盛唐张说诗看，宴游地点在水边：“晦日嫌春浅，江浦看湔衣。道傍花欲合，枝上鸟犹稀。共忆浮桥晚，无人不醉归。寄书题此日，雁过洛阳飞。”“湔（jiān）衣”就是洗衣，湔衣、酹酒在水边，就为辟灾度厄，与上巳节同，“酹酒”就是洒酒祭祀。天暖了，雁北飞了。白居易最洒脱，他在正月晦日写的《春寝》：“何处春暄来，微和生血气。气熏肌骨畅，东窗一昏睡。是时正月晦，假日无公事。烂漫不能休，自午将及未。缅思少健日，甘寝常自恣。一从衰疾来，枕上无此味。”自午将及未，未时是下午一点至三点。“缅”是遥远，“缅思”是遥想，“恣”是放纵。“药栏听蝉噪，书幌见禽过。愁至愿甘寝，其如乡梦何”是宋之问诗。

张　说　晦日
宋之问　别之望后独宿蓝田山庄

清代　清院本十二月令图册·二月

二月

沾衣欲湿杏花雨，
吹面不寒杨柳风。
——释志南
诗一首

清代　关槐　西湖图

李贺《河南府试十二月乐词》中描写的二月："二月饮酒采桑津，宜男草生兰笑人。蒲如交剑风如薰，劳劳胡燕怨酣春。薇帐逗烟生绿尘，金翘峨髻愁暮云，沓飒起舞真珠裙。津头送别唱流水，酒客背寒南山死。""宜男草"即萱草，南朝梁元帝《宜男草》诗："可爱宜男草，垂采映倡家。何时如此叶，结实复含花。""倡家"是歌女。"合欢蠲忿，萱草忘忧"是西晋嵇康《养生论》中的句子。此时萱草刚生，兰正"笑人"，"蒲"是菖蒲，菖蒲叶细长如剑，蕙风如薰，"蕙风"是和暖的春风。古人说，燕有汉燕、胡燕两种，汉燕家在汉中，胡燕家在关外。"劳劳"是忧愁感伤貌，《古诗为焦仲卿妻作》中就有"举手长劳劳，二情同依依"。"薇帐"也称蕙帐，"蕙"是香草，"蕙帐空兮夜鹄怨，山人去兮晓猿惊"是南朝齐孔稚珪诗，"鹄"是天鹅。李贺诗说，帐外春烟逗起帐内绿尘。帐内歌舞，"峨髻"出自《洛神赋》中的"云髻峨峨"，"峨"是高耸，"飒"是风过迅捷貌，如"有风飒然而至"。"津头"是渡口，高山流水觅知音，"流水"是曲名，日落阴而山死。

初一

进仲春了。昔南宋杨万里《二月一日郡圃寻春》诗："中和节里半春天，一拂清寒半点暄。憔悴不胜梅欲落，娇娆无对杏初繁。花绕朱檐柳绕栏，小亭面面锦团栾。春风横欲欺诗瘦，且下东窗护嫩寒。"唐德宗前，正月晦为中和节，德宗改二月一日为中和节。"暄"是温暖，东方生风，其性为暄，其德为和，所以，春曰"青阳"，其风为阳风、暄风、惠风。王维的"早春诗"爱用这个"暄"："平野照暄景，上天垂春云。张组竟北阜，泛舟过东邻。""阜"是高坡，"组"是帏，在山坡设帷帐宴客。此时"园庐鸣春鸠，林薄媚新柳"。王维前两年也有阳和节参加宴饮诗："采地包山河，树井竟川原。岩端回绮槛，谷口开朱门。阶下群峰首，云中瀑水源。鸣玉满春山，列筵先朝暾。会舞何飒沓，击钟弥朝昏。是时阳和节，清昼犹未暄。蔼蔼树色深，嘤嘤鸟声繁。顾己负宿诺，延颈惭芳荪。"阳和节即中和节，"采地"指别业，"绮槛"是彩绘栏杆，"朝暾"是初升太阳，"芳荪"是香草，此指别业的主人韦给事，即韦嗣立。

王　维　晦日游大理韦卿城南别业四首
王　维　同卢拾遗韦给事东山别业二十韵给事首春休沐维已陪游及乎是行亦预闻命会无车马不果斯诺

初二

李商隐诗："二月二日江上行，东风日暖闻吹笙。花须柳眼各无赖，紫蝶黄蜂俱有情。万里忆归元亮井，三年从事亚夫营。新滩莫悟游人意，更作风檐夜雨声。""无赖"是挑逗，唐人写春色爱用"无赖"，杜甫诗："眼见客愁愁不醒，无赖春色到江亭。即遣花开深造次，便觉莺语太丁宁。""丁宁"是嘱咐，告诫。"元亮"即陶渊明，陶渊明归隐后有诗："徘徊丘垄间，依依昔人居。井灶有遗处，桑竹残朽株。""元亮井"就成忆旧典。"亚夫营"指西汉周亚夫练兵处，"从事亚夫营"是指其幕职日子。最后一句是寄人檐下的归思惆怅。白居易也有此日诗，相对简单："二月二日新雨晴，草芽菜甲一时生。轻衫细马春年少，十字津头一字行。"仲春二月，天暖万物破甲而出，"菜甲"即初生的菜芽。"细马"是骏马，"津头"是渡口。

李商隐　二月二日
杜　甫　绝句漫兴九首·其一
陶渊明　归园田居五首·其四
白居易　二月二日

初三

一进二月就读贺知章的《咏柳》："碧玉妆成一树高，万条垂下绿丝绦。不知细叶谁裁出，二月春风似剪刀。"他用"绿丝绦"比柳条，白居易才有"依依袅袅复青青，勾引春风无限情。白雪花繁空扑地，绿丝条弱不胜莺"。当然，白雪花繁，阳春三月了。他以剪刀喻春风，白居易才有"古文科斗出，新叶剪刀生。树集莺朋友，云行雁弟兄"。"科斗"是古文字，白居易的"科斗"亦指"蝌蚪"。喜欢李白写二月春风："东风已绿瀛洲草，紫殿红楼觉春好。池南柳色半青青，萦烟袅娜拂绮城。垂丝百尺挂雕楹，上有好鸟相和鸣，间关早得春风情。春风卷入碧云去，千门万户皆春声。""瀛洲"是传说中仙山，白居易也用"袅娜"写柳："金谷园中黄袅娜，曲江亭畔碧婆娑。"韩偓则将"袅娜"用到女子体态上了："袅娜腰肢澹薄妆，六朝宫样窄衣裳。""绮"本是有花纹的丝织品，引申为繁华。"楹"是厅堂前柱。"间关"本指转动自然，北魏李骞的《释情赋》先引申为婉转声："鸟间关以呼庭，花芬披而落牖。"

白居易　杨柳枝词八首·其三
白居易　春池闲泛
李　白　侍从宜春苑奉诏赋龙池柳色初青，听新莺百啭歌
白居易　苏州柳
韩　偓　袅娜

初四

南宋诗僧志南似乎就留下一首名诗："古木阴中系短篷，杖藜扶我过桥东。沾衣欲湿杏花雨，吹面不寒杨柳风。""短篷"是小船，"杖藜"是手杖，秦观诗："身与杖藜为二，对月和影成三。""杨柳风"是春风，唐诗里多"杨柳风"，"鱼戏芙蓉水，莺啼杨柳风"是张说诗。"飔飔杨柳风，穰穰樱桃雨"是温庭筠诗。"飔飔"是微寒，"穰穰"是繁盛纷乱貌，通"熙熙攘攘"的"攘攘"。南宋范成大用"杨柳风"："海棠雨后沁胭脂，杨柳风前捻绿丝。香篆结云深院静，去年今日燕来时。"雅。绿丝即柳丝。南唐潘佑用"杏花雨"："谁家旧宅春无主，深院帘垂杏花雨。香飞绿琐人未归，巢燕承尘默无语。"也是名诗。"琐"通"锁"。"杏花春雨江南"则是元虞集的句子。

释志南　诗一首
秦　观　宁浦书事
张　说　三月二十日诏宴乐游园赋得风字
温庭筠　寒食节日寄楚望二首·其二
范成大　社日独坐
潘　佑　失题
虞　集　风入松（寄柯敬仲）

初五

北宋梅尧臣有《二月五日雪》："二月狂风雪，寒威晓更加。省闱轻妒粉，苑树暗添花。有梦皆蝴蝶，逢袍只纻麻。冻吟谁料我，相与赌流霞。""省闱"就是宫中，"袍"都是纻麻粗布所织。王安石有《次韵范景仁二月五日夜风雪》诗："何知此邂逅，谈笑接清扬。对雪知春浅，回灯惜夜长。密云通炫晃，残月堕冥茫。故有临邛客，抽毫兴未忘。"李白有诗："清扬杳莫睹，白云空望美。"舒岳祥有诗："烛烧花蜡夜嫌短，词断锦囊尊不空。""炫晃"是显耀，欧阳修写雪："驱驰风云初惨淡，炫晃山川渐开廓。光芒可爱初日照，润泽终为和气烁。"临邛客，因范景仁是成都人，故用司马相如事。

舒岳祥　退之谓以鸟鸣春往往为以夏鸣耳古人麦黄韵鹂庚之句乃真知时山斋静

欧阳修　雪

初六

杜甫当年今日诗，写浣花溪：“二月六夜春水生，门前小滩浑欲平。鸬鹚鸂鶒莫漫喜，吾与汝曹俱眼明。”李白先用过“春水生”：“桃花春水生，白石今出没。摇荡女萝枝，半摇青天月。不知旧行径，初拳几枝蕨。三载夜郎还，于兹炼金骨。”蕨叶初如小儿拳，这首诗叫《忆秋浦桃花旧游》，作于流放夜郎归来。李白有《秋浦歌十七首》，最后一首是“桃波一步地，了了语声闻。暗与山僧别，低头礼白云”。第四首是“两鬓入秋浦，一朝飒已衰。猿声催白发，长短尽成丝”。可感知悲怆。“浦”是水边。“鸬鹚”（lú cí）是鱼鹰，“鸂鶒”（xī chì）是紫鸳鸯，“汝曹”是你们。范成大的《谒金门》词也写此时鸂鶒：“塘水碧，仍带麹尘颜色。泥泥縠纹无气力，东风如爱惜。　恰似越来溪侧，也有一双鸂鶒。只欠柳丝千百尺，系船春弄笛。”“麹尘”是酿酒酒面上漂浮的金沫，形容春水金波，“泥泥”是凝滞貌，“縠”是绉纱。

杜　甫　春水生二绝·其一
范成大　谒金门（宜春道中野塘春水可喜，有怀旧隐）

初七

李贺也写春水：“春水初生乳燕飞，黄蜂小尾扑花归。窗含远色通书幌，鱼拥香钩近石矶。”“幌”是帘幔，“书幌”就是书房。这是《南园十三首》的第八首，“南园”指李贺居所南边的田野。更喜欢第一首：“花枝草蔓眼中开，小白长红越女腮。可怜日暮嫣香落，嫁与春风不用媒。”越国出西施，故美女称越女。杜甫有诗：“越女天下白，鉴湖五月凉。”“越女腮”则出自南朝梁萧统的“莲花泛水，艳如越女之腮”。“嫣”是美好，明代曾益解释“嫁与”的用法：“香从风，故曰嫁；香落自然从风，故曰不用媒也。”最后一首变五言，也好：“小树开朝径，长茸湿夜烟。柳花惊雪浦，麦雨涨溪田。古刹疏钟度，遥岚破月悬。沙头敲石火，烧竹照渔船。”柳花白故称“雪浦”，半边月为“破月”，“岚”是山林雾气。

杜　甫　壮游
萧　统　锦带书·十二月启

初八

苏东坡当年此日，在惠州有诗："安心守玄牝，闭眼觅黄庭。问疾来三士，浇愁有半瓶。风松时落蕊，病鹤不梳翎。樽空我归去，山月照君醒。"玄牝，玄，天玄地黄，"牝"是母，道家说法，玄牝是滋生万物的本源，万物自是出，天地自是生。老子："玄牝之门，是谓天地根。"道家说天地人关系："玄，天也，于人为鼻；牝，地也，于人为口。天食人以五气，从鼻入藏于心。五气清微，为精神聪明，音声五性。其鬼曰魂，魂者雄也，主出入人鼻，与天通，故鼻为玄也。地食人以五味，从口入藏于肾。五味浊辱，为形骸骨肉，血脉六情。其鬼曰魄，魄者雌也，主出入人口，与地通，故口为牝也。"道家说法，命门下有黄庭元主，固守之，神气不散。"三士"指许由、巢父、池主三隐者。"病鹤不梳翎"脱自唐代诗人郑颢的"日斜乌敛翼，风动鹤梳翎"。喜欢其结尾——"樽空我归去，山月照君醒"。此时距东坡"归去"仅剩五年了。

苏　轼　二月八日，与黄焘、僧昙颖过逍遥堂，何道士宗一问疾

初九

温庭筠写此时杨柳："迥野韶光早，晴川柳满堤。拂尘生嫩绿，披雪见柔荑。碧玉牙犹短，黄金缕未齐。腰肢弄寒吹，眉意入春闺。预恐狂夫折，迎牵逸客迷。新莺将出谷，应借一枝栖。""迥"是距离远，"鹤高看迥野，蝉远入中流"是司空曙诗。"荑"是萌生，"凭眺兹为美，离居方独愁。已惊玄发换，空度绿荑柔"是张九龄诗。此时杨柳呈黄金色，白居易有"青门柳枝软无力，东风吹作黄金色。街东酒薄醉易醒，满眼春愁销不得"。北周庾信先用"柳腰"："春余足光景，赵李旧经过。上林柳腰细，新丰酒径多。""赵李"指汉宫中赵飞燕与李夫人，"新丰"是刘邦为其父仿建的故乡。白居易用"寒缒柳腰收未得，暖熏花口噤初开"。"缒"是拉。而眉意，李商隐用"柳眉空吐效颦叶"，总是别致。

温庭筠　原隰荑绿柳
司空曙　送魏季羔游长沙觐兄
张九龄　登乐游原春望书怀
白居易　长安春
庾　信　和春日晚景宴昆明池
白居易　酬南洛阳早春见赠
李商隐　和人题真娘墓

初十

王安石写此时春色："南浦东冈二月时，物华撩我有新诗。含风鸭绿粼粼起，弄日鹅黄袅袅垂。"《楚辞·九歌·河伯》："子交手兮东行，送美人兮南浦。"故"南浦"是送别地。"鹅黄"指垂柳。秦观的《沁园春》词的前半阕，几乎是此诗重写："暖日高城，东风旧侣，共约寻芳。正南浦春回，东冈寒退，粼粼鸭绿，袅袅鹅黄。柳下观鱼，沙边听鸟，坐久时生杜若香。绮陌上，见踏青挑菜，游女成行。""绮"是光色，"杜若"是香草，"绮陌"是光鲜的乡间路。"鸭绿"在唐诗中，先用"鸭头绿"。李白诗："遥看汉水鸭头绿，恰似葡萄初酦醅。""酦醅"是重酿未滤之酒，这是写江水的。温庭筠的"楚岸有花花盖屋，金塘柳色前溪曲。悠溶杳若去无穷，五色澄潭鸭头绿"写的也是水。用"鸭绿"的句子，我最喜欢苏东坡的"鸭头青水浓如染，水面桃花弄春脸。衰翁送客水边行，沙衬马蹄乌帽点"，以及陆游的"瓦屋螺青披雾出，锦江鸭绿抱山来"，两者都是写春水。

王安石　南浦
李　白　襄阳歌
温庭筠　罩鱼歌
苏　轼　送别
陆　游　快晴

南宋　林椿　海棠图

十一

王维著名的《渭城曲》："渭城朝雨浥轻尘，客舍青青柳色新。劝君更尽一杯酒，西出阳关无故人。""渭城"即咸阳，"浥"是湿润，浸渍，"阳关"在玉门关南。这是一首送别诗，李白也有《送别》诗："斗酒渭城边，垆头醉不眠。梨花千树雪，杨叶万条烟。惜别倾壶醑，临分赠马鞭。看君颍上去，新月到应圆。""垆"是酒店里安放酒瓮的台子，"壶醑"即壶觞，是一种酒器，陶渊明《归去来兮辞》："携幼入室，有酒盈樽。引壶觞以自酌，眄庭柯以怡颜。倚南窗以寄傲，审容膝之易安。"颍上，颍水北岸，相传古代高士巢父、许由隐居处，指归隐。

十二

今天农历二月十二，有称此日是花朝，更多人称二月十五望日是花朝。梁元帝的《春别应令诗》，最有名是第一首：“昆明夜月光如练，上林朝花色如霰。花朝月夜动春心，谁忍相思不相见？”昆明夜月与上林朝花，分别指昆明池与上林苑。“练”是洁白的生丝，“霰”是雪珠。张若虚《春江花月夜》中的“滟滟随波千万里”与“月照花林皆似霰”应脱于此。白居易《琵琶行》里也用到“花朝”：“浔阳小处无音乐，终岁不闻丝竹声。住近湓江地低湿，黄芦苦竹绕宅生。其间旦暮闻何物？杜鹃啼血猿哀鸣。春江花朝秋月夜，往往取酒还独倾。”司空图的《早春》也写花朝：“伤怀同客处，病眼却花朝。草嫩侵沙短，冰轻著雨消。风光知可爱，容发不相饶。早晚丹丘去，飞书肯见诏。”“丹丘”是仙境，《楚辞·远游》：“仍羽人于丹丘兮，留不死之旧乡。”

十三

今天农历二月十三，接近春半，最美时节了。春半如何？岑参写此时的城外聚会：“郭南处士宅，门外罗群峰。胜概忽相引，春华今正浓。山厨竹里爨，野碓藤间舂。对酒云数片，卷帘花万重。岩泉嗟到晚，川县欲归慵。草色带朝雨，滩声兼夜钟。爱兹清俗虑，何事老尘容。况有林下约，转怀方外踪。”“郭”是城墙，“爨”（cuàn）即灶，“慵”是困倦，“归慵”便是泉声催梦了。杜牧《村行》则写田园景象：“春半南阳西，柔桑过村坞。袅袅垂柳风，点点回塘雨。蓑唱牧牛儿，篱窥蒨裙女。半湿解征衫，主人馈鸡黍。”青生于蓝，蒨生于绛，春雨迷蒙中，穿蓑衣的牧童在歌唱，穿鲜艳绛裙的美女走过篱边，最后是主人馈赠鸡黍之膳，乡情多美。

| 岑　参　春半与群公同游元处士别业

十四

昔杨万里晓起看海棠诗：“过雨天犹湿，新晴月尚寒。悬知晓妆好，破雾急来看。”“初日光殊薄，晴梢露正浓。真珠妆未稳，更著柳边风。”“四面花光合，一身香雾红。忽从霞绮上，跳下锦城中。”“花密无重数，看来眼转迷。化为花世界，忘却日东西。”“外种百来树，中安一小亭。放眸红未了，红了是天青。”“绮”是有花纹的丝织品，喜欢“放眸红未了，红了是天青”句。海棠春睡，美在慵懒态。辛弃疾的《祝英台近》：“绿杨堤，青草渡。花片水流去。百舌声中，唤起海棠睡。断肠几点愁红，啼痕犹在，应多怨、夜来风雨。　别情苦。马蹄踏遍长亭，归期又成误。帘卷青楼，回首在何处。画梁燕子双双，能言能语，不解说、相思一句。”

| 杨万里　二月十四日晓起看海棠八首

十五

张若虚的《春江花月夜》:“春江潮水连海平，海上明月共潮生。滟滟随波千万里，何处春江无月明。江流宛转绕芳甸，月照花林皆似霰。空里流霜不觉飞，汀上白沙看不见。江天一色无纤尘，皎皎空中孤月轮。江畔何人初见月，江月何年初照人。人生代代无穷已，江月年年望相似。不知江月待何人，但见长江送流水。白云一片去悠悠，青枫浦上不胜愁。谁家今夜扁舟子，何处相思明月楼。可怜楼上月裴回，应照离人妆镜台。玉户帘中卷不去，捣衣砧上拂还来。此时相望不相闻，愿逐月华流照君。鸿雁长飞光不度，鱼龙潜跃水成文。昨夜闲潭梦落花，可怜春半不还家。江水流春去欲尽，江潭落月复西斜。斜月沉沉藏海雾，碣石潇湘无限路。不知乘月几人归，落月摇情满江树。”“滟”是水浮动貌。“滟滟”因此是水光，“霰”是雪粒，“青枫浦”是长满枫林的水边，“裴回”即徘徊。“碣石”在昌黎北，汉末已没海中。“潇湘”即湘江。

十六

苏东坡的名诗："竹外桃花三两枝，春江水暖鸭先知。蒌蒿满地芦芽短，正是河豚欲上时。"这是题僧惠崇画两首中的一首，惠崇"尤工小景，善为寒汀远渚，潇洒虚旷之象，人所难到也"。另一首是："两两归鸿欲破群，依依还似北归人。遥知朔漠多风雪，更待江南半月春。""蒌蒿"即芦蒿，"芦"是芦苇，"朔"是北方。"一去紫台连朔漠，独留青冢向黄昏"是杜甫诗，"紫台"即帝王所居紫宫。宋人都以"蒌蒿""芦芽"写河豚，梅尧臣诗："春洲生荻芽，春岸飞杨花。河豚当是时，贵不数鱼虾。"古人称荻与芦同类，根茎有节似竹，范成大的"沧洲寒食春亦到，荻芽深碧蒌芽青"，说明荻比蒌蒿色深。范成大还有"荻芽抽笋河鲀上，楝子开花石首来"，楝树暮春开花。"荻芽"也称荻笋，"荻笋时鱼方有味，恨无佳客共杯盘"是欧阳修诗。

苏　轼　惠崇春江晚景二首
梅尧臣　范饶州坐中客语食河豚鱼
杜　甫　咏怀古迹
范成大　连日风作，洞庭不可渡，出赤沙湖
范成大　右春日田园杂兴十二绝
欧阳修　离峡州后回寄元珍表臣

十七

南宋吴潜当年此日的《满江红》词："芳景无多，又还是、乱红飞坠。空怅望、昭亭深处，家山桃李。柳眼花心都脱换，蜂须蝶翅难沾缀。谩相携、一笑竞良辰，春醪美。　　金兽爇，香风细。金凤拍，歌云腻。尽秦箫燕管，但逢场尔。只恐思乡情味恶，怎禁寒食清明里。问此翁、不止四宜休，翁归未？"此时正乱红时节，"采莲溪上女，舟小怯摇风。惊起鸳鸯宿，水云撩乱红"是顾况诗。"烟水茫茫，千里斜阳暮。山无数。乱红如雨。不记来时路"是秦观《点绛唇》词。"昭"是明亮，"谩"在此是且，"金兽"是香炉，"屏山掩、红蜡长明，金兽盛薰兰炷。何期到此，酒态花情顿辜负"是柳永词。"金凤"是琵琶琴筝之类，弦柱刻凤为饰。"金凤响双槽，弹出今古幽思谁省"是张先词。吴潜此词标题是"四明窗赋"，四明山四面如窗，故"四宜休"的"四"指四明山。

吴　潜　满江红（戊午二月十七日四明窗赋）
顾　况　溪上
秦　观　点绛唇（醉漾轻舟）
柳　永　祭天神（歇指调）
张　先　翦牡丹（舟中闻双琵琶·般涉调）

十八

杏花红白时节。王维的《春中田园作》："屋上春鸠鸣，村边杏花白。持斧伐远扬，荷锄觇泉脉。归燕识故巢，旧人看新历。临觞忽不御，惆怅远行客。"持斧出自《诗经·豳风·七月》中的"蚕月条桑，取彼斧斨（qiāng）。以伐远扬，猗彼女桑"。"蚕月"是农历三月，"条"同"挑"，"斨"为"斧"，"远扬"指长得太长而高扬的枝条，"猗"是攀折，"女桑"是嫩桑。"荷锄"的"荷"是肩负，扛，"觇"（chān）是察，"御"是进用，端酒杯不喝，为远行客难回乡惆怅。写杏花，还是喜欢李商隐的"上国昔相值，亭亭如欲言。异乡今暂赏，脉脉岂无恩？援少风多力，墙高月有痕。为含无限意，遂对不胜繁。仙子玉京路，佳人金谷园。几时辞碧落，谁伴过黄昏？镜拂铅华腻，炉藏桂烬温。终应催竹叶，先拟咏桃根。莫学啼成血，从教梦寄魂。吴王采香径，失路入烟村"。南朝江淹的《四时赋》用"忆上国之绮树"，"上国"指京都。支援、援应的援，"援少"就怕风吹花，是怜悯。道教称玉京为天帝居所，金谷园是晋朝石崇故居，石崇的佳人即绿珠。"碧落"指青天，《拾遗记》中说，王母取绿桂之膏，燃以照夜。"竹叶"是酒，"桃根"指《桃叶歌》，姑苏灵岩山有西施采香径。

十九

苏东坡当年在惠州，此日有“食槐叶冷淘”诗：“枇杷已熟粲金珠，桑落初尝滟玉蛆。暂借垂莲十分盏，一浇空腹五车书。青浮卵碗槐芽饼，红点冰盘藿叶鱼。醉饱高眠真事业，此生有味在三余。”惠州热，“槐叶冷淘”即槐叶捣汁为碧绿凉面，“桑落”是桑落时酿的酒，东坡形容酒是“滟玉蛆”，“滟”是水光耀貌。“桑落气薰珠翠暖，柘枝声引管弦高。酒钩送盏推莲子，烛泪粘盘垒蒲萄”是白居易诗，管弦声伴柘枝舞，“垂莲”指莲盏。庄子说“惠施多方，其书五车”，“五车书”就成为读书境界。“富贵必从勤苦得，男儿须读五车书”是杜甫诗。“算胸中、除却五车书，都无物”是辛弃疾词。“爱酒醉魂在，能言机事疏。平生几两屐，身后五车书”是黄庭坚诗。“藿”是豆，“藿叶鱼”是豆叶般薄的鱼片。读书当以三余，则是三国时董遇的说法：“冬者岁之余，夜者日之余，阴雨者时之余。”

苏　轼　二月十九日，携白酒、鲈鱼过詹使君，食槐叶冷淘
白居易　房家夜宴喜雪，戏赠主人
杜　甫　柏学士茅屋
辛弃疾　满江红（寿赵茂嘉郎中，前章记广济仓事）
黄庭坚　和答钱穆父咏猩猩毛笔
陈　寿　《三国志·魏书·王肃传》裴松之注引三国魏鱼豢《魏略》

二十

杜甫的《清明》诗："朝来新火起新烟，湖色春光净客船。绣羽衔花他自得，红颜骑竹我无缘。胡童结束还难有，楚女腰肢亦可怜。不见定王城旧处，长怀贾傅井依然。虚沾周举为寒食，实藉君平卖卜钱。钟鼎山林各天性，浊醪粗饭任吾年。"唐朝清明日赐百官新火，"绣羽"指色彩斑斓的鸟，"骑竹"是童年游戏。胡童之服，楚女之腰，都已遥远。"定王"指汉景帝子长沙定王刘发，"贾傅"即西汉贾谊，贾谊宅中有其自穿井。"虚沾周举"指介子推事，周举为东汉并州刺史，山西太原为并州，周举为刺史时修介子推庙。太原旧俗，为悼介子推，冬至后105天，是农历一月断火。周举当时说盛冬断火，残损民命，断了此俗，故杜甫说"虚沾周举为寒食"。"君平"即东汉高士严遵，助刘秀得天下后隐居不仕，曾卖卜于成都。击钟而食，列鼎而烹，钟鼎是富贵，山林之志则弃富贵。"浊醪"是浊酒。

杜　甫　清明二首·其一
范　晔　后汉书·周举传

清代　李鱓　桃花柳燕图

廿一

晏殊的《采桑子》词："阳和二月芳菲遍，暖景溶溶。戏蝶游蜂。深入千花粉艳中。　何人解系天边日，占取春风。免使繁红。一片西飞一片东。"花草盛美称芳菲，南朝陈顾野王先用"春草正芳菲，重楼启曙扉。银鞍侠客至，柘弹宛童归"。"柘弹"即柘木弹弓，"宛童"是女萝，寄生树。施肩吾的《惜花词》："千树繁红绕碧泉，正宜尊酒对芳年。明朝欲饮还来此，只怕春风却在前。"柳永《西平乐》词的下半阕："正是和风丽日，几许繁红嫩绿，雅称嬉游去。奈阻隔、寻芳伴侣。秦楼凤吹，楚馆云约，空怅望、在何处。寂寞韶华暗度。可堪向晚，村落声声杜宇。""韶华"是美好时光，春光。

顾野王　阳春歌
柳　永　西平乐（尽日凭高目）

廿二

李商隐当年诗："二月二十二，木兰开坼初。初当新病酒，复自久离居。愁绝更倾国，惊新闻远书。紫丝何日障，油壁几时车。弄粉知伤重，调红或有余。波痕空映袜，烟态不胜裾。桂岭含芳远，莲塘属意疏。瑶姬与神女，长短定何如。"按李时珍说，木兰大树，花内白外紫，那就接近辛夷。"坼"是裂开，"病酒"是饮酒沉醉。"紫丝障"指西晋王恺与石崇斗富，王恺作紫丝步障四十里。"油壁车"四壁以油涂饰，古乐府《苏小小歌》："妾乘油壁车，郎骑青骢马。何处结同心？西陵松柏下。"喜欢"弄粉知伤重，调红或有余"句。"空映袜""不胜裾"的意境都出自曹植的《洛神赋》："体迅飞凫，飘忽若神，凌波微步，罗袜生尘。""践远游之文履，曳雾绡之轻裾。""裾"是宽衣的前后襟。"瑶姬"即巫山神女，"长短"出自战国宋玉的《登徒子好色赋》："东家之子，增之一分则太长，减之一分则太短；著粉则太白，施朱则太赤；眉如翠羽，肌如白雪；腰如束素，齿如含贝；嫣然一笑，惑阳城，迷下蔡。"

廿三

北宋毛滂此日有《忆秦娥》词："夜夜。夜了花朝也。连忙。指点银瓶索酒尝。　　明朝花落知多少。莫把残红扫。愁人。一片花飞减却春。"此词不精彩，细读却也有味道。"非关无烛夜，其奈落花朝。几处逢鸣佩，何筵不翠翘"是李商隐诗。"鸣佩"多清洁，是佩玉声。"翠翘"是首饰，如翠鸟尾上长羽。"银瓶"常指男女情事。白居易诗："井底引银瓶，银瓶欲上丝绳绝。石上磨玉簪，玉簪欲成中央折。""春眠不觉晓，处处闻啼鸟。夜来风雨声，花落知多少"乃熟知的孟浩然诗。杜甫有诗："一片花飞减却春，风飘万点正愁人。且看浴尽花经眼，莫厌伤多酒入唇。江上小堂巢翡翠，花边高冢卧麒麟。细推物理须行乐，何用浮名绊此身。"老杜诗之了不起，一目了然。

毛　滂　忆秦娥（二月二十三日夜松轩作）
李商隐　送从翁从东川弘农尚书幕
白居易　井底引银瓶——止淫奔也
孟浩然　春晓
杜　甫　曲江二首·其一

廿四

南宋吴潜当年《满江红》词："楼观峥嵘，浑疑是、天风吹坠。金屋窈。几时曾贮。粗桃凡李。镜断钗分人去后，画阑文砌苍苔缀。想当年、日日醉芳丛，侯鲭美。　　春水涨，鳞鳞细。青草暗，茸茸腻。算流连光景，古犹今尔。椿菌鸠鹏休较计，倚空一笑东风里。喜知时、好雨夜来稠，秧青未。""窈"是幽深，金屋藏娇变成粗桃凡李。"阑"是栏杆，"砌"是阶，"阶前行，阑外立，欲鸡啼"是冯延巳词。"侯"是君主，"鲭"是鱼肉，"侯鲭"指美食。大椿以八千岁为春，朝菌却不知晦朔。大鹏扶摇直上九万里，小鸠却抢榆枋而止，"倚空一笑东风里"，"倚"是凭，大小皆不必计较。喜欢末句"好雨夜来稠，秧青未"。辛弃疾的《满江红》用"春雨满，秧新谷。闲日永，眠黄犊。看云连麦垄，雪堆蚕簇。若要足时今足矣，以为未足何时足"。吴潜的"青""秧""未"倒装，更有味道。

吴　潜　满江红（戊午二月二十四日会碧□，三用韵）
冯延巳　酒泉子（庭下花飞）
辛弃疾　满江红（山居即事）

廿五

白居易写此时西湖："孤山寺北贾亭西，水面初平云脚低。几处早莺争暖树，谁家新燕啄春泥。乱花渐欲迷人眼，浅草才能没马蹄。最爱湖东行不足，绿杨阴里白沙堤。"此诗作于任杭州刺史时，孤山寺即永福寺，白居易有《孤山寺遇雨》："拂波云色重，洒叶雨声繁。水鹭双飞起，风荷一向翻。空濛连北岸，萧飒入东轩。或拟湖中宿，留船在寺门。""贾亭"即贾公亭，"贾公"即贞元时杭州刺史贾全。"烟水初销见万家，东风吹柳万条斜。大堤欲上谁相伴？马踏春泥半是花"是于鹄诗。"孤亭影在乱花中，怅望无人此醉同。听尽暮钟犹独坐，水边襟袖起春风"是赵嘏诗。"白沙堤"即白居易任上修白堤。白居易自己有诗："红袖织绫夸柿蒂，青旗沽酒趁梨花。谁开湖寺西南路，草绿裙腰一道斜。""柿蒂"是当时绫中名牌，"青旗"是酒旗，"沽"是买卖。

白居易　钱塘湖春行
于　鹄　襄阳寒食
赵　嘏　南亭
白居易　杭州春望

廿六

南宋叶梦得当年今日有《木兰花》词："花残却似春留恋。几日余香吹酒面。湿烟不隔柳条青，小雨池塘初有燕。　　波光纵使明如练。可奈落红粉似霰。解将心事诉东风，只有啼莺千种啭。"白居易《赠晦叔忆梦得》："酒面浮花应是喜，歌眉敛黛不关愁。得君更有无厌意，犹恨尊前欠老刘。"刘禹锡，字梦得，即老刘，晦叔即崔玄亮。金元好问写杏花也用"酒面"："一穗芦鞭一穗尘，西园红艳眼中新。帽簷分去家家喜，酒面飞来片片春。""帘纤小雨池塘遍。细点看萍面。一双燕子守朱门。比似寻常时候、易黄昏"是周邦彦词。卢照邻写啼莺："云疑作赋客，月似听琴人。寂寂啼莺处，空伤游子神。"白居易写啼莺："露杏红初坼，烟杨绿未成。影迟新度雁，声涩欲啼莺。"

叶梦得　木兰花（二月二十六日晚雨，集客湖上）
元好问　杏花二首·其一（庚子岁南庵赋）
周邦彦　虞美人（第二）
卢照邻　相如琴台
白居易　早春独游曲江

廿七

温庭筠的《阳春曲》："云母空窗晓烟薄，香昏龙气凝晖阁。霏霏雾雨杏花天，帘外春威著罗幕。曲阑伏槛金麒麟，沙苑芳郊连翠茵。厩马何能啮芳草，路人不敢随流尘。""云母"为窗，有玻璃光泽，"高户闲听雪，空窗静捣茶"是郑巢诗。"香昏龙气"指龙脑香，俗称冰片。"博山吹云龙脑香，铜壶滴愁更漏长"是戴叔伦诗，"博山"指博山炉。"粥香饧白杏花天，省对流莺坐绮筵。今日寄来春已老，凤楼迢递忆秋千"是李商隐诗，"饧"是糖。散入珠帘湿罗幕，"罗幕"是丝罗幕帐。"金麒麟"指骏马，"水轩平写琉璃镜，草岸斜铺翡翠茵"是白居易描写的现时景色。温庭筠自己的诗："经客有余音，他年终故林。高楼本危睇，凉月更伤心。此意竟难折，伊人成古今。流尘其可欲，非复懒鸣琴。""睇"是望。

郑　巢　送象上人还山中
戴叔伦　早春曲
李商隐　评事翁寄赐饧粥走笔为答
白居易　答尉迟少监水阁重宴
温庭筠　登李羽士东楼

廿八

杜甫的《绝句二首》："迟日江山丽，春风花草香。泥融飞燕子，沙暖睡鸳鸯。""江碧鸟逾白，山青花欲燃。今春看又过，何日是归年。"看似简单。因《诗经·豳风·七月》有"春日迟迟，采蘩祁祁"，故称"春日"为"迟日"，"迟"指日长，"蘩"是白蒿，"祁祁"是众多，采白蒿作蚕蔟。元稹用"鸿雁惊沙暖，鸳鸯爱水融"，不及老杜。辛弃疾用"睡起鸳鸯飞燕子，门前沙暖泥融。画楼人把玉西东"，等于抄袭。太喜欢"江碧鸟逾白"了。李商隐后来用过"隼击鸟逾喧"，杨万里将这句改为"水色秋逾白，山光夜不青。一眉画天月，万粟种江星"，亦妙。"山青花欲燃"分别脱自南朝梁何逊的"天暮远山青，潮去遥沙出"与北周庾信的"野鸟繁弦啭，山花焰欲燃"。杜诗另写"山青"："春水船如天上坐，老年花似雾中看。娟娟戏蝶过闲幔，片片轻鸥下急湍。云白山青万余里，愁看直北是长安。"亦美。

元　稹　生春二十首·其十一
辛弃疾　临江仙（春色饶君白发了）
李商隐　哭遂州萧侍郎二十四韵
杨万里　宿兰溪水驿前三首·其一
何　逊　登石头城
庾　信　奉和赵王隐士
杜　甫　小寒食舟中作

廿九

温庭筠的《惜春词》:“百舌问花花不语，低回似恨横塘雨。蜂争粉蕊蝶分香，不似垂杨惜金缕。愿君留得长妖韶，莫逐东风还荡摇。秦女含噘向烟月，愁红带露空迢迢。”百舌鸟又名乌鸫，王维的《听百舌鸟》:“入春解作千般语，拂曙能先百鸟啼。万户千门应觉晓，建章何必听鸣鸡。”“建章”泛指宫阙，“横塘”泛指水塘，“岸傍骑马郎，乌帽紫游缰。含愁复含笑，回首问横塘”是温庭筠的《江南曲》。李商隐的《谑柳》:“已带黄金缕，仍飞白玉花。长时须拂马，密处少藏鸦。眉细从他敛，腰轻莫自斜。玳梁谁道好？偏拟映卢家。”“玳梁”是“画梁”美称，“卢家兰室桂为梁，中有郁金苏合香”是梁武帝诗，“卢家”乃富裕象征。“妖韶”即妖娆，妩媚多姿,“秦女”指秦穆公女弄玉，萧史教弄玉吹箫作凤鸣，“噘”同“颦”，皱眉。“迢迢”是遥远，“漫漫三千里，迢迢远行客。驰情恋朱颜，寸阴过盈尺”是西晋潘岳诗。

梁武帝萧衍　河中之水歌
潘　岳　内顾诗二首·其一

三十

贾岛的《二月晦日留别鄠中友人》："立马柳花里，别君当酒酣。春风渐向北，云雁不飞南。明晓日初一，今年月又三。鞭羸去暮色，远岳起烟岚。"鄠（hù）县即今陕西户县，李白的《金陵酒肆留别》："风吹柳花满店香，吴姬压酒唤客尝。金陵子弟来相送，欲行不行各尽觞。请君试问东流水，别意与之谁短长。"春风渐向北，指天越来越暖。李白写"春风"："谁家玉笛暗飞声，散入春风满洛城。此夜曲中闻折柳，何人不起故园情？"写得多美！"春水濯来云雁活，夜机挑处雨灯寒"是郑谷《锦二首》（其一）中的句子。"羸"是病马，"惨惨日将暮，驱羸独到庄。沙痕傍墟落，风色入牛羊"是司空图诗。"岚"是山间雾气，贾岛自己的诗："浩渺浸云根，烟岚没远村。鸟归沙有迹，帆过浪无痕。望水知柔性，看山欲倦魂。纵情犹未已，回马欲黄昏。"

李　白　春夜洛城闻笛
司空图　河上二首·其一
贾　岛　登江亭晚望

清代　清院本十二月令图册·三月

三月

杨花雪落覆白蘋，
青鸟飞去衔红巾。

——杜甫 丽人行

明代　吕纪　杏花孔雀图

李贺《河南府试十二月乐词》描写的三月："东方风来满眼春，花城柳暗愁杀人。复宫深殿竹风起，新翠舞衿净如水。光风转蕙百余里，暖雾驱云扑天地。军装宫妓扫蛾浅，摇摇锦旗夹城暖。曲水飘香去不归，梨花落尽成秋苑。"《古诗十九首》中就用"愁杀人"："古墓犁为田，松柏摧为薪。白杨多悲风，萧萧愁杀人。"是秋景。"何处笛，深夜梦回情脉脉，竹风檐雨寒窗隔"是冯延巳词，也是秋景。"衿"是衣襟，李贺以"新翠舞衿"喻竹色。"川谷径复，流潺湲些。光风转蕙，汎崇兰些"出自宋玉（一说屈原）的《招魂》，"湲"是纷错，"潺湲"是水声光泽，"汎"是漂浮、弥漫。"蛾"即蛾眉。"扫"是画，唐明皇与杨贵妃，酒酣贵妃领宫妓，明皇领小中军，摇摇锦旗，排风流阵。"曲水"指曲江池水，梨花落尽，寂寞人踪。"洛阳梨花落如霰，河阳桃叶生复齐。坐惜玉楼春欲尽，红绵粉絮裛妆啼"是崔国辅诗。"裛"（yì）是香气浸染。

古诗十九首·去者日以疏
冯延巳　归国谣
崔国辅　白纻辞二首·其一

初一

到了三月，便读李白的《黄鹤楼送孟浩然之广陵》：“故人西辞黄鹤楼，烟花三月下扬州。孤帆远影碧空尽，唯见长江天际流。”“广陵”即扬州。孟浩然《鹦鹉洲送王九之江左》也写黄鹤楼：“昔登江上黄鹤楼，遥爱江中鹦鹉洲。洲势逶迤绕碧流，鸳鸯㶉鶒满滩头。滩头日落沙碛长，金沙熠熠动飙光。舟人牵锦缆，浣女结罗裳。月明全见芦花白，风起遥闻杜若香。君行采采莫相忘。”王九是王迥，“江左”即江东。杜甫《伤春五首·其一》里用“烟花”：“关塞三千里，烟花一万重。蒙尘清路急，御宿且谁供。”李白此诗在两宋本中，“碧空”本作“碧山”，“空”可能是元代后改。陆游的《入蜀记》中记：“太白登此楼送孟浩然诗云：‘征帆远映碧山尽，唯见长江天际流。’盖帆樯映远，山尤可观，非江行久，不能知也。”“孤帆”变“征帆”，“远影”变“远映”，应是传诵有误。

初二

明日上巳节，上巳节祓（fú）禊（xì），祓禊本是除灾去邪的祭礼，后变成文人们踏青、嬉水、饮酒赋诗的节日。白居易诗："画堂三月初三日，絮扑窗纱燕拂檐。莲子数杯尝冷酒，柘枝一曲试春衫。阶临池面胜看镜，户映花丛当下帘。指点楼南玩新月，玉钩素手两纤纤。"一进三月就飞絮，白居易描写此时的"春池"："浅怜清演漾，深爱绿澄泓。白扑柳飞絮，红浮桃落英。"莲子杯，柘枝舞，"柘枝初出鼓声招，花钿罗衫耸细腰"是章孝标诗，"春衫细薄马蹄轻"也是白居易诗。初三见新月，玉钩就指新月，"待月月未出，望江江自流。倏忽城西郭，青天悬玉钩"是李白诗。"素"是白，"纤纤"是柔细，"盈盈楼上女，皎皎当窗牖。娥娥红粉妆，纤纤出素手"是《古诗十九首》中《青青河畔草》里的句子。

白居易　春池闲泛
白居易　寿安歇马重吟
李　白　挂席江上待月有怀

初三

今日上巳节。杜甫著名的《丽人行》:“三月三日天气新，长安水边多丽人。态浓意远淑且真，肌理细腻骨肉匀。绣罗衣裳照暮春，蹙金孔雀银麒麟。头上何所有？翠微㔩叶垂鬓唇。背后何所见？珠压腰衱稳称身。就中云幕椒房亲，赐名大国虢与秦。紫驼之峰出翠釜，水精之盘行素鳞。犀箸厌饫久未下，鸾刀缕切空纷纶。黄门飞鞚不动尘，御厨络绎送八珍。箫管哀吟感鬼神，宾从杂遝实要津。后来鞍马何逡巡，当轩下马入锦茵。杨花雪落覆白蘋，青鸟飞去衔红巾。炙手可热势绝伦，慎莫近前丞相瞋。”此诗写虢国夫人，“淑且真”出自东汉王粲《神女赋》开篇的“惟天地之普化，何产气之淑真”，“淑”是清湛。蹙金孔雀银麒麟，都是衣上刺绣。“㔩（è）叶”是髻饰，“鬓唇”即鬓角，“腰衱”即裙带。“椒房”即后宫，虢国夫人是杨贵妃三姐，秦国夫人是杨贵妃八姐。“翠釜”是精美炊器，烹驼峰炙；水晶盘里，“素鳞”是鱼；“箸”即筷子，“饫”（yù）是饱食，“厌饫”是腻食；“鸾刀”为祭祀割牲用。“黄门”是太监，制马曰“鞚”(kòng),“黄门飞鞚”指虢国夫人的出入。“遝”（tà）通“沓”，“逡（qūn）巡”是退避，“锦茵”是铺地锦毯。杨花雪落，青鸟飞去，描写此时气候，“瞋”（chēn）是瞪眼，生气。

初四

王维诗："清溪一道穿桃李，演漾绿蒲涵白芷。谿上人家凡几家，落花半落东流水。蹴踘屡过飞鸟上，秋千竞出垂杨里。少年分日作遨游，不用清明兼上巳。""白芷"是香草，"舞彻霓裳，歌残金缕，蘼芜白芷愁烟渚"是张孝祥《踏莎行》词中的句子，"蘼芜"也是香草，开黄花；"白芷"开伞形小白花。"谿"（xī）即涧或溪，"树密昼先夜，竹深夏已秋。沙鸟上笔床，谿花彗帘钩"是岑参诗，"彗"是扫。"蹴（cù）踘（jū）"是战国时已流行的足球游戏，"秋千"相传乃齐桓公从北方山戎引进。"烟柳飞轻絮，风榆落小钱。濛濛百花里，罗绮竞秋千"是张仲素诗。"美人寒食事春风，折尽青青赏尽红。夜半无灯还有睡，秋千悬在月明中"是薛能诗。蹴踘、秋千都是上巳、清明节的游戏。"分日"指春分。

王　维　寒食城东即事
张孝祥　踏莎行（杨柳东风，海棠春雨）
岑　参　过王判官西津所居
张仲素　春游曲三首·其一
薛　能　寒食日题

初五

崔护的《三月五日陪裴大夫泛长沙东湖》:“上巳余风景,芳辰集远坰。彩舟浮泛荡,绣毂下娉婷。林树回葱蒨,笙歌入杳冥。湖光迷翡翠,草色醉蜻蜓。鸟弄桐花日,鱼翻谷雨萍。从今留胜会,谁看画兰亭?”邑外曰郊,郊外曰野,野外曰林,林外曰坰。“芳辰”是美好时光,指春。“毂”(gǔ)是车轮,借指车,“绣毂”就是彩车,“赭汗千金马,绣毂五香车。白鹤随飞盖,朱鹭入鸣笳”是虞世南《门有车马客行》中的句子。“娉婷”是姿态美好貌,“虹裳霞帔步摇冠,钿璎累累佩珊珊。娉婷似不任罗绮,顾听乐悬行复止”是白居易《霓裳羽衣歌》中的句子。“蒨”是鲜艳,“葱蒨”是鲜绿,“含春霭而葱蒨,映夕阳而的皪”是李德裕的句子,“的皪”是光耀貌。“杳冥”是高远处,天空。“雨中草色绿堪染,水上桃花红欲然”是王维诗,“然”即“燃”。桐花是三月标志,“银井桐花发,金堂草色齐。韶光爱日宇,淑气满风蹊”是李峤描写的三月,“蹊”是路。

李德裕　金松赋
王　维　辋川别业
李　峤　三月奉教作

初六

崔护著名的《题都城南庄》："去年今日此门中，人面桃花相映红。人面不知何处去，桃花依旧笑春风。"孟棨《本事诗》："护举进士下第，清明日，独游都城南，得居人庄。一亩之宫，而花木丛萃，寂若无人。扣门久之，有女子自门隙窥之，问曰：'谁耶？'以姓字对，曰：'寻春独行，酒渴求饮。'女入，以杯水至，开门设床命坐，独倚小桃斜柯伫立，而意属殊厚……崔辞去，送至门，如不胜情而入……嗣后绝不复至。及来岁清明日……径往寻之。门庭如故，而已扃锁之。因题诗于左扉。"崔护此诗，留下"人面桃花"与"笑春风"两个典故。"风又雨。断送残春归去。人面桃花在何处。绿阴空满路"是石孝友《谒金门》词的前半阕。"碎霞浮动晓朦胧。春意与花浓。银瓶素绠，玉泉金甃，真色浸朝红。花枝人面难常见，青子小丛丛。韶华长在，明年依旧，相与笑春风"是张先的《少年游（井桃）》词。"绠"是井绳，"银瓶"喻男女情事。"梧桐叶下黄金井，横架辘轳牵素绠。美人初起天未明，手拂银瓶秋水冷"是张籍诗。

初七

李白的名诗《春思》:“燕草如碧丝，秦桑低绿枝。当君怀归日，是妾断肠时。春风不相识，何事入罗帏。”燕北寒，秦桑低绿时，燕草方生。以君的怀归，比妾思君之深切，“春风不相识”成为名句。李白的《少年行二首》(其二)写“春风”:“五陵年少金市东，银鞍白马度春风。落花踏尽游何处，笑入胡姬酒肆中。”“五陵年少”指京都富家子，“金市”指繁华集市，这是写少年英气。“春风东来忽相过，金樽渌酒生微波。落花纷纷稍觉多，美人欲醉朱颜酡。青轩桃李能几何，流光欺人忽蹉跎。君起舞，日西夕。当年意气不肯倾，白发如丝叹何益。”这是李白《前有一樽酒行二首》(其一)劝及时行乐的，其二的最后一句就是“笑春风，舞罗衣，君今不醉将安归”。“罗帏”是丝帏幔，李白还有《春怨》:“白马金羁辽海东，罗帷绣被卧春风。落月低轩窥烛尽，飞花入户笑床空。”

初八

李商隐《春游》:“桥峻班骓疾，川长白鸟高。烟轻唯润柳，风滥欲吹桃。徙倚三层阁，摩挲七宝刀。庾郎年最少，青草妒青袍。”“峻”是高，“班”同“斑”，“骓”是苍白色马。李贺的《夜坐吟》:“明星烂烂东方陲，红霞梢出东南涯，陆郎去矣乘班骓。”“陆郎”即南朝陈后主宠臣陆瑜。“白鸟”即鹤、鹭类，“苑外江头坐不归，水精春殿转霏微。桃花细逐杨花落，黄鸟时兼白鸟飞”是杜甫诗。三层、七宝，珍贵比喻，古《琅琊王歌辞》:“新买五尺刀，悬著中梁柱。一日三摩挲，剧于十五女。”“剧”是甚。“庾郎”指东晋庾翼，少有经纶大略，二十二岁便守石城建功。“青袍”是学子之服，喻青春，古乐府:“穆穆清风至，吹我罗裳裾。青袍似春草，长条随风舒。”李商隐自己的《春日寄怀》:“世间荣落重逡巡，我独丘园坐四春。纵使有花兼有月，可堪无酒又无人。青袍似草年年定，白发如丝日日新。欲逐风波千万里，未知何路到龙津。”“丘园”是隐居。

初九

常建的名诗《题破山寺后禅院》："清晨入古寺，初日照高林。曲径通幽处，禅房花木深。山光悦鸟性，潭影空人心。万籁此都寂，但余钟磬音。"很静。破山寺即江苏常熟兴福寺，因寺在虞山龙门涧下，相传双龙相斗，破山而去而命名。"竹因添洒落，松得长飕飗。花惨闲庭晚，兰深曲径幽"是李咸用诗。"初日"是初升旭日。"禅房"是清修处。"禅房无外物，清话此宵同。林彩水烟里，涧声山月中"是温庭筠诗。山光悦鸟，潭影空人，意境清越。"画栋朝飞南浦云，珠帘暮卷西山雨。闲云潭影日悠悠，物换星移几度秋"是王勃诗。"通溪岸暂断，分渚流复萦。伴僧钟磬罢，月来池上明"是张籍诗。

李咸用　和殷衙推春霖即事
温庭筠　宿辉公精舍
王　勃　滕王阁序
张　籍　野寺后池寄友

初十

杜甫的《遣意二首》："啭枝黄鸟近，泛渚白鸥轻。一径野花落，孤村春水生。衰年催酿黍，细雨更移橙。渐喜交游绝，幽居不用名。""檐影微微落，津流脉脉斜。野船明细火，宿鹭起圆沙。云掩初弦月，香传小树花。邻人有美酒，稚子夜能赊。"《诗经·秦风》有《黄鸟》："交交黄鸟，止于棘。""渚"是水边。衰老之年催以黍酿酒，"归去来兮！请息交以绝游。世与我而相违，复驾言兮焉求？"是陶渊明的句子，世人与我既不同道，还驾车出游何求？"津流"即流水，杜甫还有诗写"野船"："水生春缆没，日出野船开。宿鸟行犹去，丛花笑不来。"火照宿鹭惊起沙，《草堂即事》中，则是"寒鱼依密藻，宿雁聚圆沙"。杜诗研究者专已辨误。三国曹植的《名都篇》中，有"归来宴平乐，美酒斗十千"。李白《将进酒》中，因此才有"陈王昔时宴平乐，斗酒十千恣欢谑"。十千为一万，多极。曹植生前是陈王。

陶渊明　归去来兮辞
杜　甫　登白马潭

清代　汪士慎　花卉图册 · 兰花图

十一

南宋杨万里的《春日六绝句》:“远目随天去，斜阳著树明。犬知何处吠，人在半山行。”“春醉非关酒，郊行不问涂。青天何处了？白鸟入空无。”“雾气因山见，波痕到岸消。诗人元自懒，物色故相撩。”“江水夜韶乐，海棠春贵妃。殷勤向春道，莫遣一花飞。”“日落碧簪外，人行红雨中。幽人诗酒里，又是一春风。”“春色有情意，桃花生暮寒。只应催客子，不遣立江干。”画面感强。“胡不花下伴春醉，满酌绿酒听黄鹂”是白居易的句子。“涂”是道路，“元”是本来，“韶”是美好，“韶乐方今奏，云林徒蔽亏”是卢纶的句子。最喜欢“日落碧簪外，人行红雨中。幽人诗酒里，又是一春风”。此首以“碧簪”喻青天，只有春天可比碧簪。“关山客子路，花柳帝王城。此中一分手，相顾怜无声”是卢照邻诗，“江干”即江边。

白居易　和微之诗二十三首·和酬郑侍御东阳春闷放怀追越游见寄
卢　纶　和太常李主簿秋中山下别墅即事
卢照邻　送二兄入蜀

十二

接近三月半了。李商隐有《无题四首》其一："来是空言去绝踪，月斜楼上五更钟。梦为远别啼难唤，书被催成墨未浓。蜡照半笼金翡翠，麝熏微度绣芙蓉。刘郎已恨蓬山远，更隔蓬山一万重。"其二："飒飒东风细雨来，芙蓉塘外有轻雷。金蟾啮锁烧香入，玉虎牵丝汲井回。贾氏窥帘韩掾少，宓妃留枕魏王才。春心莫共花争发，一寸相思一寸灰。""金翡翠"是翡翠鸟图案蜡罩，温庭筠的《菩萨蛮》词："玉楼明月长相忆，柳丝袅娜春无力。门外草萋萋，送君闻马嘶。画罗金翡翠，香烛销成泪。花落子规啼，绿窗残梦迷。"杜甫有"褥隐绣芙蓉"，"绣褥"也说"绣被"。"刘郎"指汉武帝，李贺有"茂陵刘郎秋风客"，"蓬山"指蓬莱仙岛。"金蟾"本是锁饰，此指香炉。"玉虎"本是井饰，此指辘轳。"贾氏"指《世说新语》里西晋贾充偷窥韩寿偷香。"宓妃"即曹植《洛神赋》所寄，一寸相思一寸灰，思之断肠。

杜　甫　李监宅
李　贺　金铜仙人辞汉歌

十三

李后主的《相见欢》词："林花谢了春红，太匆匆。无奈朝来寒雨，晚来风。　　胭脂泪，相留醉，几时重。自是人生长恨，水长东。"杜甫就以"林花著雨"比胭脂："城上春云覆苑墙，江亭晚色静年芳。林花著雨燕脂落，水荇牵风翠带长。"《诗经·周南·关雎》中就有"参差荇菜，左右流之"，"荇"是水草。罗邺用"春红"："韦曲城南锦绣堆，千金不惜买花栽。谁知豪贵多羁束，落尽春红不见来。""羁束"即拘束。沈亚之也用过"胭脂泪"："君王多感放东归，从此秦宫不复期。春景似伤秦丧主，落花如雨泪燕脂。"白居易的《春尽劝客酒》："林下春将尽，池边日半斜。樱桃落砌颗，夜合隔帘花。尝酒留闲客，行茶使小娃。残杯劝不饮，留醉向谁家？""水东流"改为"水长东"，加重了人生长恨。周邦彦后来用"连环不解，流水长东，难负深盟"。

杜　甫　曲江对雨
罗　邺　春日偶题城南韦曲
沈亚之　秦梦诗三首·题宫门
周邦彦　长相思（高调）

十四

白居易诗："三月十四夜，西垣东北廊。碧梧叶重叠，红药树低昂。月砌漏幽影，风帘飘暗香。禁中无宿客，谁伴紫微郎。""垣"是官署，"梧桐"是凤凰栖止之木，"香稻啄余鹦鹉粒，碧梧栖老凤凰枝"是杜甫的句子。"红药"即芍药，"栏围红药盛，架引绿萝长。永日一欹枕，故山云水乡"是杜牧诗，"欹"同"倚"。"砌"是石阶，"月砌瑶阶泉滴乳，玉箫催凤和烟舞"是曲龙山仙《玩月诗》中的句子。门帘、窗帘统称"风帘"，"闲云生叶不生根，常被重重蔽石门。赖有风帘能扫荡，满山晴日照乾坤"是施肩吾诗。"丝纶阁下文书静，钟鼓楼中刻漏长。独坐黄昏谁是伴，紫薇花对紫微郎"是白居易写的《紫薇花》，紫薇花现在刚发芽。"丝纶阁"是拟诏令处，唐代中书省为紫微省，中书舍人为紫微郎。白居易时任紫微郎。

白居易　春夜宿直
杜　甫　秋兴八首·其八
杜　牧　长兴里夏日寄南邻避暑

十五

白居易当年诗："陶云爱吾庐，吾亦爱吾屋。屋中有琴书，聊以慰幽独。是时三月半，花落庭芜绿。舍上晨鸠鸣，窗间春睡足。睡足起闲坐，景晏方栉沐。今日非十斋，庖童馈鱼肉。饥来恣餐歠，冷热随所欲。饱竟快搔爬，筋骸无检束。岂徒畅肢体，兼欲遗耳目。便可傲松乔，何假杯中渌。""众鸟欣有托，吾亦爱吾庐"是陶渊明诗。"芜"是杂草丛生，"园菜迎霜死，庭芜过雨荒。檐空愁宿燕，壁暗思啼螀"也是白居易诗，"螀"（jiāng）是蟋蟀。白居易常用"春睡"："二三月里饶春睡，七八年来不早朝。""晏"是晚，"栉沐"是梳洗，"歠"（chuò）是饮，"搔爬"是梳理，清朝龚自珍的《寒月吟》："捥须搔爬之，磨墨揄揶之。呼灯而烛之，论文而哗之。"快，快意，"检束"是检点约束。"松乔"指仙人赤松子与王子乔，"渌"即醁，美酒。"但得杯中渌，从生甑上尘。烦君问生计，忧醒不忧贫"亦是白居易诗，"甑"是酿酒蒸锅，"假"是凭借。

白居易　春日闲居三首 · 其一
陶渊明　读山海经
白居易　渭村退居，寄礼部崔侍郎、翰林钱舍人诗一百韵
白居易　喜杨六侍御同宿
白居易　醉中得上都亲友书，以予停俸多时，忧问贫乏，偶乘酒兴，咏而报之

十六

梅尧臣当年诗："种桃依竹似迁家，邀对春风共泛霞。席上未观双舞凤，城头已觉聚啼鸦。匆匆跨马人归省，幂幂生烟树敛花。稚子候门知我醉，东方明月照扉斜。"凤凰来仪，是祥瑞，"对坐弹卢女，同看舞凤凰"是王维诗，"卢女"本是魏武帝宫女，善鼓琴，后泛指善弹的女子。啼鸦已是黄昏后，"馆娃宫中露华冷，月落啼鸦散金井。吴王扶头酒初醒，秉烛张筵乐清景。美人不眠怜夜永，起舞亭亭乱花影。新裁白苎胜红绡，玉佩珠缨金步摇"是戴叔伦诗。"归省"是回家探望父母，"清貌不识睡，见来尝苦吟。风尘归省日，江海寄家心"是朱庆馀诗。"幂幂"是浓密貌，"白芷汀寒立鹭鸶，蘋风轻剪浪花时。烟幂幂，日迟迟，香引芙蓉惹钓丝"是和凝的《渔父歌》。"扉"是门扇，薛能的《送禅僧》："寒空孤鸟度，落日一僧归。近寺路闻梵，出郊风满衣。步摇瓶浪起，盂戛磬声微。还坐栖禅所，荒山月照扉。"僧人出行，瓶盛水，盂盛饭。

梅尧臣　次韵景彝三月十六日范景仁家同饮还省宿
王　维　奉和杨驸马六郎秋夜即事
戴叔伦　白苎词
朱庆馀　送马秀才

十七

李白的名诗："花间一壶酒，独酌无相亲。举杯邀明月，对影成三人。月既不解饮，影徒随我身。暂伴月将影，行乐须及春。我歌月徘徊，我舞影零乱。醒时同交欢，醉后各分散。永结无情游，相期邈云汉。"邈蔓蔓之不可量兮，"邈"是遥远。这其实是《月下独酌四首》中的第一首，写于农历三月月明时，因为此诗第三首是"三月咸阳城，千花昼如锦。谁能春独愁，对此径须饮。穷通与修短，造化夙所禀。一樽齐死生，万事固难审。醉后失天地，兀然就孤枕。不知有吾身，此乐最为甚"。"穷通"指困厄与通达，《庄子·让王》："古之得道者，穷亦乐，通亦乐，所乐非穷通也；道德于此，则穷通为寒暑风雨之序也。""修短"指长短，"忘怀任行止，委命随修短。更若有兴来，狂歌酒一醆"是白居易诗。"兀"是昏沉貌，竹林七贤中刘伶的《酒德颂》："兀然而醉，豁尔而醒，静听不闻雷霆之声，熟视不睹泰山之形，不觉寒暑之切肌，利欲之感情。"

| 白居易　有感三首

十八

一过三月十五，春老了。欧阳修的《清平乐》词："小庭春老。碧砌红萱草。长忆小阑闲共绕。携手绿丛含笑。　别来音信全乖。旧期前事堪猜。门掩日斜人静，落花愁点青苔。"白居易写此时："三月尽是头白日，与春老别更依依。凭莺为向杨花道，绊惹春风莫放归。""萱草"就是忘忧草，孟郊的《游子》诗："萱草生堂阶，游子行天涯。慈亲倚堂门，不见萱草花。""阑"是栏杆，"花径逶迤柳巷深，小阑亭午啭春禽"是李商隐诗。"乖"是隔绝，白居易的《落花》："留春留不住，春归人寂寞。厌风风不定，风起花萧索。既兴风前叹，重命花下酌。劝君尝绿醅，教人拾红萼。桃飘火焰焰，梨堕雪漠漠。独有病眼花，春风吹不落。""醅"是未过滤的酒。

白居易　柳絮
李商隐　戏题友人壁

十九

杜甫的《春水》："三月桃花浪，江流复旧痕。朝来没沙尾，碧色动柴门。接缕垂芳饵，连筒灌小园。已添无数鸟，争浴故相喧。"罗邺之后用"扁舟晚济桃花浪，走马晴嘶柳絮风"，"济"是渡。杜甫好用"碧色"："巫山小摇落，碧色见松林。百鸟各相命，孤云无自心。"他另写此时"柴门"："懒慢无堪不出村，呼儿日在掩柴门。苍苔浊酒林中静，碧水春风野外昏……糁径杨花铺白毡，点溪荷叶叠青钱。笋根稚子无人见，沙上凫雏傍母眠。"多美啊！"糁"是碎米粒。张继的《题严陵钓台》："旧隐人如在，清风亦似秋。客星沈夜壑，钓石俯春流。鸟向乔枝聚，鱼依浅濑游。古来芳饵下，谁是不吞钩。""濑"是沙石上流水。辛弃疾后来用"争浴"："几个轻鸥，来点破、一泓澄绿。更何处、一双鸂鶒，故来争浴。细读离骚还痛饮，饱看修竹何妨肉。有飞泉、日日供明珠，三千斛。"

罗　邺　春晚渡河有怀
杜　甫　西阁二首·其一
杜　甫　绝句漫兴九首·其六、其七
辛弃疾　满江红（山居即事）

二十

苏东坡当年《三月二十日多叶杏盛开》诗："零露泫月蕊，温风散晴葩。春工了不睡，连夜开此花。芳心谁剪刻，天质自清华。恼客香有无，弄妆影横斜。中山古战国，杀气浮高牙。丛台余袨服，易水雄悲笳。自从此花开，玉肌洗尘沙。坐令游侠窟，化作温柔家。我老念江海，不饮空咨嗟。刘郎归何日，红桃烁残霞。明年花开时，举酒望三巴。""泫"是水滴，南朝宋谢灵运诗："岩下云方合，花上露犹泫。""恼客"指杜甫《江畔独步寻花七绝句》第一首："江上被花恼不彻，无处告诉只颠狂。走觅南邻爱酒伴，经旬出饮独空床。"此诗作于东坡贬惠州前，任定州太守时，定州战国时称"中山国"，"高牙"是牙旗，将帅旌旗。"丛台"是赵王台，"袨服"是盛服；风萧萧兮易水寒，送别荆轲处。杜甫有诗："长鈚逐狡兔，突羽当满月。惆怅白头吟，萧条游侠窟。""鈚"（pī）是箭。"咨"是叹，韩愈有诗："少年饮酒时，踊跃见菊花。今来不复饮，每见恒咨嗟。""刘郎"指东汉遇仙女不归的刘晨，"三巴"即巴郡、巴东、巴西，东坡想归乡。

苏　轼　三月二十日多叶杏盛开
谢灵运　从斤竹涧越岭溪行
杜　甫　七月三日亭午已后较热退晚加小凉稳睡有诗因论壮年乐事戏呈元二十一曹长
韩　愈　晚菊

清代　邹一桂　花卉八开·竹子桃花图

廿一

刘禹锡的《送春曲三首》："春向晚，春晚思悠哉。风云日已改，花叶自相催。漠漠空中去，何时天际来？""春已暮，冉冉如人老。映叶见残花，连天是青草。可怜桃与李，从此同桑枣。""春景去，此去何时回。游人千万恨，落日上高台。寂寞繁花尽，流莺归莫来。"韦应物就用"澹泊风景晏，缭绕云树幽。节往情恻恻，天高思悠悠"。这个"漠漠"，应是王勃诗"落花落，落花纷漠漠"的"漠漠"，迷蒙。"年光忽冉冉，世事本悠悠。何必待衰老，然后悟浮休"是白居易诗，"浮休"出自《庄子·刻意》："其生若浮，其死若休。"刘禹锡还有诗写"繁花落"："繁花落尽君辞去，绿草垂杨引征路。东道诸侯皆故人，留连必是多情处。"春风语流莺，流莺上下燕参差，流莺与春联结在一起。"小院无人雨长苔，满庭修竹间疏槐。春愁兀兀成幽梦，又被流莺唤醒来"是杜牧诗。

韦应物　襄武馆游眺
王　勃　落花落
白居易　永崇里观居
刘禹锡　送廖参谋东游二首·其二
杜　牧　即事

廿二

苏东坡以唐诗名句集成的《南乡子》词："怅望送春杯。渐老逢春能几回。花满楚城愁远别，伤怀。何况清丝急管催。　吟断望乡台。万里归心独上来。景物登临闲始见，徘徊。一寸相思一寸灰。"第一句出自杜牧的"怅望送春杯，殷勤扫花帚"。第二句出自杜甫的"二月已破三月来，渐老逢春能几回。莫思身外无穷事，且尽生前有限杯"。第三句大约改自许浑的"花满谢城伤共别，蝉鸣萧寺喜同游"。第四句出自刘禹锡的"今朝无意诉离杯，何况清弦急管催。本欲醉中轻远别，不知翻引酒悲来"。第五句出自李商隐的"人岂无端别，猿应有意哀。征南予更远，吟断望乡台"。第六句出自许浑的"月沉高岫宿云开，万里归心独上来"。第七句出自杜牧的"景物登临闲始见，愿为闲客此闲行"。最后一句出自李商隐的"春心莫共花争发，一寸相思一寸灰"。

杜　牧　惜春
杜　甫　绝句漫兴九首·其四
许　浑　竹林寺别友人
刘禹锡　洛中逢韩七中丞之吴兴口号五首·其三
许　浑　冬日登越王台怀旧
李商隐　无题四首·其二

廿三

韩愈诗："榆荚车前盖地皮，蔷薇蘸水笋穿篱。马蹄无入朱门迹，纵使春归可得知。"正是榆荚满地，蔷薇满墙时。"谁收春色将归去，慢绿妖红半不存。榆荚只能随柳絮，等闲撩乱走空园"是韩愈诗。榆荚也称榆钱。"风吹榆钱落如雨，绕林绕屋来不住。知尔不堪还酒家，漫教夷甫无行处"是施肩吾诗，"夷"是等辈，"甫"是男子美称。元稹的《蔷薇架》："五色阶前架，一张笼上被。殷红稠叠花，半绿鲜明地。风蔓罗裙带，露英莲脸泪。多逢走马郎，可惜帘边思。"更喜欢杜牧与李商隐的。"菱透浮萍绿锦池，夏莺千啭弄蔷薇。尽日无人看微雨，鸳鸯相对浴红衣"是杜牧诗。"日射纱窗风撼扉，香罗拭手春事违。回廊四合掩寂寞，碧鹦鹉对红蔷薇"是李商隐诗。

韩　愈　游城南十六首·题于宾客庄
韩　愈　游城南十六首·晚春
施肩吾　戏咏榆荚
杜　牧　齐安郡后池绝句
李商隐　日射

廿四

元稹寄白居易诗："微月照桐花，月微花漠漠。怨澹不胜情，低回拂帘幕。叶新阴影细，露重枝条弱。夜久春恨多，风清暗香薄。是夕远思君，思君瘦如削。但感事暌违，非言官好恶。奏书金銮殿，步屣青龙阁。我在山馆中，满地桐花落。"元稹还专有《桐花》诗，开头是："胧月上山馆，紫桐垂好阴。可惜暗澹色，无人知此心。"白居易写收诗，回诗："枕上忽惊起，颠倒著衣裳。开缄见手札，一纸十三行。上论迁谪心，下说离别肠。心肠都未尽，不暇叙炎凉。云作此书夜，夜宿商州东。独对孤灯坐，阳城山馆中。夜深作书毕，山月向西斜。月下何所有，一树紫桐花。桐花半落时，复道正相思。殷勤书背后，兼寄桐花诗。桐花诗八韵，思绪一何深。以我今朝意，忆君此夜心。一章三遍读，一句十回吟。珍重八十字，字字化为金。""暌"是分离，"暌违"是隔离，"屣"（xǐ）是鞋，"屣步"即徒步，"青龙阁"即青龙寺阁，在长安新昌坊。

元　稹　三月二十四日宿曾峰馆，夜对桐花，寄乐天
白居易　初与元九别后忽梦之及寤而书适至兼寄桐花诗怅然感怀因以此寄

廿五

又到酴醾花事了。酴醾本是酒，“红粉当垆弱柳垂，金花腊酒解酴醾。笙歌日暮能留客，醉杀长安轻薄儿”是贾至诗，后以此名称别春所开之花。“最好酴醾白间黄。消他蜂蝶采花忙。春残红粉厌梳妆”是吴潜《浣溪沙·己未三月二十五日赏酴醾》的前半阕。“更值牡丹开欲遍。酴醾压架清香散。花底一尊谁解劝？增眷恋。东风回晚无情绊”是欧阳修《渔家傲》词的后半阕。范成大也有《鹧鸪天》词写酴醾花：“嫩绿重重看得成。曲阑幽槛小红英。酴醾架上蜂儿闹，杨柳行间燕子轻。　　春婉娩，客飘零。残花浅酒片时清。一杯且买明朝事，送了斜阳月又生。”“婉”是美好，《诗经·郑风·野有蔓草》：“野有蔓草，零露漙兮。有美一人，清扬婉兮。”“漙”（tuán）是露珠多貌，“婉娩”是迟暮。

贾　至　春思二首·其二
欧阳修　渔家傲（三月清明天婉娩）

廿六

白居易的《春末夏初闲游江郭》其一："闲出乘轻屐，徐行踏软沙。观鱼傍湓浦，看竹入杨家。林迸穿篱笋，藤飘落水花。雨埋钓舟小，风飏酒旗斜。嫩剥青菱角，浓煎白茗芽。淹留不知夕，城树欲栖鸦。""屐"是木鞋，亦泛指鞋，"消磨日月几緉屐，陶铸唐虞一杯酒。既非狗马要盖帷，那计风霜悴蒲柳"是陆游诗，"唐虞"即唐尧虞舜。王维诗中也用到"宿雨乘轻屐，春寒著弊袍"。"湓"（pén）是水满溢貌，白居易的《池上闲咏》："青莎台上起书楼，绿藻潭中系钓舟。日晚爱行深竹里，月明多上小桥头。暂尝新酒还成醉，亦出中门便当游。一部清商聊送老，白须萧飒管弦秋。"莎草，李白有"浮舟弄水箫鼓鸣，微波龙鳞莎草绿"。清商三调，商曲悲，白居易喜欢清商曲，他的《快活》："可惜莺啼花落处，一壶浊酒送残春。可怜月好风凉夜，一部清商伴老身。""茗"是茶，"淹留"是逗留，"绝境应难别，同心岂易求？少逢人爱玩，多是我淹留"也是白居易诗。

陆　游　长歌行
王　维　春园即事
李　白　忆旧游寄谯郡元参军
白居易　府西池北新葺水斋，即事招宾，偶题十六韵

廿七

杨万里《三月二十七日送春绝句》:"只余三日便清和，尽放春归莫恨他。落尽千花飞尽絮，留春肯住欲如何。"农历四月纯阳天气，故曰清和，南朝宋谢灵运诗:"首夏犹清和，芳草亦未歇。水宿淹晨暮，阴霞屡兴没。""水宿"指在船上。王安石《清平乐》词的前半阕写"留春":"留春不住，费尽莺儿语。满地残红宫锦污，昨夜南园风雨。"杨万里当年还有《春尽感兴》:"春事匆匆掠眼过，落花寂寂奈愁何？故人南北音书少，野渡东西芳草多。笋借一风争作竹，燕分数子别成窠。青灯白酒长亭夜，不胜孤舟兀绿波。"油灯光青荧称青灯，"蠡盏覆时天欲明，碧幌青灯风滟滟。泪消语尽还暂眠，唯梦千山万山险"是元稹诗，"蠡盏"是螺状酒杯。

谢灵运　游赤石进帆海
元　稹　通州丁溪馆夜别李景信三首·其一

廿八

李商隐的《落花》："高阁客竟去，小园花乱飞。参差连曲陌，迢递送斜晖。肠断未忍扫，眼穿仍欲稀。芳心向春尽，所得是沾衣。""陌"是田间小路，"迢递"是远处，"迢递青门有几关，柳梢楼角见南山""云路招邀回彩凤，天河迢递笑牵牛"都是李商隐诗。大约只有杜甫敢用"眼穿当落日，心死著寒灰。雾树行相引，莲峰望忽开"。李商隐还有《残花》："残花啼露莫留春，尖发谁非怨别人。若但掩关劳独梦，宝钗何日不生尘。""两两黄鹂色似金，袅枝啼露动芳音。春来幸自长如线，可惜牵缠荡子心"是温庭筠诗。这个"发"指草木，"宝钗"是首饰，典出东汉秦嘉《与妻徐淑书》："今致宝钗一双，价值千金，可以耀首。"其诗曰："宝钗好耀首，明镜可鉴形。芳香去垢秽，素琴有清声。诗人感木瓜，乃欲答瑶琼。愧彼赠我厚，惭此往物轻。虽知未足报，贵用叙我情。"《诗经·卫风·木瓜》："投我以木瓜，报之以琼琚。""投我以木桃，报之以琼瑶。""琼琚"是玉佩，"琼瑶"是美玉。

李商隐　和游人戏赠二首·其二
李商隐　韩同年新居饯韩西迎家室戏赠
杜　甫　喜达行在所三首·其一
温庭筠　杨柳八首·其六
秦　嘉　赠妇诗

廿九

苏东坡《三月二十九日二首》："南岭过云开紫翠，北江飞雨送凄凉。酒醒梦回春尽日，闭门隐几坐烧香。""门外橘花犹的皪，墙头荔子已斓斑。树暗草深人静处，卷帘欹枕卧看山。"此诗作于从惠州谪海南前。杜甫当年写过"云"，有"绝辟过云开锦绣，疏松夹水奏笙簧"句。"的"是明亮，"皪"（lì）是白色，"的皪"从司马相如《上林赋》起，就用作鲜明貌："明月珠子，的皪江靡。"这个"靡"通"湄"，是水边。李商隐描写月照冰池，就用"的皪"："影占徘徊处，光含的皪时。高低连素色，上下接清规。""欹"是歪斜，"栏围红药盛，架引绿萝长。永日一欹枕，故山云水乡"是许浑诗。东坡在润州时，以《少年游》写春尽日词："去年相送，余杭门外，飞雪似杨花。今年春尽，杨花似雪，犹不见还家。　对酒卷帘邀明月，风露透窗纱，恰似姮娥怜双燕，分明照、画梁斜。"宦海波涛啊。"姮娥"即"嫦娥"。

杜　甫　七月一日题终明府水楼二首·其一
许　浑　长兴里夏日南郊避暑

三十

白居易《送春》诗："三月三十日，春归日复暮。惆怅问春风，明朝应不住。送春曲江上，眷眷东西顾。但见扑水花，纷纷不知数。人生似行客，两足无停步。日日进前程，前程几多路。兵刀与水火，尽可违之去。唯有老到来，人间无避处。感时良为已，独倚池南树。今日送春心，心如别亲故。""违"是"避"，"良"为"乐易"，这个"良"应是良好、和悦。韦应物有诗："春水不生烟，荒冈筠翳石。不应朝夕游，良为蹉跎客。"白居易还有《三月三十日题慈恩寺》："慈恩春色今朝尽，尽日裴回倚寺门。惆怅春归留不得，紫藤花下渐黄昏。"慈恩寺是李世民为辅助他开创贞观之治的文德皇后所建，当时进士都在慈恩寺塔留名，故白居易还有"怅望慈恩三月尽，紫桐花落鸟关关。诚知曲水春相忆，其奈长沙老未还"。这是写给元稹的，元稹与白居易同科及第。"长沙"指西汉贾谊，曾被谪为长沙王太傅，三年后召回长安，为梁怀王太傅。

| 白居易　酬元员外三月三十日慈恩寺相忆见寄

清代　清院本十二月令图册·四月

四月

草香冉冉生吟席，
云影飞飞度酒杯。

——蔡襄　四月池上

清代　陈枚　四季花鸟图屏

李贺《河南府试十二月乐词·四月》:“晓凉暮凉树如盖，千山浓绿生云外。依微香雨青氛氲，腻叶蟠花照曲门。金塘闲水摇碧漪，老景沉重无惊飞，堕红残萼暗参差。”“落花度，氛氲绕高树”是王勃《落花落》中的句子，“蟠”是遍及、充满，四月阳气充裕，绿肥花繁。阳光照耀为金塘，“楚岸有花花盖屋，金塘柳色前溪曲。悠溶杳若去无穷，五色澄潭鸭头绿”是温庭筠诗。“风弄碧漪摇岛屿，奇云蘸影千峰舞”是洪适后来写四月的句子。“老景沉重无惊飞”指春景已老，再无鸟雀追尾惊飞了。罗隐的《落花》:“昨日方艳浓，开尊几同醉。今朝风雨恶，惆怅人生事。南威病不起，西子老兼至。向晚寂无人，相偎堕红泪。”“参差”是纷纭繁杂。“玉蟾滴水鸡人唱，露华兰叶参差光”也是李贺的句子，“玉蟾”是计时的更漏，“鸡人”在宫中传漏报时。

初一

白居易《和微之四月一日作》诗："四月一日天，花稀叶阴薄。泥新燕影忙，蜜熟蜂声乐。麦风低冉冉，稻水平漠漠。芳节或蹉跎，游心稍牢落。春华信为美，夏景亦未恶。飐浪嫩青荷，重栏晚红药。吴宫好风月，越郡多楼阁。两地诚可怜，其奈久离索。"这是和元稹，作于白居易任苏州刺史时。"花到蔷薇明艳绝，燕支颗破麦风秋。一番弄色一番退，小妇轻妆大妇愁"是徐凝诗。"飐"是风吹颤动，秦韬玉也用过"飐浪"："一竿青竹老江隈，荷叶衣裳可自裁。潭定静悬丝影直，风高斜飐浪纹开。"写钓翁。"红药"是芍药，"自喜蜗牛舍，兼容燕子巢。绿筠遗粉箨，红药绽香苞"是李商隐诗，"绿筠"指竹。"离索"是离群索居，陆游的《钗头凤》："东风恶，欢情薄，一怀愁绪，几年离索。错错错。"

徐　凝　玩花五首·其五
李商隐　自喜

初二

杜甫《绝句四首》："堂西长笋别开门，堑北行椒却背村。梅熟许同朱老吃，松高拟对阮生论。""欲作鱼梁云覆湍，因惊四月雨声寒。青溪先有蛟龙窟，竹石如山不敢安。""两个黄鹂鸣翠柳，一行白鹭上青天。窗含西岭千秋雪，门泊东吴万里船。""药条药甲润青青，色过棕亭入草亭。苗满空山惭取誉，根居隙地怯成形。"这组诗有名在第三首。第一首"堑"是沟，背对村，椒成行，"阮生"应指阮籍，"朱老"乃老杜当时好友，此时梅未熟。第二首，溪有蛟龙，时有云雨，"竹石"指筑鱼梁，筑鱼梁是为取利，故称"欲作鱼梁云覆湍"。第四首，"条"是枝条，"甲"是新叶，杜甫多病，故多种药草，他有诗"种药扶衰病，吟诗解叹嗟"。"苗满空山惭取誉，根居隙地怯成形"应是他对自身的写照。他另有诗句："徒然潜隙地，有靦屡鲜妆。""靦"（tiǎn）是惭愧。

杜　甫　远游
杜　甫　寄彭州高三十五使君适、虢州岑二十七长史参三十韵

初三

卢照邻的《初夏日幽庄》："闻有高踪客，耿介坐幽庄。林壑人事少，风烟鸟路长。瀑水含秋气，垂藤引夏凉。苗深全覆陇，荷上半侵塘。钓渚青凫没，村田白鹭翔。知君振奇藻，还嗣海隅芳。""高踪"即行迹高尚，耿介不随，是正直不阿。"林壑"是林中涧谷，南朝宋谢灵运诗"林壑敛暝色，云霞收夕霏"，李白改作："顿惊谢康乐，诗兴生我衣。襟前林壑敛暝色，袖上云霞收夕霏。"多飞扬！卢照邻爱用"风烟"，"园院风烟古，池台松槚春"是写相如琴台，"槚"即楸树。"日晚菱歌唱，风烟满夕阳"是写七夕。"凫"是野鸭，"稻田凫雁满晴沙，钓渚归来一径斜"是温庭筠诗。"藻"是文采，"嗣"是继承，"海隅"是海角。王维写"终南山"："太乙近天都，连山接海隅。白云回望合，青霭入看无。"

谢灵运　石壁精舍还湖中作
李　白　酬殷明佐见赠五云裘歌
卢照邻　相如琴台
卢照邻　七夕泛舟二首·其一
温庭筠　郊居秋日有怀一二知己

初四

南宋杨万里当年《四月四日午出浙东界，入信州永丰界》诗："外面千峰合，中间一径通。日光自摇水，天静本无风。村酒渟春绿，林花倦午红。莫欺山堠子，知我入江东。"信州永丰在江西上饶，"寥廓凉天静，晶明白日秋。圆光含万象，碎影入闲流"是王维描述的秋景。"形觉清羸道觉肥，竹门前径静相宜。一壶村酒无求处，数朵庭花见落时"是杜荀鹤诗，"羸"是瘦弱。杨万里此诗的"渟"与"倦"用得好，"渟"是水凝不流貌，停在春绿了。刘禹锡写"池水"："濙渟幽壁下，深净如无力。风起不成文，月来同一色。"亦妙。"一岁林花即日休，江间亭下怅淹留"是李商隐的句子，"堠子"是分界的地标土坛，"江"指长江。"君不见吴中张翰称达生，秋风忽忆江东行，且乐生前一杯酒，何须身后千载名"是李白《行路难》的结尾。

王　维　赋得秋日悬清光
杜荀鹤　闲居即事
刘禹锡　海阳十咏·蒙池
李商隐　即日
李　白　行路难三首·其三

初五

刘禹锡《初夏曲三首》："铜壶方促夜，斗柄暂南回。稍嫌单衣重，初怜北户开。西园花已尽，新月为谁来？""时节过繁华，阴阴千万家。巢禽命子戏，园果坠枝斜。寂寞孤飞蝶，窥丛觅晚花。""绿水风初暖，青林露早晞。麦陇雉朝雊，桑野人暮归。百舌悲花尽，平芜来去飞。""斗柄"指北斗星柄，"柄"指南为夏。夏天北窗风凉，"东窗晚无热，北户凉有风。尽日坐复卧，不离一室中。中心本无系，亦与出门同"是白居易的《夏日》诗。"阴阴"指树荫，"漠漠水田飞白鹭，阴阴夏木啭黄鹂"是王维诗。"晞"是干，"晨光映远岫，夕露见日晞"是杜甫诗。"雊"是雉鸣，"雉"是野鸡，"雉雊麦苗秀，蚕眠桑叶稀。田夫荷锄至，相见语依依"是王维诗。"人有多言者，犹百舌之声"，王维写"百舌"："入春解作千般语，拂曙能先百鸟啼。""芜"是野草丛生，"忽山西兮夕阳，见东皋兮远村。平芜绿兮千里，眇惆怅兮思君"也是王维诗。

王　维　积雨辋川庄作
杜　甫　甘林
王　维　渭川田家
王　维　听百舌鸟
王　维　送友人归山歌二首·其二

初六

白居易《首夏南池独酌》："春尽杂英歇，夏初芳草深。薰风自南至，吹我池上林。绿萍散还合，赪鲤跳复沉。新叶有佳色，残莺犹好音。依然谢家物，池酌对风琴。惭无康乐作，秉笔思沉吟。境胜才思劣，诗成不称心。""夏风"为薰风，戴叔伦的《南轩》："野居何处是，轩外一横塘。座纳薰风细，帘垂白日长。"王维写"绿萍"："春池深且广，会待轻舟回。靡靡绿萍合，垂杨扫复开。""靡靡"是弱而随顺貌。"赪（chēng）鲤"就是红鲤，李中的《渔父》诗："雪鬓衰髯白布袍，笑携赪鲤换村醪。殷勤留我宿溪上，钓艇归来明月高。""康乐"就指南朝宋谢灵运，"依然谢家物"指谢灵运诗《登池上楼》："初景革绪风，新阳改故阴。池塘生春草，园柳变鸣禽。祁祁伤豳歌，萋萋感楚吟。""初景"指春，"祁祁伤豳歌"指《诗经·豳风·七月》中的"采蘩祁祁，女心伤悲"。贯休的《风琴》诗："至境心为造化功，一枝青竹四弦风。寥寥双耳更深后，如在缑山明月中。""缑（gōu）山"是修道成仙处。

| 王　维　皇甫岳云溪杂题五首·萍池

初七

陆游的《幽居初夏》:“湖山胜处放翁家，槐柳阴中野径斜。水满有时观下鹭，草深无处不鸣蛙。箨龙已过头番笋，木笔犹开第一花。叹息老来交旧尽，睡余谁共午瓯茶。”陆游作过两组八首《幽居初夏》，都是七十多岁作于退居家乡绍兴时。这是第一组的第一首，陆游号“放翁”。“野径云俱黑，江船火独明”是杜甫的名句。“白鹭下秋水，孤飞如坠霜。心闲且未去，独立沙洲傍”是李白诗。“箨”是笋皮，“箨龙”是笋的异名，苏东坡的《喜雨》诗:“时向林间数新竹，箨龙腾上欲迎秋。”“木笔”即辛夷，“瓯”是杯，“暖变墙衣色，晴催木笔花。桃根知酒渴，晚送一瓯茶”是白居易诗。陆游《幽居初夏》第二组的第二首就是:“梅坞青黄子，草陂红紫花。双鹅朝戏浦，群鸭暮还家。赤脚挑残笋，苍头摘晚茶。出门逢野老，满意说桑麻。”“苍头”即白头。“桑麻”即农事。

杜　甫　春夜喜雨
李　白　白鹭鹚
白居易　营闲事

初八

蔡襄《四月池上》:“风下平池水晕开，池边露坐水风来。草香冉冉生吟席，云影飞飞度酒杯。荷叶偶成双翠盖，荔枝才似小青梅。人闲物静两相得，月色苍凉始肯回。”李贺写“水风”:“江中绿雾起凉波，天上叠巘红嵯峨。水风浦云生老竹，渚暝蒲帆如一幅。”“巘”（yǎn）是山峰。“冉冉”是渐渐，屈原《离骚》中有“老冉冉其将至兮，恐修名之不立”。“飞飞”是飘扬貌，引申为纷乱貌，杜甫诗里用“冉冉”与“飞飞”:“舍下笋穿壁，庭中藤刺檐。地晴丝冉冉，江白草纤纤。”“蔼蔼花蕊乱，飞飞蜂蝶多。幽栖身懒动，客至欲如何。”李贺用“霜花飞飞风草草”更妙。王维名诗:“人闲桂花落，夜静春山空。月出惊山鸟，时鸣春涧中。”“落月苍凉登阁在，晓钟摇荡隔江闻”是温庭筠诗。

李　贺　相和歌辞·江南弄
杜　甫　绝句六首·其二、其五
李　贺　河南府试十二月乐词·九月
王　维　皇甫岳云溪杂题五首·鸟鸣涧
温庭筠　宿松门寺

初九

吴潜当年此日有《满江红》词：“饤饾残花，也随分、红红白白。缘底事，春才好处，又成轻别。芳草凄迷归路远，子规更叫黄昏月。倚阑干、触处是浓愁，凭谁说。　我不厌，尊罍挈。君莫放，笙歌彻。自河南丞相，有兹宾客。一笑何曾千古换，半醺便觉乾坤窄。怕转头、天际望归舟，江山隔。”“饤饾”本是堆在盘里的食品，此指杂陈。“缘底”是因何，“子规”即啼血的杜鹃。杜甫的《子规》诗：“峡里云安县，江楼翼瓦齐。两边山木合，终日子规啼。眇眇春风见，萧萧夜色凄。客愁那听此，故作傍人低。”眇乎小哉，“眇眇”是风吹动貌。“罍”（léi）是酒樽，“挈”（qiè）是执，举。李后主当年的《虞美人》词：“风回小院庭芜绿，柳眼春相续。凭阑半日独无言，依旧竹声新月似当年。　笙歌未散尊罍在，池面冰初解。烛明香暗画楼深，满鬓清霜残雪思难任。”

| 吴　潜　满江红（己未四月九日会四明窗）

初十

元朝萨都剌《新夏曲》："红泣香枯怨流水，夜放箨龙千尺尾。风生宫树晓层层，凉绿一帘收不起。烟干宝鸭白昼清，祝融缓辔行且停。蔷薇花深雾冥冥，碧窗睡起香满肱。""红泣香枯"指春去，箨龙是竹笋，苏东坡诗："力耕仅足公家取，遗秉休违寡妇求。时向林间数新竹，箨龙腾上欲迎秋。""宝鸭"是鸭状香炉，"知他别后，几度花开。月下金罍，花间玉佩，都化作相思一寸灰。愁绝处，又香销宝鸭，灯晕兰煤"是秦观《沁园春》词中的句子。"罍"是酒樽。"祝融"是火神，夏官，"辔"（pèi）是驭马缰绳，"玄冥祝融气或交，手持白羽未敢释"是杜甫名句，"玄冥"是水神，冬官，"白羽"是雪。"蜀道秋深云满林，湘江半夜龙惊起。玉堂美人边塞情，碧窗皓月愁中听"是李贺诗。"肱"是臂，《论语·述而》："饭疏食饮水，曲肱而枕之，乐亦在其中矣。"

苏　轼　喜雨
秦　观　沁园春（锦里繁华）
杜　甫　前苦寒行二首·其一
李　贺　龙夜吟

清代　郎世宁　仙萼长春册·百合花与缠枝牡丹

十一

苏东坡当年《四月十一日初食荔支》:“南村诸杨北村卢,白华青叶冬不枯。垂黄缀紫烟雨里,特与荔子为先驱。海山仙人绛罗襦,红纱中单白玉肤。不须更待妃子笑,风骨自是倾城姝。不知天公有意无,遣此尤物生海隅。云山得伴松桧老,霜雪自困楂梨麤。先生洗盏酌桂醑,冰盘荐此赪虬珠。似开江鳐斫玉柱,更洗河豚烹腹腴。我生涉世本为口,一官久已轻莼鲈。人间何者非梦幻,南来万里真良图。”诗作于惠州,“杨”与“卢”指杨梅、卢橘,“华”即花。“绛”是深红色,“罗襦”是外面的丝织短衣,“中单”是里面的汗衫,出自白居易描写荔枝的“壳如红缯,膜如紫绡,瓤肉莹白如冰雪”。杜牧名诗:“长安回望绣成堆,山顶千门次第开。一骑红尘妃子笑,无人知是荔枝来。”“楂”(zhā)是木桃,“麤”(cū)是粗劣,“赪虬”喻荔枝为赤龙珠,“江鳐玉柱”是鲜贝。“莼鲈”是莼羹鲈脍,昔张翰在西晋齐王幕下,秋风起,因思江东莼羹鲈脍,离开了齐王。末句典出西晋左思的“长啸激清风,志若无东吴。铅刀贵一割,梦想骋良图。左眄澄江湘,右盼定羌胡。功成不受爵,长揖归田庐”。

白居易　荔枝图序
杜　牧　过华清宫绝句三首·其一
左　思　咏史八首·其一

十二

范成大《初夏二首》第二首："晴丝千尺挽韶光，百舌无声燕子忙。永日屋头槐影暗，微风扇里麦花香。"范成大《初夏三绝，呈游子明、方仲显》第二首："一帘芳树绿葱葱，胡蝶飞来觅绮丛。雪白荼蘼红宝相，尚携春色见薰风。"杜甫有诗："地晴丝冉冉，江白草纤纤。"范成大夸张了，"韶"是美好，"韶光"是春光。玄冬修夜，朱明永日，朱明为夏，永日是日长。"炎天故绛路，千里麦花香。董泽雷声发，汾桥水气凉"是卢纶诗。"绛"是深红色，"董""汾"都是晋地。"绮"是花纹丝织品，元稹诗："转面流花雪，登床抱绮丛。鸳鸯交颈舞，翡翠合欢笼。"很香艳。"宝相"是一种蔷薇。"宝相锦铺架，酴醾雪拥檐。沼萍浮钿靥，林笋露犀尖"是司马光诗。"薰风"是南风，庄南杰的《红蔷薇》："九天碎霞明泽国，造化工夫潜剪刻。翠叶长眉约细枝，殷红短刺钩春色。明日当楼晚香歇，金带盘空已成结。谢豹声催麦陇秋，薰风吹落猩猩血。""谢豹"即子规、杜鹃鸟。

杜　甫　绝句六首·其五
元　稹　会真诗三十韵
司马光　三月三十日偶成兼呈真率诸公

十三

李白的《对雨》诗："卷帘聊举目，露湿草绵绵。古岫披云毳，空庭织碎烟。水红愁不起，风线重难牵。尽日扶犁叟，往来江树前。""聊"是且，《古诗十九首·青青陵上柏》："人生天地间，忽如远行客。斗酒相娱乐，聊厚不为薄。"这个"绵绵"，我读作绵绵然安静。《诗经·大雅·常武》："如川之流，绵绵翼翼。不测不克，濯征徐国。""翼翼"是恭敬谨慎，"测"是测度。"岫"是山洞，"云无心而出岫，鸟倦飞而知还"是陶渊明《归去来兮辞》中的句子，"毳"（cuì）是鸟兽细毛，李白用以喻雾气。水红映水，"南浦桃花亚水红，水边柳絮由春风。鸟鸣喈喈烟濛濛，自从远送对悲翁。此翁已与少年别，唯忆深山深谷中"是孟郊诗。杜甫的《雨》也写"江树"："峡云行清晓，烟雾相裴回。风吹苍江树，雨洒石壁来。"

十四

陆龟蒙《四月十五日道室书事寄袭美》:“乌饭新炊芼臛香,道家斋日以为常。月苗杯举存三洞,云蕊函开叩九章。一掬阳泉堪作雨,数铢秋石欲成霜。可中值著雷平信,为觅闲眠苦竹床。”“袭美”即皮日休,以杨桐叶、乌柏叶染成乌饭,道家认为久服可延年益寿。“芼”(mào)是菜,“臛”是肉羹,“芼臛”指菜羹胜肉羹。“月苗”为初月形,道教经典的“三洞”是洞真、洞玄、洞神,“九章”是帝王冕服九种图案,此指学问境界。丹药炼成为秋石,色白质坚,“雷平信”指修行境界。皮日休的“奉和”:“望朝斋戒是寻常,静启金根第几章?竹叶饮为甘露色,莲花鲊作肉芝香。松膏背日凝云磴,丹粉经年染石床。剩欲与君终此志,顽仙唯恐鬓成霜。”皮诗正好解释陆诗,始皇作金根车,“金根”是瑞车,“鲊”是腌制,“磴”是阶,初得道称“顽仙”。钱谦益说:“仙不通儒,龟息鸟伸,顽仙也。”

钱谦益　镜古篇序

十五

翁洮的《夏》:“触目皆因长养功，浮生何处问穷通。柳长北阙丝千缕，云簇南山火万笼。大野烟尘飘赫日，高楼帘幕逗薰风。身心已在喧阗处，惟羡沧浪把钓翁。”夏称长养，四月十五起结夏，云游僧挂褡，就为护长养。“阙”是门楼，“水绿南薰殿，花红北阙楼”是李白的句子。“簇”，簇拥，“云簇兴座隅，天空落阶下”是孟浩然的句子。“赫”，显赫，红色鲜明貌，“赫日”是红日。白居易诗：“彤云散不雨，赫日吁可畏。端坐犹挥汗，出门岂容易。”“薰风”是热风，“阗”是填塞，“一任喧阗绕四邻，闲忙皆是自由身。人来客去还须议，莫遣他人作主人”是司空图诗。《楚辞·渔父》:“渔父莞尔而笑，鼓枻而去。歌曰：‘沧浪之水清兮，可以濯吾缨；沧浪之水浊兮，可以濯吾足。’”“沧浪子”就成为隐逸者称，“太湖东西路，吴主古山前。所思不可见，归鸿自翩翩。何山赏春茗，何处弄春泉？莫是沧浪子，悠悠一钓船”是皎然写陆羽，“枻”是船。

李　白　宫中行乐词八首·其八
孟浩然　云门寺西六七里，闻符公兰若最幽，与薛八同住
白居易　旱热二首·其一
司空图　南至四首·其四
皎　然　访陆处士羽

十六

陈子昂描写的当下："山水开精舍，琴歌列梵筵。人疑白楼赏，地似竹林禅。对户池光乱，交轩岩翠连。色空今已寂，乘月弄澄泉。""精舍"可以是书斋，也可以是修炼居处。"梵筵"是做佛事的道场。"白楼亭"原为越国大夫文种葬处，后因其临流映壑，成为超凡脱俗的象征，李白诗："手秉玉麈尾，如登白楼亭。微言注百川，亹亹信可听。""麈尾"是清谈拂尘的工具，"亹亹"（wěi）是清流不倦声。"池光不定花光乱，日气初涵露气干"是李商隐的句子。"暮草深岩翠，幽花坠径香"是薛能的句子。一切皆由因缘生，色便是空。白居易的《僧院花》："欲悟色空为佛事，故栽芳树在僧家。细看便是华严偈，方便风开智慧花。"

陈子昂　夏日游晖上人房
李　白　赠僧崖公
李商隐　当句有对
薛　能　华清宫和杜舍人

十七

韦庄当年《女冠子》词：“四月十七，正是去年今日，别君时。忍泪佯低面，含羞半敛眉。　不知魂已断，空有梦相随。除却天边月，没人知。”“佯”是伪装，“夜来残酒醒，惟觉霜袍冷。不见敛眉人，胭脂觅旧痕”是苏东坡词。另一首：“昨夜夜半，枕上分明梦见，语多时。依旧桃花面，频低柳叶眉。　半羞还半喜，欲去又依依。觉来知是梦，不胜悲。”“桃花面”是隋文帝宫中妆饰，梳女真髻，两颊施胭脂，浓者“酒晕妆”，淡者“桃花妆”。毛滂的《清平乐》词：“杯深莫厌。强看桃花面。记约阳和初一线。便恁芳菲满眼。　明年春色重来。东堂花为谁开。我在芦花深处，钓矶雨绿莓苔。”而韩偓诗：“桃花脸薄难藏泪，柳叶眉长易觉愁。密迹未成当面笑，几回抬眼又低头。”

苏　轼　菩萨蛮（碧纱微露纤纤玉）
韩　偓　复偶见三绝·其二

十八

昔杨万里以《诗经》古句组合成美妙的“四月之诗”：“四月维夏，凯风自南。绿竹猗猗，维石岩岩。我有嘉宾，贲然来思。为此春酒，酌言献之。南有嘉鱼，维其时矣。维笋及蒲，维其嘉矣。园有桃，左右采之。摽有梅，薄言掇之。今夕何夕？月出皎兮。东方未明，不醉无归。”“维”是系，“四月维夏，六月徂暑”是《诗经·四月》的开头。“凯风”是南风，“凯风自南，吹彼棘心”是《诗经·凯风》的开头。“猗”是超越，“猗猗”是美盛貌，“瞻彼淇奥，绿竹猗猗”是《诗经·淇奥》的开头。“节彼南山，维石岩岩”是《诗经·节南山》的开头。“贲然”是光彩貌，“皎皎白驹，贲然来思”是《诗经·白驹》中的句子。“为此春酒，以介眉寿”是《诗经·七月》中的句子。“君子有酒，酌言献之”是《诗经·瓠叶》中的句子。“南有嘉鱼，烝然罩罩”是《诗经·南有嘉鱼》的开头。“物其有矣，维其时矣”是《诗经·鱼丽》的结尾。“其蔌维何，维笋及蒲”是《诗经·韩奕》的句子。“物其多矣，维其嘉矣”也是《诗经·鱼丽》的句子。“园有桃，其实之肴”是《诗经·园有桃》的开头。“参差荇菜，左右采之”

是《诗经·关雎》中的句子。“摽”（biào）是落下，“摽有梅，其实七兮”是《诗经·摽有梅》中的开头。“采采芣苡，薄言掇之”是《诗经·芣苡》中的句子，“掇”（duō）是拾取。“今夕何夕，见此邂逅”是《诗经·绸缪》中的句子。“月出皎兮，佼人僚兮”是《诗经·月出》的开头。“东方未明，颠倒衣裳”是《诗经·东方未明》的开头，“厌厌夜饮，不醉无归”是《诗经·湛露》中的句子。古人真是信手拈来。

清代　余穉　花鸟册

十九

李贺的《新夏歌》："晓木千笼真蜡綵，落蒂枯香数分在。阴枝拳芽卷缥茸，长风回气扶葱茏。野家麦畦上新垄，长畛徘徊桑柘重。刺香满地菖蒲草，雨梁燕语悲身老。三月摇杨入河道，天浓地浓柳梳扫。""笼"即笼罩，以"千笼"喻绿叶浓密，"蜡"指阳气充沛光明，如染綵。花枝相连为蒂，花落，枯香在。阴枝，光照不到处，芽拳曲，缥是淡青色，"石榴植前庭，绿叶摇缥青"是三国曹植的句子。夏风称长风，长风扇暑，绿繁盛而称葱茏。田块称畦，地中有垄；"畛"（zhěn）是田间分界小路，柘桑，桑树一种，叶可喂蚕，材可制弓。菖蒲剑立，故称刺香，菖蒲花紫茸，"莫指襄阳道，绿浦归帆少。今日菖蒲花，明朝枫树老"也是李贺诗。"摇杨"的"杨"应指杨花似雪，"天浓"应指阳气，"地浓"应指浓绿，柳条拂地为扫。"柳梳扫"，只有李贺这样用词。

曹　植　弃妇篇
李　贺　大堤曲

二十

北宋林逋的《西岩夏日》："蕙帐萧闲掩弊庐，子真岩石坐来初。为惊野鸟巢间乳，懒过邻僧竹里居。新溜迸凉侵静语，晚云浮润上残书。何烦彊捉白团扇，一柄青松自有余。""蕙"是香草，"蕙帐"是帐的美称，南朝齐孔稚珪《北山移文》："蕙帐空兮夜鹄怨，山人去兮晓猨惊。""鹄"是天鹅。"子真岩石"典出汉扬雄《法言·问神》中的"谷口郑子真，不屈其志，而耕乎岩石之下，名振于京师"。郑朴，字子真，玄静守道。"溜"本是水流，韩愈诗"带冰新溜涩，间雪早梅香"，"新溜"是解冻流水，林逋用以喻凉气。很喜欢"晚云浮润上残书"这句，"彊"（jiāng）同"僵"，"歌榭白团扇，舞筵金缕衫。旌旗遥一簇，舄履近相搀"是刘禹锡诗，"舄履"是鞋的通称。"搀"即搀合，"柄"即把柄，一柄也可解为一枝。

刘禹锡　和汴州令狐相公到镇改月偶书所怀

廿一

骆宾王的《夏日游山家同夏少府》："返照下层岑，物外狎招寻。兰径薰幽佩，槐庭落暗金。谷静风声彻，山空月色深。一遣樊笼累，唯余松桂心。"山小而高曰岑，"松柏翳冈岑，飞鸟鸣相过"是三国魏阮籍的句子。宋之问用"层岑"："春泉鸣大壑，皓月吐层岑。岑壑景色佳，慰我远游心。""狎"是近，骆宾王诗中，还用过"虚室狎招寻，敬爱混浮沉"。"槐花"比作暗金，"谷静唯松响，山深无鸟声。琼峰当户拆，金涧透林明"是王维的句子。李白写"山空"："客散青天月，山空碧水流。池花春映日，窗竹夜鸣秋。""樊"是篱笆，"樊篱"是束缚，"松桂荫茅舍，白云生坐边"是元结诗。

阮　籍　咏怀·其六
宋之问　夜饮东亭
骆宾王　夏日游德州赠高四
王　维　游化感寺
李　白　谢公亭
元　结　招孟武昌

廿二

北宋张耒的《夏日十二首》其一："过雨芰荷乱，繁阴竹树多。雏声知鸟哺，萍动见鱼过。细径饶苔藓，阴墙引薜萝。角巾从倒侧，疏懒欲如何？"其二："蚓壤排晴圃，蜗涎印雨阶。花须娇带粉，树角老封苔。问字病多忘，过邻慵却回。晚凉还盥栉，对竹引清杯。""芰"（jì）是菱，"丹藕凌波而的皪，绿芰泛涛而浸潭"是晋左思《魏都赋》中的句子，"丹藕"是荷花，"的皪"是光鲜貌。"薜（bì）萝"即薜荔与女萝，都是攀缘植物。《楚辞·九歌·山鬼》的开头："若有人兮山之阿，被薜荔兮带女萝。既含睇兮又宜笑，子慕予兮善窈窕。""阿"是山坡，"睇"（dì）是流盼。"角巾"是方巾，隐士冠饰。"蚓壤"是蚯蚓松土后的蚓粪，"慵"是慵懒。"盥栉"是盥洗，"栉"（zhì）是梳子，梳理，杜甫的《过客相寻》："穷老真无事，江山已定居。地幽忘盥栉，客至罢琴书。挂壁移筐果，呼儿问煮鱼。时闻系舟楫，及此问吾庐。"

清代　郎世宁　仙萼长春册·虞美人与蝴蝶花图

廿三

陆游当年诗："飐飐荷离水，翩翩燕出巢。苔添雨后晕，笋放露中梢。世路千重浪，生涯一把茅。款门僧亦绝，无句炼推敲。""莫笑茅庐迮，何曾厌日长。饭余飧酪滑，浴罢葛巾凉。落日桐阴转，微风栀子香。贫家犹裹粽，随事答年光。""飐飐"是摇动，"回风育其飘忽兮，回飐飐之泠泠"是西汉刘歆《遂初赋》中的句子。陆游诗中还用"飐飐"："摇摇楸线风初紧，飐飐荷盘露欲倾。"楸树垂条如线，称楸线。"款门"是敲门，"迮"（zé）是紧迫、狭小，"峡内淹留客，溪边四五家。古苔生迮地，秋竹隐疏花"是杜甫诗。飧（sūn）者美主人之食，酪是奶酪或果酪。"葺茅为我庐，编蓬为我门。缝布作袍被，种谷充盘飧"是白居易诗。"葺"（qì）是覆。该包粽子了，生涯一把茅，随事答年光，闲适心态真好。"年光忽冉冉，世事本悠悠。何必待衰老，然后悟浮休"也是白居易诗。《庄子·刻意》："圣人之生也天行，其死也物化……其生若浮，其死若休。其神纯粹，其魂不罢。"

陆　游　四月二十三日作
杜　甫　溪上
白居易　咏拙
白居易　永崇里观居

廿四

孟浩然《夏日辨玉法师茅斋》："夏日茅斋里，无风坐亦凉。竹林深笋穊，藤架引梢长。燕觅巢窠处，蜂来造蜜房。物华皆可玩，花蕊四时芳。"杜甫的《巳上人茅斋》："巳公茅屋下，可以赋新诗。枕簟入林僻，茶瓜留客迟。江莲摇白羽，天棘梦青丝。空忝许询辈，难酬支遁词。"一心修行，心不散乱称"上人"。"簟"是竹席，"白羽"为扇，"青松"为麈尾，"白莲"为羽扇。柳称天棘，许询、支遁同是东晋人，许询好山水，支遁讲佛经，是法师，"忝"（tiǎn）是愧。"穊"（jì）是稠密，藤架攀紫藤，白居易的《自题小草亭》："新结一茅茨，规模俭且卑。土阶全垒块，山木半留皮。阴合连藤架，丛香近菊篱。壁宜藜杖倚，门称荻帘垂。窗里风清夜，檐间月好时。留连尝酒客，句引坐禅师。""句"即"勾"。物华是自然景观，刘禹锡诗："客情浩荡逢乡语，诗意留连重物华。风樯好住贪程去，斜日青帘背酒家。""春风秋月携歌酒，八十年来玩物华"则是白居易诗。

刘禹锡　鱼复江中
白居易　送滕庶子致仕归婺州

廿五

杜甫的《陪诸贵公子丈八沟携妓纳凉，晚际遇雨二首》的第一首："落日放船好，轻风生浪迟。竹深留客处，荷净纳凉时。公子调冰水，佳人雪藕丝。片云头上黑，应是雨催诗。"杜甫写有两首《放船》，其一为："收帆下急水，卷幔逐回滩。江市戎戎暗，山云淰淰寒。村荒无径入，独鸟怪人看。已泊城楼底，何曾夜色阑。""戎戎"是茂盛貌，"淰（shěn）淰"是散而不定貌。"碧藓无尘染，寒蝉似鸟鸣。竹深云自宿，天近日先明"是姚合诗。在陈允平的词中，就变成"睡起朦腾小篆香。素纨轻度玉肌凉。竹深荷净少炎光"。"纨"是白色细绢。"雪藕"是嫩藕，"休问雪藕丝蒲，佩兰钿艾，旧梦都高阁。惟有流莺当此际，舌弄笙簧如约"是吴潜的句子。

姚　合　省直书事
陈允平　浣溪沙
吴　潜　念奴娇（戏和仲殊己未四月二十七日）

廿六

南宋叶梦得当年今日有《南歌子》词："麦陇深初转，桃溪曲渐成。绿槐重叠午阴清，更有榴花一朵、照人明。　画栋清微暑，疏帘入晚晴。请君坐待縠纹平，看取红幢翠盖、引前旌。"麦秆高而麦陇深，"桃溪"指陶渊明《桃花源记》中的桃源。"再寻畏迷误，明发更登历。笑谢桃源人，花红复来觌"是王维诗，"桃源人"指隐士。此时"夏浅蝉未多，绿槐阴满地"，是白居易的形容。接近五月，石榴花开了。"五月榴花照眼明，枝间时见子初成"是韩愈诗。"雨过添清气，风爱生縠纹"是杨慎诗，"縠纹"是水面皱纹。"旌"与"幢"本都是旗帜，"幢"引申为仪仗，"旌"只是标识，这里的红幢翠盖，应指荷花。欧阳修写"荷花"："荷花开后西湖好，载酒来时。不用旌旗。前后红幢绿盖随。　画船撑入花深处，香泛金卮。烟雨微微，一片笙歌醉里归。""卮"（zhī）是酒器。

叶梦得　南歌子（四月二十六日集客临芳观）
王　维　蓝田山石门精舍
白居易　府西亭纳凉归
韩　愈　题张十一旅舍三咏·榴花
杨　慎　渡黑龙江时连雨水涨竟日乃济
欧阳修　采桑子

廿七

昔南宋吴潜此日有《念奴娇》词："午飙褪暑，向绿阴深处，引杯孤酌。啼鸟一声庭院悄，日影偷移朱箔。杏落金丸，荷抽碧筩，景物挨排却。虚檐长啸，世缘菌蕈筼箨。　　休问雪藕丝蒲，佩兰钿艾，旧梦都高阁。惟有流莺当此际，舌弄笙簧如约。短棹双溪，么锄三径，归计犹难托。料应猿鹤，近来多怨离索。""飙"是风，"朱箔"是红色帘子，"黯然携手处，倚朱箔、愁凝黛颦"是蔡伸的句子。"碧筩（tǒng）"在这里指荷茎，"筩"是管筒状。"碧筩白酒，微吸荷心苦。佳月一钩天四碧，隐约明波横注"是洪咨夔词。"筼"是竹，"箨"是笋皮，世缘如朝菌笋箨，形容真好。嫩藕称雪藕，初生绿蒲为丝蒲，"钿"是首饰。吴潜喻人生为"短棹双溪，么锄三径"，"棹"是桨，"么"通"幺"，即小，"离索"即离群索居。

吴　潜　念奴娇（戏和仲殊己未四月二十七日）
蔡　伸　飞雪满群山（又名扁舟寻旧约）
洪咨夔　念奴娇（老人用僧仲殊韵咏荷花横披，谨和）

廿八

曹组的《如梦令》词："门外绿荫千顷，两两黄鹂相应。睡起不胜情，行到碧梧金井。人静人静，风弄一枝花影。""绿阴生昼静"是韦应物的句子，"清境岂云远，炎氛忽如遗。重门布绿阴，菡萏满广池"也是韦应物诗，"菡萏"是荷花。"两个黄鹂鸣翠柳，一行白鹭上青天"是杜甫名句。"两两黄鹂色似金，袅枝啼露动芳音。春来幸自长如线，可惜牵缠荡子心"是温庭筠诗。梧桐树绿称"碧梧"，"香稻啄余鹦鹉粒，碧梧栖老凤凰枝"是杜甫名句。"金井"即石井，梧桐联系金井，"梧桐落金井，一叶飞银床"是李白诗。韩偓的《夏日》诗："庭树新阴叶未成，玉阶人静一蝉声。相风不动乌龙睡，时有娇莺自唤名。"

韦应物　游开元精舍
韦应物　慈恩精舍南池作
杜　甫　绝句四首·其三
温庭筠　杨柳八首·其八
杜　甫　秋兴八首·其八
李　白　赠别舍人弟台卿之江南

廿九

皮日休的《鹿门夏日》："满院松桂阴，日午却不知。山人睡一觉，庭鹊立未移。出檐趁云去，忘戴白接䍦。书眼若薄雾，酒肠如漏卮。身外所劳者，饮食须自持。何如便绝粒，直使身无为。""鹿门"是隐士居所，"未因乘兴去，空有鹿门期"是杜甫诗。柳宗元的《夏昼偶作》："南州溽暑醉如酒，隐几熟眠开北牖。日午独觉无余声，山童隔竹敲茶臼。""接䍦（lí）"是头巾，"卮"（zhī）是酒器，"诗句乱随青草落，酒肠俱逐洞庭宽。浮生聚散云相似，往事冥微梦一般"是张继诗。"绝粒"即辟谷，"万事纠纷犹绝粒，一官羁绊实藏身"也是杜甫诗。施肩吾的《送绝粒僧》："碧洞青萝不畏深，免将饥渴累禅心。若期野客来相访，一室无烟何处寻。"

杜　甫　冬日有怀李白
张　继　重经巴丘
杜　甫　寄常征君

三十

陆游的《四月晦日小雨》："霏霏乱点暗朝光，蔌蔌奇声渡野塘。一浦未输新涨绿，四郊聊压旱尘黄。风生团扇清无暑，衣覆熏笼润有香。竹屋茅檐得奇趣，不须殿阁咏微凉。""蔌（sù）蔌"是风声劲疾，"坐来蔌蔌山风急，山雨随风暗原隰"是韩偓诗，湿地曰"隰"（xí）。"浦"是水边，"花肃肃。杨柳三眠未足。一棹溪山新涨绿"是韩淲的句子。新涨绿压旱尘黄，团扇还不需，衣上无汗，还有清香。熏笼可熏香，亦可烘物，"金井梧桐秋叶黄，珠帘不卷夜来霜。熏笼玉枕无颜色，卧听南宫清漏长"是王昌龄诗。殿阁是殿堂楼阁，"人皆苦炎热，我爱夏日长。熏风自南来，殿阁生微凉"前两句是唐文宗李昂诗，后两句为柳公权联句。

韩　愈　雨
韩　淲　谒金门（和昌甫）
王昌龄　长信秋词
李　昂　夏日联句

清代　清院本十二月令图册·五月

五月

五月榴花照眼明，
枝间时见子初成。

——韩愈

题张十一旅舍三咏·榴花

清代　郎世宁　花荫双鹤图

李贺《河南府试十二月乐词》描写的五月："雕玉押帘上，轻縠笼虚门。井汲铅华水，扇织鸳鸯文。回雪舞凉殿，甘露洗空绿。罗袖从徊翔，香汗沾宝粟。""雕玉"为帘押，"縠"是绉纱，"轻縠"指云气，"薄雾销轻縠，鲜云卷夕鳞"是虞世南诗。"铅华"本指女子妆粉，但南朝梁陶弘景《寒夜怨》中用"空山霜满高烟平，铅华沉照帐孤明"后，又指清光了。仲夏天热，就要挥扇，汲井水消暑了。自东汉张衡的《舞赋》用"裾似飞鸾，袖如回雪"，"回雪"就用来描写舞姿。李贺喜欢用"空绿"："春营骑将如红玉，走马捎鞭上空绿。"露华洗空而绿，还非赤日炎炎。"香缘罗袖里，声逐朱弦中"是陈叔达诗。舞衣上的香汗如沾宝粟。"玉缨翠珮杂轻罗，香汗微渍朱颜酡。为君起唱白纻歌，清声袅云思繁多"是杨衡的《白纻歌》。

虞世南　奉和月夜观星应令
李　贺　贵主征行乐
陈叔达　听邻人琵琶

初一

李峤的《五月奉教作》：“绿树炎氛满，朱楼夏景长。池含冻雨气，山映火云光。果院新樱熟，花庭曙槿芳。欲逃三伏暑，还泛十旬觞。”“炎氛”即暑气，储光羲写“炎氛”：“当暑日方昼，高天无片云。”雨冷云热，王维写“火云”：“赤日满天地，火云成山岳。草木尽焦卷，川泽皆竭涸。”杜甫写“冻雨”与“火云”：“火云滋垢腻，冻雨裛沉绵。”“裛”是沾染。樱桃熟，槿花开，权德舆写“新樱桃”：“新果真琼液，来应宴紫兰。圆疑窃龙颔，色已夺鸡冠。”“龙颔”即龙珠。李商隐写“槿花”：“本以亭亭远，翻嫌脉脉疏。回头问残照，残照更空虚。”“觞”是酒杯，“泛”为“翻”，“泛觞”意为干杯，十旬为百日，百日后才能逃离暑气。

储光羲　行次田家澳梁作
王　维　苦热行
杜　甫　回棹
权德舆　酬裴杰秀才新樱桃
李商隐　槿花二首·其二

初二

南宋韩淲的《点绛唇》词："竹隐高深，夏凉日有清风度。苧衣绳屦。鹤发空相顾。　　翠扑流烟，又向溪翁去。青山路。要当同住。长占无尘处。"很喜欢孟浩然的"落日池上酌，清风松下来"。杜甫的"清风为我起，洒面若微霜"也好。苧麻，麻布，"天风入扇吹苧衣"是史达祖词里的句子，"绳屦（jù）"是草鞋。孟郊的《巫山曲》中是"轻红流烟湿艳姿，行云飞去明星稀。目极魂断望不见，猿啼三声泪滴衣"。杜荀鹤的《溪居叟》："溪翁居静处，溪鸟入门飞。早起钓鱼去，夜深乘月归。见君无事老，觉我有求非。不说风霜苦，三冬一草衣。""青山路"是归隐处，鲍溶的《感怀》："宿心不觉远，事去劳追忆。旷古川上怀，东流几时息。门前青山路，眼见归不得。晓梦云月光，过秋兰蕙色。"

韩　淲　点绛唇（五月二日，和昌甫所寄，并简叔通）
孟浩然　裴司士、员司户见寻
杜　甫　四松
史达祖　恋绣衾（席上梦锡、汉章同赋）

初三

李白的《子夜四时歌·夏歌》:“镜湖三百里，菡萏发荷花。五月西施采，人看隘若耶。回舟不待月，归去越王家。”镜湖在绍兴会稽山脚，东汉马臻所围，若耶溪入镜湖。李白还有《越女词》，也写“耶溪”:“耶溪采莲女，见客棹歌回。笑入荷花去，佯羞不出来。”“棹歌”即船歌。“镜湖水如月，耶溪女如雪。新妆荡新波，光景两奇绝。”荷花未开称菡萏，开花称芙蓉。写“菡萏”的句子，最美还是李商隐的“芭蕉开绿扇，菡萏荐红衣”。皮日休的“烟浓共拂芭蕉雨，浪细双游菡萏风”也美，写鸳鸯。“隘”是狭隘，李白还有《西施》诗:“西施越溪女，出自苎萝山。秀色掩今古，荷花羞玉颜。浣纱弄碧水，自与清波闲。皓齿信难开，沉吟碧云间。勾践徵绝艳，扬蛾入吴关。提携馆娃宫，杳渺讵可攀。一破夫差国，千秋竟不还。”“讵”即“岂”。

李　白　越女词五首·其三
李商隐　如有
皮日休　鸳鸯二首·其二

初四

殷尧藩的《端午日》诗："少年佳节倍多情，老去谁知感慨生。不效艾符趋习俗，但祈蒲酒话升平。鬓丝日日添头白，榴锦年年照眼明。千载贤愚同瞬息，几人湮没几垂名？"端午日悬艾蒿于门户，采艾制成虎形饰物，称艾虎，是辟邪的艾符。"蒲酒"即菖蒲酒，"正是浴兰时节动，菖蒲酒美清尊共"是欧阳修写端午的诗句。"榴锦"就指石榴花，"五月榴花照眼明，枝间时见子初成。可怜此地无车马，颠倒青苔落绛英"是韩愈名诗。白居易的《题山石榴花》："一丛千朵压阑干，翦碎红绡却作团。风袅舞腰香不尽，露销妆脸泪新干。蔷薇带刺攀应懒，菡萏生泥玩亦难。争及此花檐户下，任人采弄尽人看。"

欧阳修　渔家傲（五月榴花妖艳烘）
韩　愈　题张十一旅舍三咏·榴花

初五

文天祥的《端午初度》："死所初何怨，生朝只自知。颇怀常杕意，忍诵蓼莪诗。浮世百年梦，高人千载期。楚囚一杯水，胜似九霞户。向来松下鹤，今日傍谁门？梦见瑶池沸，愁看玉垒昏。所思多死所，焉用独生存？可惜菖蒲老，风烟满故园。""杕"（dì）是树木孤立貌，"蓼莪"是《诗经·小雅》的篇名："蓼蓼者莪？匪我伊蒿。哀哀父母，生我劬劳。""蓼蓼"是长大貌，"莪"（é）：莪蒿，蒿草一种，"劬（qú）劳"是劳累。"楚囚"指屈原处境，王昌龄诗："黄金千斤不称求，九族分离作楚囚，深溪寂寞弦苦幽。""九霞"借指天庭。白居易的《在家出家》诗："夜眠身是投林鸟，朝饭心同乞食僧。清唳数声松下鹤，寒光一点竹间灯。""瑶池"是天池，"人间路有潼江险，天外山惟玉垒深"是李商隐诗。潼江在陕西，玉垒山在四川。

王昌龄　箜篌引
李商隐　写意

初六

姜夔的《诉衷情·端午宿合路》词："石榴一树浸溪红，零落小桥东。五日凄凉心事，山雨打船篷。　谙世味，楚人弓，莫忡忡。白头行客，不采蘋花，孤负薰风。""合路"是桥名，在江苏吴江。无可《陨叶》用"溪红"："绕巷夹溪红，萧条逐北风。别林遗宿鸟，浮水载鸣虫。石小埋初尽，枝长落未终。带霜书丽什，闲读白云中。""五日凄凉"指纪念屈原的悲壮，万俟咏有半阕《南歌子》："梅夏暗丝雨，麦秋扇浪风。香芦结黍趁天中。五日凄凉今古、与谁同。""楚人弓"出自《孔子家语》。春秋楚共王出游，丢失宝弓，左右要找，王说："楚人失弓，楚人得弓，又何求之？"孔子就说，可惜境界还不大，不如说"人遗之，人得之，何必楚也。"秦观的《风流子》词亦写到"蘋花"："惆怅尘缘犹在，密约还赊，念鳞鸿不见，谁传芳信。潇湘人远，空采蘋花。无奈疏梅风景，淡草天涯。""薰风"是东南风。

秦　观　风流子（新阳上帘幌）

初七

张籍的《夏日闲居》:“无事门多闭，偏知夏日长。早蝉声寂寞，新竹气清凉。闲对临书案，看移晒药床。自怜归未得，犹寄在班行。”此诗写于张籍晚年，早蝉声轻，故寂寞。很喜欢白居易的《早蝉》诗:“月出先照山，风生先动水。亦如早蝉声，先入闲人耳。一闻愁意结，再听乡心起。渭上新蝉声，先听浑相似。衡门有谁听？日暮槐花里。”《诗经·陈风·衡门》:“衡门之下，可以栖迟。”衡木为门，指陋居。“临书”指书法，“风劲衣巾脆，窗虚笔墨轻。临书爱真迹，避酒怕狂名”是姚合诗。张籍的《行路难》中也用“归未得”:“湘东行人长叹息，十年离家归未得。”“班行”指朝官，也是张籍诗:“幽室独焚香，清晨下未央。山开登竹阁，僧到出茶床。收拾新琴谱，封题旧药方。逍遥无别事，不似在班行。”

姚　合　秋夕遣怀
张　籍　和陆司业习静寄所知

初八

叶梦得当年的《卜算子》纳凉词："新月挂林梢，暗水鸣枯沼。时见疏星落画檐，几点流萤小。　归意已无多，故作连环绕。欲寄新声问采菱，水阔烟波渺。"画饰屋檐称画檐，赵嘏的《新月》诗："玉钩斜傍画檐生，云匣初开一寸明。何事最能悲少妇？夜来依约落边城。"此时新萤才出，白居易诗："一声早蝉发，数点新萤度。兰釭耿无烟，筠簟清有露。未归后房寝，且下前轩步。斜月入低廊，凉风满高树。放怀常自适，遇境多成趣。何法使之然，心中无细故。""兰釭"燃兰膏，"筠簟"即竹席。自南朝宋鲍照始就有《采菱歌》："惊舲驰桂浦，息棹偃椒潭。箫弄澄湘北，菱歌清汉南。""舲"是小船，"椒"是花椒，"椒潭"是"水边"的美称。王维的《山居即事》："寂寞掩柴扉，苍茫对落晖。鹤巢松树遍，人访荜门稀。绿竹含新粉，红莲落故衣。渡头烟火起，处处采菱归。"

叶梦得　卜算子（五月八日夜，凤凰亭纳凉）
白居易　闲夕

初九

当年司空图有《五月九日》诗："金石皆销铄，贤愚共网罗。达从诗似偈，狂觉哭胜歌。高燕凌鸿鹄，枯槎压芰荷。此中无别境，此外是闲魔。"金石，金与美石，金，钟鼎也；石，丰碑也。"销铄"是熔化，西汉枚乘的《七发》："虽有金石之坚，犹将销铄而挺解也，况其在筋骨之间乎哉！""挺解"即涣散。"贤"是德性，"愚"是愚拙。荀子说："非是是非谓之愚。""偈"是佛教颂词，"始忆高僧将偈去，安知古寺托云深"是梅尧臣诗。"鸿鹄"是天鹅，"槎"（chá）是木筏，北周庾信的《杨柳歌》："可怜巢里凤凰儿，无故当年生别离。流槎一去上天池，织女支机当见随。""枯槎"则不美了，"芰"是"菱"。这个"魔"应指魔罗，扰心之魔。境中有境无别境，细念因缘皆是魔。

梅尧臣　寄文鉴大士

初十

杜甫的《园》：“仲夏流多水，清晨向小园。碧溪摇艇阔，朱果烂枝繁。始为江山静，终防市井喧。畦蔬绕茅屋，自足媚盘飧。”此诗作于杜甫56岁时，清代仇兆鳌注中说，南朝梁何逊诗有“碧溪水色阔，摇艇烦舟子”，我却未找到出处。李白写“碧溪”，与老杜很不同：“我宿黄山碧溪月，听之却罢松间琴。朝来果是沧洲逸，酤酒醍盘饭霜栗。”“酤酒”是买酒，“醍”（tí）是红酒。在杜甫另一首诗中，写秋景，则是“众壑生寒早，长林卷雾齐。青虫悬就日，朱果落封泥”。杜甫还有《秋日阮隐居致薤三十束》写“畦蔬”：“隐者柴门内，畦蔬绕舍秋。盈筐承露薤，不待致书求。束比青刍色，圆齐玉箸头。衰年关鬲冷，味暖并无忧。”“薤”（xiè）是藠头，《薤露》则是古代挽歌，言人命如薤上之露，易晞灭。“青刍”指叶，刍为割，“玉箸”指藠头之白，“箸”本是筷子，“关鬲”指胸腹之间。

李　白　夜泊黄山，闻殷十四吴吟
杜　甫　课小竖锄斫舍北果林，枝蔓荒秽，净讫移床三首·其二

清代　郎世宁　仙萼长春册·樱桃图

十一

陆游当年“睡起”诗：“病眼慵于世事开，虚堂高卧谢氛埃。帘栊无影觉云起，草树有声知雨来。茶碗嫩汤初得乳，香篝微火未成灰。翛然自适君知否？一枕清风又过梅。”“慵”是慵懒，杜甫写“初春”：“老夫卧稳朝慵起，白屋寒多暖始开。江鹳巧当幽径浴，邻鸡还过短墙来。”很喜欢“帘栊无影觉云起”，“帘栊”是门窗帘。“暖风鞭袖尽闲垂，微月帘栊曾暗认”是晏几道的句子。“飞花如趁燕子。直度帘栊里”是陆游的句子，透过帘栊都美。“香篝”是熏笼，“扑面征尘去路遥。香篝渐觉水沉销。山无重数周遭碧，花不知名分外娇”是辛弃疾词，炉中薰沉香。“翛（xiāo）然”是无拘无束超脱貌，喜欢李白的“翛然远与世事间，装鸾架鹤又复远。何必长从七贵游，劳生徒聚万金产”。“七贵”是西汉时把持朝政的七个家族，后泛指权贵。“梅”指黄梅天。

陆　游　五月十一日睡起
杜　甫　王十七侍御抡许携酒至草堂奉寄此诗便请邀高三十五使君同到
晏几道　玉楼春（斑骓路与阳台近）
陆　游　隔浦莲近拍（飞花如趁燕子）
辛弃疾　鹧鸪天（扑面征尘去路遥）
李　白　下途归石门旧居

十二

周邦彦《鹤冲天》词中描写的此时景象："白角簟，碧纱厨。梅雨乍晴初，谢家池畔正清虚，香散嫩芙蕖。　日流金，风解愠。一弄素琴歌舞。慢摇纨扇诉花笺。吟待晚凉天。""簟"是凉席，剖竹为细篾织成角簟，罗邺有《白角簟》诗："叠玉骈珪巧思长，露华烟魄让清光。休摇雉尾当三伏，似展龙鳞在一床。""纱厨"，即蚊帐，"荷塘烟罩小斋虚，景物皆宜入画图。尽日无人只高卧，一双白鸟隔纱厨"是司空图诗，写蚊帐很美。"谢家"应指谢灵运，谢灵运家的庄园代称贵族家。"晚红初减谢池花，新翠已遮琼苑路。湔裙曲水曾相遇，挽断罗巾容易去"是晏几道词，"湔"是洗。"芙蕖"是荷花，赤日流金，喻酷热，"愠"（yùn）是郁闷，"正铄石天高，流金昼永，楚榭光风转蕙，披襟处、波翻翠幕"是柳永词。"暑笼晴，风解愠。雨后余清，暗袭衣裾润。一局选仙逃暑困。笑指尊前、谁向青霄近"是苏东坡词。

司空图　王官二首·其二
晏几道　木兰花（小颦若解愁春暮）
柳　永　女冠子（淡烟飘薄）
苏　轼　苏幕遮（咏选仙图）

十三

韦应物的《夏至避暑北池》："昼晷已云极，宵漏自此长。未及施政教，所忧变炎凉。公门日多暇，是月农稍忙。高居念田里，苦热安可当。亭午息群物，独游爱方塘。门闭阴寂寂，城高树苍苍。绿筠尚含粉，圆荷始散芳。于焉洒烦抱，可以对华觞。""昼晷"指白天时间，夏至日最长。"宵漏"指夜晚时间，夏至后夜一天天变长。因"亭"字含义是平，平为正，故"亭午"是中午。"北望极长廊，斜扉映丛竹。亭午一来寻，院幽僧亦独。唯闻山鸟啼，爱此林下宿"也是韦应物诗。竹青皮称筠，"青苔已生路，绿筠始分箨。夕气下遥阴，微风动疏薄"也是韦应物诗，"箨"是竹衣。"于焉"即"于此"，"觞"是酒杯，韦应物爱用"华觞"："端居倦时燠，轻舟泛回塘。微风飘襟散，横吹绕林长。云澹水容夕，雨微荷气凉。一写悁勤意，宁用诉华觞。""燠"（yù）是热。"悁"（yuān）是忧。

韦应物　行宽禅师院
韦应物　闲居赠友
韦应物　南塘泛舟会元六昆季

十四

王维《敕借岐王九成宫避暑应教》："帝子远辞丹凤阙，天书遥借翠微宫。隔窗云雾生衣上，卷幔山泉入镜中。林下水声喧语笑，岩间树色隐房栊。仙家未必能胜此，何事吹笙向碧空。""岐王"是玄宗弟，睿宗第四子。"九成宫"即隋文帝的仁寿宫，在西天台山上。大明宫南门有丹凤门，天书即皇帝诏书，山气翠微，故称"翠微宫"。"幔"是"帘"，"弹琴醒暮酒，卷幔引诸峰"是岑参诗。"栊"本指"窗"，汉班婕妤的《自悼赋》中有"广室阴兮帷幄暗，房栊虚兮风泠泠"。后"房栊"也泛指房屋，王维的《桃源行》："月明松下房栊静，日出云中鸡犬喧。惊闻俗客争来集，竞引还家问都邑。"吹笙向碧空，指周灵王太子晋王子乔好吹笙，作凤凰鸣。王子乔后"乘白鹤驻山头，望之不得到，举手谢时人，数日而去"。

岑　参　携琴酒寻阎防崇济寺所居僧院

十五

刘克庄的《清平乐·五月十五夜玩月》词："纤云扫迹。万顷玻璃色。醉跨玉龙游八极。历历天青海碧。　　水晶宫殿飘香。群仙方按霓裳。消得几多风露，变教人世清凉。""纤云"是轻云，"纤云四卷天无河，清风吹空月舒波"是韩愈的中秋诗。古人称玻璃为"水玉""西国之宝"，宋代已普遍以它形容水面、天空。陆游的《渔父》："镜湖俯仰两青天。万顷玻璃一叶船。拈棹舞，拥蓑眠。不作天仙作水仙。""八极"是八方之极，"我本不弃世，世人自弃我。一乘无倪舟，八极纵远舵"是李白诗，"倪"是边际。"水晶宫"即月宫，"便欲乘风，翻然归去，何用骑鹏翼。水晶宫里，一声吹断横笛"是苏东坡词。"霓"是副虹，泛指云霞，"霓裳"是霞衣，屈原的《九歌·东君》里就用到："青云衣兮白霓裳，举长矢兮射天狼。"

韩　愈　八月十五夜赠张功曹
李　白　送蔡山人
苏　轼　念奴娇（中秋）

十六

钱起的《避暑纳凉》："木槿花开畏日长，时摇轻扇倚绳床。初晴草蔓缘新笋，频雨苔衣染旧墙。十旬河朔应虚醉，八柱天台好纳凉。无事始然知静胜，深垂纱帐咏沧浪。"木槿是朝开暮落之花，故"畏日长"。李白的《咏槿》："园花笑芳年，池草艳春色。犹不如槿花，婵娟玉阶侧。芬荣何夭促，零落在瞬息。岂若琼树枝，终岁长翕艴。""琼树"乃仙树，"翕"（xī）是敛聚，"艴"（xì）是火红色，"翕艴"一起用是光色浓郁。"绳床"称"胡床"，西晋已有，玄奘的《大唐西域记》中提到"至于坐止，咸用绳床"。"洗浪清风透水霜，水边闲坐一绳床。眼尘心垢见皆尽，不是秋池是道场"是白居易诗。"河朔饮"指三国时，袁绍军以昼夜酣饮，极醉到无知，以避三伏。古人说，地有八柱承天，始是开端，"沧浪之水清兮，可以濯吾缨；沧浪之水浊兮，可以濯吾足"是《孟子·离娄上》中所引的"孺子歌"。

| 白居易　秋池

十七

叶梦得当年的《菩萨蛮》赠无住道人词："经年不踏斜桥路。青山试问谁为主。密叶转回风。寒泉落半空。　此间无限兴。可便荒三径。明日下扁舟。沧波莫浪游。"无住道人是梵隆，叶梦得门僧。"青山"指归隐处，朱庆馀诗："但望青山去，何山不是缘？寺幽堪讲律，月冷称当禅。水落无风夜，猿吟欲雨天。寻师若有路，终作缓归年。""三径"是隐者家园，陶渊明的《归去来兮辞》："三径就荒，松菊犹存。携幼入室，有酒盈樽。引壶觞以自酌，眄庭柯以怡颜。倚南窗以寄傲，审容膝之易安。"范蠡乘扁舟泛五湖，终不返，故"扁舟"指隐遁心。"抽刀断水水更流，举杯销愁愁更愁。人生在世不称意，明朝散发弄扁舟"是李白诗。"沧波"即碧波，"爱此从冥搜，永怀临湍游。一为沧波客，十见红蕖秋"也是李白诗。

叶梦得　菩萨蛮（己未五月十七日赠无住道人）
朱庆馀　送僧游缙云
李　白　宣州谢朓楼饯别校书叔云
李　白　越中秋怀

十八

白居易的“仲夏斋居”诗：“腥血与荤蔬，停来一月余。肌肤虽瘦损，方寸任清虚。体适通宵坐，头慵隔日梳。眼前无俗物，身外即僧居。水榭风来远，松廊雨过初。褰帘放巢燕，投食施池鱼。久别闲游伴，频劳问疾书。不知湖与越，吏隐兴何如。”“方寸”指心，“方寸之心，制之在我”是东汉葛洪的说法。白居易另有《宿竹阁》诗写“清虚”：“晚坐松檐下，宵眠竹阁间。清虚当服药，幽独抵归山。巧未能胜拙，忙应不及闲。无劳别修道，即此是玄关。”“玄关”是入道法门。“褰”（qiān）是揭，“褰帘对池竹，幽寂如僧院。俯观游鱼群，仰数浮云片”也是白居易诗。居官如隐者，称“吏隐”。白居易的《郡西亭偶咏》：“常爱西亭面北林，公私尘事不能侵。共闲作伴无如鹤，与老相宜只有琴。莫遣是非分作界，须教吏隐合为心。可怜此道人皆见，但要修行功用深。”

白居易　仲夏斋居，偶题八韵，寄微之及崔湖州
白居易　新秋喜凉，因寄兵部杨侍郎

十九

陈子昂盛夏五月幽然清坐诗：“寂寥守寒巷，幽独卧空林。松竹生虚白，阶庭横古今。郁蒸炎夏晚，栋宇閟清阴。轩窗交紫霭，檐户对苍岑。凤蕴仙人箓，鸾歌素女琴。忘机委人代，闭牖察天心。蛱蝶恋红药，蜻蜓爱碧浔。坐观万象化，方见百年侵。扰扰将何息，青青长苦吟。愿随白云驾，龙鹤相招寻。”“虚白”是纯净，“虚白高人静，喧卑俗累牵”是杜甫诗。“閟”（bì）是掩蔽，“天花寂寂香深殿，苔藓苍苍閟虚院”是刘长卿诗。山小而高称岑，“箓”是簿箓。“忘机”是淡泊，除机巧心。“长歌吟松风，曲尽河星稀。我醉君复乐，陶然共忘机”是李白诗。“天心”指本心。“浔”是水边，鲍溶诗：“塘东白日驻红雾，早鱼翻光落碧浔。画舟兰棹欲破浪，恐畏惊动莲花心。”多美。

陈子昂　南山家园林木交映盛夏五月幽然清凉独坐思远率成十韵
杜　甫　归
刘长卿　齐一和尚影堂
李　白　下终南山过斛斯山人宿置酒
鲍　溶　南塘二首·其二

二十

农历五月二十日，分龙节，乡俗龙舟竞渡。吴融的“观竞渡”诗：“片水耸层桥，祥烟霭庆霄。昼花铺广宴，晴电闪飞桡。浪叠摇仙仗，风微定彩标。都人同盛观，不觉在行朝。”钱起之前用过“片水明断岸，余霞入古寺”。“霭”是笼罩，“庆霄”即庆云，《汉书·天文志》：“若烟非烟，若云非云，郁郁纷纷，萧萧轮囷，是谓庆云。庆云见，喜气也。”“轮囷（qūn）”是动态，回旋，环绕。“桡”是船桨，司空曙也写过陪宴诗：“野闻歌管思，水静绮罗香。游骑萦林远，飞桡截岸长。”“仙仗”是神仙仪仗，“紫气已随仙仗去，白云空向帝乡消”是韦庄诗。“行朝”即行在，不觉自己所在。徐凝写“竞渡”：“乍疑鲸喷浪，忽似鹢凌风。呀呷汀洲动，喧阗里巷空。”“鹢”（yì）大于白鹭，色苍白，善高飞。“呀呷”是波相吞吐貌，西晋木华《海赋》写阴霾笼罩，波涛不振之海面：“轻尘不飞，纤萝不动，犹尚呀呷，余波独涌。”

吴　融　和集贤相公西溪侍宴观竞渡
钱　起　太子李舍人城东别业
司空曙　晦日益州北池陪宴
韦　庄　尹喜宅

清代　谢荪　荷花图

廿一

陆游的《五月雨》："空濛五月雨，景气一番新。换尽园林叶，洗空衢路尘。山邮恼行客，野渡滞归人。独有龟堂叟，凉风吹角巾。"宋诗中，王之道也写过"五月雨"："江城五月雨，千里荷花香。清风吹葛衣，铃斋有余凉。""铃斋"是州郡官署。"衢"是大路，"聊上君兮高楼，飞甍鳞次兮在下。俯十二兮通衢，绿槐参差兮车马"是王维《登楼歌》的开头。陆游晚年号"龟堂"，他的《龟堂避暑》："缥缈纱幮覆象床，蛮童擎粥进黄粱。砚池湛湛一泓墨，衣焙霏霏半篆香。团扇题诗无滞思，清泉洒地有余凉。更须风伯开云阵，准拟今宵月满廊。""角巾"是方巾，隐士冠饰。温庭筠的《题李处士幽居》："水玉簪头白角巾，瑶琴寂历拂轻尘。浓阴似帐红薇晚，细雨如烟碧草春。隔竹见笼疑有鹤，卷帘看画静无人。南山自是忘年友，谷口徒称郑子真。""南山"指南山豹典，喻隐居人。郑子真，西汉末谷口人，隐逸修身，耕于岩石下。

王之道　追和韦苏州诗呈周守敦义

廿二

仲夏夜美。韦庄的《夏夜》：“傍水迁书榻，开襟纳夜凉。星繁愁昼热，露重觉荷香。蛙吹鸣还息，蛛罗灭又光。正吟秋兴赋，桐景下西墙。”罗隐写“荷香”：“风动芰荷香四散，月明楼阁影相侵。闲欹别枕千般梦，醉送征帆万里心。薜荔衣裳木兰楫，异时烟雨好追寻。”“薜荔”是木莲，薜荔叶制衣，借指隐士服装。“木兰”是香木，当年鲁班刻木兰为舟。“楫”为桨。“凉轩待月生，暗里萤飞出。低回不称意，蛙鸣乱清瑟”是崔道融诗，韦庄用“吹”。“蛛罗”即蛛网，西晋潘岳《秋兴赋》有“庭树槭以洒落兮，劲风戾而吹帷”。此为“望秋风”。“桐景”即梧桐树影，“玉阑干，金甃井，月照碧梧桐影”是欧阳炯的句子。桐影下墙，天要亮了。

罗　隐　宿荆州江陵驿
崔道融　拟乐府子夜四时歌四首·其二
欧阳炯　更漏子（玉阑干）

廿三

杜甫的《夏夜叹》也写仲夏夜："永日不可暮，炎蒸毒我肠。安得万里风，飘飖吹我裳。昊天出华月，茂林延疏光。仲夏苦夜短，开轩纳微凉。虚明见纤毫，羽虫亦飞扬。物情无巨细，自适固其常。念彼荷戈士，穷年守边疆。何由一洗濯，执热互相望。竟夕击刁斗，喧声连万方。青紫虽被体，不如早还乡。北城悲笳发，鹳鹤号且翔。况复烦促倦，激烈思时康。"此诗作于杜甫48岁，去成都前。《尔雅·释天》："夏为昊天。""华"是光彩。陶渊明诗中用"虚明"："叩枻新秋月，临流别友生。凉风起将夕，夜景湛虚明。""枻"是桨，陶诗处处了不起。反过来理解：固常方自适，杜诗中就另有"葵藿倾太阳，物性固莫夺"，"沈饮聊自适，放歌颇愁绝"。"荷"是肩负，杜甫爱用"执热"："执热乃沸鼎，纤絺成缊袍。""絺"（chī）是细葛布，"缊"是乱絮。刁斗军用，白天为炊具，晚上击更。"青紫"指军服，"激烈"出自存疑的西汉苏武诗："长歌正激烈，中心怆以摧。"

杜　甫　自京赴奉先县咏怀五百字
杜　甫　大雨
苏　武　诗四首·其三

廿四

苏东坡当年有《减字木兰花》避暑词（五月二十四日，会于无咎之随斋，主人汲泉置大盆中，渍白芙蓉，坐客翛然，无复有病暑意）：“回风落景。散乱东墙疏竹影。满坐清微。入袖寒泉不湿衣。　　梦回酒醒。百尺飞澜鸣碧井。雪洒冰麾。散落佳人白玉肌。”此词作于东坡在扬州时，晁无咎是元祐四学士之一，随斋是他的书斋。“芙蓉”是荷花。杜甫写“回风”：“空山中宵阴，微冷先枕席。回风起清曙，万象萋已碧。”“萋”是茂盛。清微之风，化养万物也。“百尺飞澜”原指飞瀑，范成大就有诗“飞澜溅沫漱篮舆，却望两崖天一罅”。“麾原”是旌幡，东坡都用以形容盆中寒泉水。“桂燎熏花果，兰汤洗玉肌”是白居易诗。

杜　甫　雨二首·其一
范成大　白云峡
白居易　小岁日喜谈氏外孙女孩满月

廿五

储光羲晚霁诗："五月黄梅时，阴气蔽远迩。浓云连晦朔，菰菜生邻里。落日烧霞明，农夫知雨止。几悲衽席湿，长叹垣墙毁。曭朗天宇开，家族跃以喜。涣汗发大号，坤元更资始。散衣出中园，小径尚滑履。池光摇万象，倏忽灭复起。嘉树如我心，欣欣岂云已。""闻名遐迩"的"遐"是"远"，"迩"是"近"，"晦朔"是从早到晚，"菰菜"是茭白，"生邻里"，形容潮湿。"衽（rèn）席"是单席，"曭"（tǎng）是晦暗，"曭朗"是朦胧不明，南朝梁何逊最早用"地不寒而萧瑟，月无云而曭朗"。"涣汗大号"出自《周易》涣卦中的爻辞"涣汗其大号，涣王居，无咎"。涣卦是坎在下，巽在上，坎为水，巽为风，储光羲以其意象对应五月，五月一阴生，故称"坤元资始"。"嘉树"是美树，"水禽渡残月，飞雨洒高城。华堂对嘉树，帘庑含晓清"是刘禹锡诗。"帘庑"是堂前廊檐垂帘。"北斋有凉气，嘉树对层城。重门永日掩，清池夏云生"是韦应物诗。

储光羲　晚霁中园喜赦作
何　逊　七召
刘禹锡　早夏郡中书事
韦应物　夏景端居即事

廿六

荷花盛开时。李商隐的《荷花》:“都无色可并，不奈此香何。瑶席乘凉设，金羁落晚过。迴衾灯照绮，渡袜水沾罗。预想前秋别，离居梦棹歌。”“并”是并列，无色可比。“不奈”即无奈。“羁”是马络头，“金羁”即马。“瑶”是美玉，“瑶席”是美宴。“衾”是被，“绮”是带花纹的丝织品，“罗”是轻丝。“渡袜水沾罗”，借用的是三国曹植《洛神赋》中的“陵波微步，罗袜生尘”——夜对荷花，若神女翩翩而来。荷花秋别，“棹”是船。李商隐另有《赠荷花》:“世间花叶不相伦，花入金盆叶作尘。唯有绿荷红菡萏，卷舒开合任天真。此花此叶长相映，翠减红衰愁杀人。”“伦”是类，重花轻叶，不能类比，花入金盆，叶委尘泥。荷叶则扶红蕖，含苞为菡萏。“翠减红衰”到了柳永笔下，改为“败红衰翠”:“江枫渐老，汀蕙半凋，满目败红衰翠。楚客登临，正是暮秋天气。引疏砧、断续残阳里。对晚景、伤怀念远，新愁旧恨相继。”

廿七

蚊虫扰人。刘禹锡的《聚蚊谣》:“沉沉夏夜兰堂开，飞蚊伺暗声如雷。嘈然歘起初骇听，殷殷若自南山来。喧腾鼓舞喜昏黑，昧者不分听者惑。露花滴沥月上天，利觜迎人著不得。我躯七尺尔如芒，我孤尔众能我伤。天生有时不可遏，为尔设幄潜匡床。清商一来秋日晓，羞尔微形饲丹鸟。”“歘”（xū）是忽，“殷殷”急迫，是密集。“觜”（zuǐ）是鸟喙，这里指蚊喙。“著”是滞留。“幄”指蚊帐，“匡床”，匡正为安。刘禹锡诗中还用过“匡床”:“山人无事秋日长，白昼懵懵眠匡床。”《大戴礼记·夏小正》记，农历八月，仲秋，“丹鸟羞白鸟”，丹鸟就是萤火虫，白鸟是蚊子，“羞”是食。孟郊的《蚊》较简单:“五月中夜息，饥蚊尚营营。但将膏血求，岂觉性命轻。顾己宁自愧，饮人以偷生。愿为天下幮，一使夜景清。”最后这个“幮”(chú）烦琐，其实就是橱形蚊帐。“荷塘烟罩小斋虚，景物皆宜入画图。尽日无人只高卧，一双白鸟隔纱幮”是司空图诗。

刘禹锡　观棋歌送儇师西游
司空图　王官

廿八

周邦彦的《苏幕遮》词："燎沉香，消溽暑。鸟雀呼晴，侵晓窥檐语。叶上初阳干宿雨、水面清圆，一一风荷举。　　故乡遥，何日去。家住吴门，久作长安旅。五月渔郎相忆否。小楫轻舟，梦入芙蓉浦。"《礼记·月令》：季夏六月"土润溽暑，大雨时行"。雍裕之的《早蝉》诗："一声清溽暑，几处促流年。志士心偏苦，初闻独泫然。""泫然"是流泪貌。徐璧的《失题》诗："双燕今朝至，何时发海滨。窥檐向人语，如道故乡春。"两首诗都感人。"清圆"指荷叶，"水禽翻白羽，风荷袅翠茎。何必沧浪去，即此可濯缨"是白居易诗。"吴门"本指吴郡阊门，此泛指吴越。长安，可指长安，亦可代指汴京。李珣写"渔郎归去"："棹轻舟，出深浦，缓唱渔郎归去。罢垂纶，还酌醑，孤村遥指云遮处。"荷花称芙蓉。

白居易　答元八宗简同游曲江后明日见赠
李　珣　渔歌子

廿九

白居易的《夏日闲放》：“时暑不出门，亦无宾客至。静室深下帘，小庭新扫地。褰裳复岸帻，闲傲得自恣。朝景枕簟清，乘凉一觉睡。午餐何所有，鱼肉一两味。夏服亦无多，蕉纱三五事。资身既给足，长物徒烦费。若比箪瓢人，吾今太富贵。”“虚窗两丛竹，静室一炉香。门外红尘合，城中白日忙”也是白居易诗。“褰”（qiān）是提，“褰裳”是撩起下裳。《诗经·郑风·褰裳》：“子惠思我，褰裳涉溱。”意思是，你若爱我，就撩起下裳过溱河。“帻”（zé）是头巾，“岸”是推头巾露前额。白居易的《喜杨六侍御同宿》：“岸帻静言明月夜，匡床闲卧落花朝。”也有种闲适美。“自恣”的“恣”是放纵、尽情、满足。“蕉纱”是麻布的一种，闽产，白居易诗中还写道，“鱼笋朝餐饱，蕉纱暑服轻”。资，资养，资养既够，长物多余，白居易的《销暑》：“何以销烦暑，端居一院中。眼前无长物，窗下有清风。”“箪瓢”即《论语·雍也》所说“一箪食，一瓢饮，在陋巷，人不堪其忧，回也不改其乐”。

白居易　北窗闲坐
白居易　晚夏闲居，绝无宾客，欲寻梦得，先寄此诗

三十

唐彦谦的《夏日访友》:“堤树生昼凉，浓阴扑空翠。孤舟唤野渡，村疃入幽邃。高轩俯清流，一犬隔花吠。童子立门墙，问我向何处。主人闻故旧，出迎时倒屣。惊迓叙间阔，屈指越寒暑。殷勤为延款，偶尔得良会。春盘擘紫虾，冰鲤斫银脍。荷梗白玉香，荇菜青丝脆。腊酒击泥封，罗列总新味。移席临湖滨，对此有佳趣。流连送深杯，宾主共忘醉。清风岸乌纱，长揖谢君去。世事如浮云，东西渺烟水。”“疃”(tuǎn)即村庄，“屣”是鞋，“倒屣”便是鞋穿倒了。古人写披衣倒屣相迎的句子很多。“延”是接，“延款”是接纳款待，“擘”(bò)即剥，“斫”(zhuó)是刀切，“脍”是生鱼切薄片。西汉枚乘的《七发》:“薄耆之炙，鲜鲤之脍。”“耆”(qí)是兽脊肉。“荷梗”指藕，《诗经·周南·关雎》:“参差荇菜，左右流之。”“荇”是水葵。喜欢“清风岸乌纱，长揖谢君去”句，“岸”是推帽露额。

清代 清院本十二月令图册·六月

六月

六月南风吹白沙，
吴牛喘月气成霞。

——李白

送萧三十一之鲁中，兼问稚子伯禽

清代　蒋廷锡　蜀葵萱花图

李贺《河南府试十二月乐词》中描写的六月：“裁生罗，伐湘竹，帔拂疏霜簟秋玉。炎炎红镜东方开，晕如车轮上徘徊，啾啾赤帝骑龙来。”“帔”（pèi）是女子的披肩。裁生罗为帔，洁白如拂疏霜。李贺诗中，还喻瀑布“瀑悬楚练帔”。伐湘竹为竹席，“簟”就是竹席，簟凉滑如秋玉。李白诗中，就有“扫拭青玉簟，为余置金尊。醉罢欲归去，花枝宿鸟喧”。“炎炎”是热气，喻酷日如红镜，太阳称“日驭”，六龙所驾轮滚动不息，“六龙日驭天行健”是鲍溶的句子。“赤帝”一说是炎帝神农，一说是火神祝融，按吴筠的《游仙》诗是“赤帝跃火龙，炎官控朱鸟”。“啾啾”是鸣声，齐己的《苦热行》从另一角度写赤帝、日驭：“离宫划开赤帝怒，喝出六龙奔日驭。下土熬熬若煎煮，苍生惶惶无处处。”

李　贺　昌谷诗
李　白　题金陵王处士水亭
鲍　溶　忆郊天

初一

陆游的《六月一日晓赋》:“视夜明星高,蝉声满庭树。残骸幸差健,散发穿两屦。岩扉手自开,曳杖得徐步。碧瓦浮青烟,圜荷泻残露。草木无俗姿,鸡犬共幽趣。儿来问晨炊,一笑挥使去。”《诗经·郑风·女曰鸡鸣》:“女曰鸡鸣,士曰昧旦。子兴视夜,明星有烂。”这是夫妇对话,女子说,鸡叫了。男子说,天未亮。女子说,起来看夜,明星灿烂。这个“差”是较,“屦”是单底鞋,“岩扉”是岩洞门,亦指隐士居处。“鹿门月照开烟树,忽到庞公栖隐处。岩扉松径长寂寥,惟有幽人自来去”是孟浩然诗。“圜”即圆,吴文英词中,也用了这个“圜”字:“翠深知是深多少,不都放、夕阳红入。待装缀,新漪涨翠,小圜荷叶。”

孟浩然　夜归鹿门山歌
吴文英　花心动(郭清华新轩)

初二

南宋词人韩淲当年此日有《临江仙》词：“竹树阴阴流涧水，黄鹂飞去飞还。蓬门篱落小桥湾。更无尘迹到，我自爱其间。　　雨又随风催薄暮，轻雷时动云斑。归来凉意一窗间。病余真倦矣，睡熟簟纹宽。”韦应物有诗“山涧依硗瘠，竹树荫清源”。“硗”（qiāo）是土质坚硬。蓬门贫寒，杜甫诗：“花径不曾缘客扫，蓬门今始为君开。盘飧市远无兼味，樽酒家贫只旧醅。”“簟”是竹席，“簟纹”本是席痕，南朝梁简文帝始用此词：“梦笑开娇靥，眠鬟压落花。簟文生玉腕，香汗浸红纱。”香艳。这里仍指印痕，章碣也有诗：“亭午羲和驻火轮，开门嘉树庇湖濆。行来宾客奇茶味，睡起儿童带簟纹。”“濆”（fén）是水边。但李商隐的《灯》用“何处无佳梦，谁人不隐忧。影随帘押转，光信簟文流”后，形容簟上流光，簟文若水飘枕了。苏东坡因此才有“扫地焚香闭阁眠，簟纹如水帐如烟。客来梦觉知何处，挂起西窗浪接天”。气度大多了。

韩　淲　临江仙（六月二日病差出门散适）
韦应物　答僩奴、重阳二甥
杜　甫　客至
章　碣　夏日湖上即事寄晋陵萧明府
苏　轼　南堂

初三

白居易《六月三日夜闻蝉》:“荷香清露坠，柳动好风生。微月初三夜，新蝉第一声。乍闻愁北客，静听忆东京。我有竹林宅，别来蝉再鸣。不知池上月，谁拨小船行？”露坠荷香，柳动好风，“柳下风生”出自北周庾信《小园赋》中的“桐间零落，柳下风来”。我也喜欢李中的“古岸相看残照在，片帆难驻好风生”。新蝉之新，指此日早鸣新声。杜牧写新蝉，与白居易有异曲同工之妙：“火云初似灭，晓角欲微清。故国行千里，新蝉忽数声。时行仍仿佛，度日更分明。不敢频倾耳，唯忧白发生。”“东京”指洛阳，李白诗用“池上月”：“君不见梁王池上月，昔照梁王樽酒中。梁王已去明月在，黄鹂愁醉啼春风。分明感激眼前事，莫惜醉卧桃园东。”“梁王”指西汉梁孝王刘武，刘武造梁园，“筑城三十里”，曾是司马相如等一代文人相聚处。

李　中　送夏侯秀才
杜　牧　闻蝉
李　白　携妓登梁王栖霞山孟氏桃园中

初四

六月季夏，夏的最后一月。范灯诗："江南季夏天，身热汗如泉。蚊蚋成雷泽，袈裟作水田。""蚊蚋"就是蚊子，古时秦晋称"蚋"，楚称"蚊"。"雷泽"是传说中雷神的居所，《山海经·海内东经》："雷泽中有雷神，龙身而人头，鼓其腹。"这里的"雷泽"应指聚蚊成雷。《汉书》中就有"聚蚊成雷"的记载，陆游形容季夏夜溽热是"蛙吹喧孤枕，蚊雷动四廊。青灯照无寐，寂寞数更长"，还有"薰衣汗雨初干后，把卷蚊雷不动时"。"袈裟作水田"呢？衣服被汗湿，斑斑驳驳，就像"田相衣"——袈裟。此句最有意思，袈裟本是按水田阡陌形缝制的，取世田种粮，以养形命之意。"袈裟出尘外，山径几盘缘。人到白云树，鹤沉青草田。龛泉朝请盥，松籁夜和禅。自昔闻多学，逍遥注一篇"是司空曙诗。龛，佛龛。

范　灯　状江南·季夏
陆　游　宿沱江弥勒院
陆　游　夏夜
司空曙　送僧无言归山

初五

倪瓒当年此日诗："关关幽鸟绿阴浓，林坞陂池曲曲通。荷雨逗凉侵北牖，汀云度水迅南风。清琴咏雅宁谐俗，浊酒攻愁似有功。闻道秋来偏起早，一帘晨露引高桐。"《诗经·国风·周南》："关关雎鸠，在河之洲。窈窕淑女，君子好逑。""关关"是雌雄相和的鸟鸣声。"牖"是窗户，"林坞"是林中低地，"陂池"即池塘。白居易诗："兽乐在山谷，鱼乐在陂池。虫乐在深草，鸟乐在高枝。"刘禹锡写"荷雨"："池荷雨后衣香起，庭草春深绶带长。"多美。沙土与水平曰汀，天如水，"汀云度水"，夏多南风。温庭筠用"波月欺华烛，汀云润故琴"，意境亦美。此时距立秋还早，"闻道秋来偏起早"应指早起凉意，梧桐落叶最早，故以高梧指秋意。南朝梁简文帝的《纳凉》诗："斜日晚骎骎，池塘生半阴。避暑高梧侧，轻风时入襟。""骎（qīn）骎"是盛貌。北宋张耒的《夜吟》诗："帘卷凉侵户，窗虚月过帷。高桐青露湿，深柳夜蝉嘶。"

倪　瓒　和甘白先生乐圃林居二首甲寅六月五日
白居易　咏所乐
刘禹锡　送周使君罢渝州归郢州别墅
温庭筠　寄渚宫遗民弘里生

初六

韦应物的《精舍纳凉》诗："山景寂已晦，野寺变苍苍。夕风吹高殿，露叶散林光。清钟始戒夜，幽禽尚归翔。谁复掩扉卧，不咏南轩凉。"此诗作于善福精舍，即善福寺，韦应物在此寺作了好几首诗。如此首："湛湛嘉树阴，清露夜景沉。悄然群物寂，高阁似阴岑。方以玄默处，岂为名迹侵。法妙不知归，独此抱冲襟。斋舍无余物，陶器与单衾。诸生时列坐，共爱风满林。""湛湛"是露浓貌，"岑"是山，人君以玄默为神，玄默是清静无为，"冲襟"是旷澹。清钟戒夜，幽禽尚归，韦应物好用"掩扉"，如这首："青苔幽巷遍，新林露气微。经声在深竹，高斋独掩扉。憩树爱岚岭，听禽悦朝晖。方耽静中趣，自与尘事违。"此诗也作于善福寺，"岚"是山中雾气。

韦应物　善福精舍示诸生
韦应物　神静师院

初七

李白的《安州般若寺水阁纳凉》诗："倏然金园赏，远近含晴光。楼台成海气，草木皆天香。忽逢青云士，共解丹霞裳。水退池上热，风生松下凉。吞讨破万象，搴窥临众芳。而我遗有漏，与君用无方。心垢都已灭，永言题禅房。"倏然来往，超脱貌。金园是供奉佛祖处。昔须达长者欲买祇陀太子园供奉佛祖，太子说："你若以金布满园中，我就卖你。"须达便以金饼布地，厚五寸，广十里，买得园地立精舍，奉施如来。"青云士"指砥行立名者，"丹霞"是红艳色，指俗衣。"吞"是包容，吞讨而破万象，拔尘而出。"搴"(qiān)是揭，"搴窥"是揭帘而窥。"有漏"是佛教语，烦恼，世间一切事皆有漏法。"无方"指随物转化，《庄子·在宥》："处乎无响，行乎无方。挈汝适复之挠挠，以游无端。""挈"(qiè)是携领，"挠挠"是纷乱，领你走过纷扰，以游无端。《四十二章经》："忍者无恶，必为人尊。心垢灭尽，净无瑕秽，是为最明。"自然清凉啦。

初八

张耒的《苦暑》诗“微飚不振发，皎日沸重渊。万木夺华采，祝融方燎原。青山瘁无姿，流泉不复寒。眷彼道路子，念兹农亩勤。荷锄讵敢后，担囊无息肩。亦知苦可畏，谋食敢遑安？三伏方肇序，金融未能完。聊安环堵居，酌彼溪中泉。”“飚”是风，“祝融”是火神，“瘁”是憔悴，“兹”是代词“此”，“荷”指肩荷，“讵”是“岂”。三伏刚开幕，有意思的是，火融为金，他称“金融”。“酌”是舀，酌彼一瓢。一瓢之饮，卓尔颜回。最早留下《苦暑》诗的，是南朝梁王筠：“日域散朱雰，天隅敛青霭。飞焰焕南陆，炎津通北濑。繁星聚若珠，密云屯似盖。月至每开襟，风过时解带。”日域，日出之域。“雰”同“氛”,“朱氛”是暑气,“霭”是云气，“隅”是边际。夏，日行东南赤道，称“南陆”。北陆称冬，西陆称春，东陆称秋。“炎津”是热浪熏渡口，“濑”是急流，“北”是凉。“开襟乎清暑之馆”是西晋潘岳的句子，而南朝梁沈约的“山嶂远重叠，竹树近蒙笼。开襟濯寒水，解带临清风”，说实话，不如“月至每开襟，风过时解带”。

潘　岳　西征赋
沈　约　游沈道士馆

初九

欧阳修的《渔家傲》词："六月炎天时霎雨，行云涌出奇峰露。沼上嫩莲腰束素。风兼露。梁王宫阙无烦暑。　畏日亭亭残蕙炷，傍帘乳燕双飞去。碧碗敲冰倾玉处。朝与暮。故人风快凉轻度。"晏殊也用《渔家傲》词写"霎雨"："嫩绿堪裁红欲绽。蜻蜓点水鱼游畔。一霎雨声香四散。风飐乱。高低掩映千千万。"写荷花。"束素"出自宋玉《登徒子好色赋》："腰如束素，齿如含贝。"一束绢帛喻腰肢。"梁王"是汉梁孝王，李白的《梁园吟》："荒城虚照碧山月，古木尽入苍梧云。梁王宫阙今安在？枚马先归不相待。""枚马"即当年帐下的枚乘与司马相如。夏日可畏，是谓"畏日"。唐彦谦用过"翠盘擘脯胭脂香，碧碗敲冰分蔗浆"。白居易诗："何处披襟风快哉？一亭临涧四门开。金章紫绶辞腰去，白石清泉就眼来。""金章紫绶"是官服。

欧阳修　渔家傲（六月炎天时霎雨）
唐彦谦　叙别
白居易　题新涧亭，兼酬寄朝中亲故见赠

初十

姚合的《夏日登楼晚望》："避暑高楼上，平芜望不穷。鸟穿山色去，人歇树阴中。数带长河水，千条弱柳风。暗思多少事，懒话与芝翁。""芜"是野草丛生，"归去来兮，田园将芜，胡不归"。"平芜"是野草丛生的广阔原野，南朝梁江淹的《去故乡赋》："泝泝积崚，水横断山。穷阴匝海，平芜带天。""崚"是山高貌，"泝泝"是纷乱貌。长河若带，带是环绕，温庭筠诗中也用"弱柳风"："出犯繁花露，归穿弱柳风"，是写春风。"芝翁"指《高士传》记四皓，皆修道洁己，秦始皇暴政，退入蓝田歌曰："莫莫高山，深谷逶迤。晔晔紫芝，可以疗饥。唐虞世远，吾将何归？"秦败，刘邦闻而征之，不至，深匿终南山。许浑故有诗："西岩一径通，知学采芝翁。寒暑丹心外，光阴白发中。水深鱼避钓，云迥鹤辞笼。坐想还家日，人非井邑空。"

温庭筠　清明日
许　浑　李生弃官入道因寄

清代　陈枚　四季花鸟图屏

十一

司马光当年此日诗："长夏金正伏，火意尤骄盈。夫子寓官舍，无术逃烦蒸。轩窗豁四开，灭去壁上灯。纻衣不可亲，羽扇安能胜？濯泉泉已温，抚簟簟可憎。万叶悄无风，但有飞蚊鸣。六府燥不濡，喉舌烟尘生。摄衣起徐步，四顾天正晴。云汉浅欲涸，箕毕徒纵横。忽思终南巅，秀出秦云青。上有长松林，蔽日深杳冥。下有万仞壑，含蓄太古冰。安得蹑轻屐，杖策缘峥嵘。挂冠芙蓉阙，结屋高崖棱。回视万钟禄，彯撇如飞蝇。"六月称长夏，纻麻。"六府"即"五脏六腑"的"六腑"。"箕毕"即二十八宿中的箕宿与壁宿。这"杳冥"应指曹植《感时赋》中的"仰沉阴之杳冥"，"峥嵘"是高峻貌。"挂冠"是解冠归隐，王维诗"芙蓉阙下会千官，紫禁朱樱出上阑"。位卿相，禄万钟，"彯"（piāo）是翻飞。

司马光　和邻几六月十一日省宿书事
王　维　敕赐百官樱桃

十二

又到月将圆时。苏东坡当年“酒醒步月理发而寝”诗：“羽虫见月争翾翻，我亦散发虚明轩。千梳冷快肌骨醒，风露气入霜蓬根。起舞三人漫相属，停杯一问终无言。曲肱薤簟有佳处，梦觉琼楼空断魂。”“翾”（xuān）是飞貌，《楚辞·九歌·东君》中用“翾飞兮翠曾”。宋朝洪兴祖的注，“翾”是小飞，此句喻身“翾然若飞，似翠鸟之举”。“虚明”出自杜甫《夏夜叹》中“仲夏苦夜短，开轩纳微凉。虚明见纤毫，羽虫亦飞扬”。东坡在《次韵子由浴罢》中也用“理发千梳”：“理发千梳净，风晞胜汤沐。闭息万窍通，雾散名干浴。”“起舞三人”应改自李白“举杯邀明月，对影成三人”，“漫”是随意。“停杯”同出李白诗：“青天有月来几时，我今停杯一问之。”“肱”是手臂，“薤”是藠头，白居易诗有“笛愁春尽梅花里，簟冷秋生薤叶中”。

苏　轼　六月十二日酒醒步月理发而寝
李　白　月下独酌四首·其一
李　白　把酒问月
白居易　寄李蕲州

十三

岑参当年此日水亭送华阴县尉回县诗："亭晚人将别，池凉酒未酣。关门劳夕梦，仙掌引归骖。荷叶藏鱼艇，藤花罥客簪。残云收夏暑，新雨带秋岚。失路情无适，离怀思不堪。赖此庭户里，别有小江潭。""仙掌"指华山东峰，驾车的两边马称"骖"（cān）。《诗经·郑风·大叔于田》："叔于田，乘乘马。执辔如组，两骖如舞。"四匹马拉车叫乘马，执辔如组，"组"是编织。"罥"是缠绕。"酒光红琥珀，江色碧琉璃。日影浮归棹，芦花罥钓丝"也是岑参诗。而骆宾王写的夏景也令人向往："野衣裁薜叶，山酒酌藤花。白云离望远，青溪隐路赊。""失路"意出西汉扬雄的《解嘲》："当涂者升青云，失路者委沟渠。""当涂"，当仕途者。"怀"即情，写此诗时，立秋日近，故称"新雨带秋岚"。

岑　参　六月三十日水亭送华阴王少府还县得潭字
岑　参　与鲜于庶子泛汉江
骆宾王　夏日游德州赠高四

十四

李白诗："六月南风吹白沙，吴牛喘月气成霞。水国郁蒸不可处，时炎道远无行车。夫子如何涉江路，云帆袅袅金陵去。高堂倚门望伯鱼，鲁中正是趋庭处。我家寄在沙丘傍，三年不归空断肠。君行既识伯禽子，应驾小车骑白羊。""吴牛喘月"出自《世说新语·言语》：满奋对晋武帝说："臣如吴牛，见月而喘。"刘孝标注释是，"水牛生江淮间，故称吴牛。南方暑热，此牛畏热，见月疑是日，故见月而喘"。"伯鱼"是孔子的儿子孔鲤，"趋庭"指子承父教，《论语·季氏》记孔子教孔鲤："尝独立，鲤趋而过庭。曰'学诗乎？'对曰：'未也。''不学诗，无以言。'鲤退而学诗。他日，又独立，鲤趋而过庭。曰：'学礼乎？'对曰：'未也。''不学礼，无以立。'鲤退而学礼。""伯禽子"是周成王，一代明君，"小车""白羊"典出《世说新语·容止》，其中记西晋美男卫玠，刘孝标注说，卫玠幼年乘白羊车到洛阳市集，人们就问："这是谁家美人？"

李　白　送萧三十一之鲁中，兼问稚子伯禽

十五

昔南宋史达祖《贺新郎·六月十五日夜西湖月下》词："同住西山下。是天地中间，爱酒能诗之社。船向少陵佳处放，尘世必无知者。暑不到、雪宫风榭。楚竹忽然呼月上，被东西，几叶云萦惹。云散去，笑声罢。　　清尊莫为婵娟泻。为狂吟醉舞，毋失晋人风雅。踏碎桥边杨柳影，不听渔樵闲话。更欲举、空杯相谢。北斗以南如此几，想吾曹、便是神仙也，问今夜，是何夜。""少陵"是杜甫，"婵娟"喻月光，"曹"是同类，"吾曹"就是我等、吾辈。同是南宋的朱翌也有《六月十五日西湖宿斋》诗："并湖西去望南屏，但见烟云日日新。山色渐争秋气势，荷花全露晓精神。洗心用此无边绿，处世端能不染尘。惭愧西湖敦夙夜，从今长作境中人。""敦"是独处，"夙夜"是朝夕。

十六

南宋杨万里当年“南溪望月”诗：“溪水留我住，溪月愁我归。望后月更佳，昨宵未为奇。大都月色好，一岁能几时？人散长是早，月来长是迟。初出如大瓮，才露金半规。不知独何急？下如有人推。忽然脱岭尖，行空安不危。似爱溪水净，下浴青琉璃。明珠径余尺，沉在千顷陂。我欲刺双手，就溪取团晖。白小忽乱跳，碎作万金徽。须臾波痕定，化为水银池。夜久看未足，风露欺病肌。我能尚小留，瘦藤歌式微。一笑顾群从，来夕肯集兹？”十五为“望”，“长”是“常”，“瓮”是陶罐，瓮中观天，很局限。杜甫有“波涛万顷堆琉璃。琉璃汗漫泛舟入”。“汗漫”是漫无边际。蓄水曰陂，是湖泊，白而小，指溪中月，描写精微。“瘦藤”本是竹杖，“波底金鸦夺眼明，脚根蝃蝀界天横。瘦藤欲度还休去，试数荷钱几个生？”也是杨万里诗，瘦藤可为杖，亦可称己，“蝃（dì）蝀（dōng）”即虹。“兹”是此。

杨万里　六月十六日夜南溪望月
杜　甫　渼陂行
杨万里　五羊官舍春尽，晚步西园荷桥

十七

陆游当年此日诗："赫日炎威岂易摧，火云压屋正崔嵬。嗜眠但喜蕲州簟，畏酒不禁河朔杯。人望息肩亭午过，天方悔祸素秋来。细思残暑能多少？夜夜常占斗柄回。""赫"是红色鲜明貌，"崔嵬"是堆积如山，蕲州在今湖北蕲春，"卧簟蕲竹冷，风襟邛葛疏"是白居易诗。邛地产葛布，邛州在今邛崃、大邑一带。韩愈也有"蕲州笛竹天下知，郑君所宝尤瑰奇。携来当昼不得卧，一府传看黄琉璃"。"河朔"泛指黄河北，昔三国刘松与袁绍子弟在三伏常昼夜酣饮，称"河朔饮"。"桐阴忽见翻双鹊，石罅时闻落细泉。避暑不须河朔饮，转头即见早秋天"也是陆游诗。"罅"（xià）是缝。"息肩"是卸负担，"花前一笑频开口，林下深藏永息肩"亦陆游诗。"鹤迹秋偏静，松荫午欲亭"是林逋诗，"亭午"是正午。天以其礼悔祸，刚悔祸，素秋就要来了。"夜夜常占斗柄回"即斗柄西指，天下皆秋。

陆　游　六月十七日大暑殆不可过，然去伏尽秋初皆不过数日，作此自遣
白居易　病中逢秋，招客夜酌
韩　愈　郑群赠簟
陆　游　夏日感旧
陆　游　得亲旧书问近况以诗代书报之
林　逋　和史宫赞

十八

白居易的《何处堪避暑》："何处堪避暑，林间背日楼。何处好追凉，池上随风舟。日高饥始食，食竟饱还游。游罢睡一觉，觉来茶一瓯。眼明见青山，耳醒闻碧流。脱袜闲濯足，解巾快搔头。如此来几时，已过六七秋。从心到百骸，无一不自由。拙退是其分，荣耀非所求。虽被世间笑，终无身外忧。此语君莫怪，静思吾亦愁。如何三伏月，杨尹谪虔州。"白居易的《池上有小舟》诗："池上有小舟，舟中有胡床。床前有新酒，独酌还独尝。"惬意。花满渚，酒满瓯，"瓯"是杯或碗，"食罢一觉睡，起来两瓯茶。举头看日影，已复西南斜"也是白居易诗。"分"是排解。"杨尹"即从京兆尹贬谪的杨虞卿。

白居易　咏兴五首·池上有小舟
白居易　食后

十九

李白的《夏日山中》里的洒脱："懒摇白羽扇，裸袒青林中。脱巾挂石壁，露顶洒松风。"诸葛亮当年挥白羽扇指挥三军，张九龄《白羽扇赋》，有"彼鸿鹄之弱羽，出江湖之下方。安知烦暑，可致清凉；岂无纨素，采画文章；复有修竹，剖析毫芒；提携密迩，摇动馨香"句。"纨素"是洁白的细绢，"迩"是近。"裸袒"是赤身裸体。魏晋多狂放之士，阮籍是露头散发，裸袒箕踞。箕踞是张开两腿无礼而坐，形同簸箕。《南史·颜延之传》记，文帝召颜延之，传诏不见人，"常日但酒店裸袒挽歌，了不应对，他日醉醒乃见"。李白喜欢写"松风"，如"青春卧空林，白日犹不起。松风清襟袖，石潭洗心耳""断崖如削瓜，岚光破崖绿。天河从中来，白云涨川谷。玉案赤文字，落落不可读。摄衣凌青霄，松风吹我足"。真美。

李　白　题元丹丘山居
李　白　题舒州司空山瀑布

二十

苏东坡当年离开海南渡海诗："参横斗转欲三更，苦雨终风也解晴。云散月明谁点缀，天容海色本澄清。空余鲁叟乘桴意，初识轩辕奏乐声。九死南荒吾不恨，兹游奇绝冠平生。"这年宋徽宗即位，东坡才在此日渡海离海南北归，但一年后，他便去世了。"参"是二十八宿中的白虎，"参横"是夜深，三国曹植的《善哉行》："月没参横，北斗阑干。"《诗经·邶风·终风》："终风且暴，顾我则笑。""终风"因此指大风、暴风。"鲁叟"指孔子，《论语》中有"道不行，乘桴浮于海"，"桴"是木筏，"轩辕"是黄帝。屈原《离骚》中有："亦余心之所善兮，虽九死其犹未悔。"最后一句"兹游奇绝冠平生"，"兹"是代词"此"，将坎坷看成此游"奇绝冠平生"。

苏　轼　六月二十日渡海

清代　邹一桂　寿子山水图（局部）

六月一

廿一

王维的《苦热》诗："赤日满天地，火云成山岳。草木尽焦卷，川泽皆竭涸。轻纨觉衣重，密树苦阴薄。莞簟不可近，絺绤再三濯。思出宇宙外，旷然在寥廓。长风万里来，江海荡烦浊。却顾身为患，始知心未觉。忽入甘露门，宛然清凉乐。""纨"是白色细绢，杜甫写舞蹈用"轻纨细绮相追飞"，"绮"是印花细绢。王维用"轻纨叠绮烂生光"，都很美。"莞簟"是草席与竹席，王维自己的诗："愧无莞簟，班荆席藁。泛泛登陂，折彼荷花。""班荆"是朋友相遇，"藁"是麦秆。细葛布称"絺"，粗葛布称"绤"（xì），李白诗："黄葛生洛溪，黄花自绵幂。青烟蔓长条，缭绕几百尺。闺人费素手，采缉作絺綌。缝为绝国衣，远寄日南客。""绵幂"是稠密覆盖。"濯"是洗，絺绤再三洗是因汗湿。甘露门指超脱生死，引入涅槃的无上妙法。《法华经》："普智天人尊，哀愍群萌类。能开甘露门，广度于一切。"广度一切了，自然清凉。

杜　甫　韦讽录事宅观曹将军画马图
王　维　送李睢阳
王　维　酬诸公见过（时官未出，在辋川庄）
李　白　黄葛篇

廿二

陆游的《苦热》诗："万瓦鳞鳞若火龙，日车不动汗珠融。无因羽翮氛埃外，坐觉蒸炊釜甑中。石涧寒泉空有梦，冰壶团扇欲无功。余威向晚犹堪畏，浴罢斜阳满野红。""日车"是太阳，"仰看日车侧，俯恐坤轴弱。魑魅啸有风，霜霰浩漠漠"是杜甫诗。"羽翮（hé）"是翅膀，"相顾无羽翮，何由总奋飞。一朝异言宴，万里就暌违"是南朝梁何逊诗。"异"是分离，"异言宴"是饯行，"暌（kuí）违"是分隔，杜甫诗是："沧溟服衰谢，朱绂负平生。仰羡黄昏鸟，投林羽翮轻。""朱绂"（fú）是官服。釜甑（zèng），"釜"是锅，"甑"是蒸锅，"自从五月困暑湿，如坐深甑遭蒸炊"是韩愈诗。"浴罢坐柴门，汲井痛扫洒。覆野天穹穹，垂地星磊磊。明河落无声，北斗低饮海。三更缺月升，草木尽光彩。渔舟在何许？断续闻欸乃"也是陆游诗。

杜　甫　青阳峡
何　逊　仰赠从兄兴宁寘南
韩　愈　郑群赠簟
陆　游　夜坐

廿三

白居易的《旱热二首》的第二首："勃勃旱尘气，炎炎赤日光。飞禽飐将坠，行人渴欲狂。壮者不耐饥，饥火烧其肠。肥者不禁热，喘急汗如浆。此时方自悟，老瘦亦何妨。肉轻足健逸，发少头清凉。薄食不饥渴，端居省衣裳。数匙粱饭冷，一领绡衫香。持此聊过日，焉知畏景长。""飐"是风吹颤动摇曳，"绡"是薄丝，"畏景"是夏天太阳，"赫赫温风扇，炎炎夏日徂。火威驰迥野，畏景铄遥途"是张籍诗。"畏景天气，薰风帘幕无人，永昼厌厌如度岁"是柳永词。白居易此诗的第一首："彤云散不雨，赫日吁可畏。端坐犹挥汗，出门岂容易。忽思公府内，青衫折腰吏。复想驿路中，红尘走马使。征夫更辛苦，逐客弥憔悴。日入尚趋程，宵分不遑寐。安知北窗叟，偃卧风飒至。簟拂碧龙鳞，扇摇白鹤翅。岂唯身所得，兼亦心无事。谁言苦热天，元有清凉地。""宵分"是夜半，"不遑"是无暇。

张　籍　夏日可畏
柳　永　郭郎儿近拍（仙吕调）

廿四

陆游当年诗："露箬霜筠织短篷，飘然来往淡烟中。偶经菱市寻谿友，却拣蘋汀下钓筒。白菡萏香初过雨，红蜻蜓弱不禁风。吴中近事君知否？团扇家家画放翁。""箬"与"筠"都是竹皮，"短篷"指乌篷船。"蔬盘旋采溪毛滑，篷艇新编露箬香。""短篷摇楫暮山昏，老怯年华易断魂。夹港蒲声知小雨，隔林绩火认孤村。""碎首宁闻怨飘瓦，关弓固不慕冥鸿。老翁已落江湖久，分付余年一短篷。"都是陆游诗。"绩火"是夜间纺织的照明。"谿"是深山与外界隔绝的水流，"汀"是水边，"山雨潇潇过，溪桥浏浏清。小园幽榭枕蘋汀。门外月华如水、彩舟横"是东坡词。"菡萏"是未绽开荷花，"吴中"就指绍兴，陆游因当时被人讥"颓放"而自号"放翁"。

陆　游　六月二十四日夜分梦范至能、李知己、尤延之同集江亭，诸公请予赋诗记，江湖之乐，诗成而觉忘数字而已
陆　游　自笑
陆　游　舟中作
陆　游　自规
苏　轼　南歌子（湖州作）

廿五

曾巩的《西湖纳凉》："问吾何处避炎蒸，十顷西湖照眼明。鱼戏一篙新浪满，鸟啼千步绿阴成。虹腰隐隐松桥出，鹢首峨峨画舫行。最喜晚凉风月好，紫荷香里听泉声。"百亩为顷，当年昆明池三百二十顷，十顷太小了。"鱼戏莲叶间，参差隐叶扇"是陆龟蒙诗。虹腰是虹的中段，"露脚斜飞，虹腰欲断，荷叶未收残雨。添妆何处。试问取雕笼，雪衣分付。一镜空濛，鸳鸯拂破白萍去"是纳兰性德词。"鹢"本是水鸟，船首画鹢鸟，又指船，"峨峨"是高昂貌。此"紫荷"应不指高官朝服上的紫色囊。欧阳修词中，也用到"紫荷"："风猎紫荷声又紧。低难奔。莲茎刺惹香腮损。"

陆龟蒙　江南曲五首 · 其一
纳兰性德　齐天乐（洗妆台怀古）
欧阳修　渔家傲（昨日采花花欲尽）

廿六

王维的《纳凉》诗："乔木万余株，清流贯其中。前临大川口，豁达来长风。涟漪涵白沙，素鲔如游空。偃卧盘石上，翻涛沃微躬。漱流复濯足，前对钓鱼翁。贪饵凡几许？徒思莲叶东。""贫居依谷口，乔木带荒村。石路枉回驾，山家谁候门"也是王维诗。刘桢的《公宴诗》："芙蓉散其华，菡萏溢金塘。灵鸟宿水裔，仁兽游飞梁。华馆寄流波，豁达来风凉。""鲔"（wěi）是白鲟，王维诗中还有："静观素鲔，俯映白沙。山鸟群飞，日隐轻霞。登车上马，倏忽云散。雀噪荒村，鸡鸣空馆。还复幽独，重欷累叹。""欷"（xī）就是叹息。"微躬"是谦称自己，枕石漱流濯足，钓鱼翁即歌"沧浪之水"之渔父。古乐府《江南》："江南可采莲，莲叶何田田。鱼戏莲叶间。鱼戏莲叶东，鱼戏莲叶西，鱼戏莲叶南，鱼戏莲叶北。"

王　维　酬虞部苏员外过蓝田别业不见留之作

廿七

苏东坡当年西湖《望湖楼醉书五绝》的前两首及最后一首："黑云翻墨未遮山，白雨跳珠乱入船。卷地风来忽吹散，望湖楼下水如天。""放生鱼鳖逐人来，无主荷花到处开。水枕能令山俯仰，风船解与月徘徊。""未成小隐聊中隐，可得长闲胜暂闲。我本无家更安往，故乡无此好湖山。"望湖楼位于断桥东，"翻墨"，杜甫有"俄顷风定云墨色，秋天漠漠向昏黑"。"白雨"，白居易有"拂檐虹霏微，绕栋云回旋。赤日间白雨，阴晴同一川"。"水如天"，李贺有"秋肌稍觉玉衣寒，空光帖妥水如天"。"无主"，杜甫有"桃花一簇开无主，可爱深红爱浅红"。"风船"，韩愈有"有如乘风船，一纵不可缆"。徘徊，李白有"我歌月徘徊，我舞影零乱"。而白居易的《中隐》诗："大隐住朝市，小隐入丘樊。丘樊太冷落，朝市太嚣暄。不如作中隐，隐在留司官。似出复似处，非忙亦非闲……唯此中隐士，致身吉且安。"所以，到唐诗，词已用尽。

苏　轼　六月二十七日望湖楼醉书五绝
杜　甫　茅屋为秋风所破歌
白居易　游悟真寺
李　贺　贝宫夫人
杜　甫　江畔独步寻花七绝句·其五
韩　愈　秋怀诗十一首·其七
李　白　月下独酌四首·其一

廿八

杜牧《大雨行》诗："东垠黑风驾海水，海底卷上天中央。三吴六月忽凄惨，晚后点滴来苍茫。铮栈雷车轴辙壮，矫躩蛟龙爪尾长。神鞭鬼驭载阴帝，来往喷洒何颠狂。四面崩腾玉京仗，万里横牙羽林枪。云缠风束乱敲磕，黄帝未胜蚩尤强。百川气势苦豪俊，坤关密锁愁开张。大和六年亦如此，我时壮气神洋洋。东楼耸首看不足，恨无羽翼高飞翔。尽召邑中豪健者，阔展朱盘开酒场。奔觥槌鼓助声势，眼底不顾纤腰娘。今年阘茸鬓已白，奇游壮观唯深藏。景物不尽人自老，谁知前事堪悲伤。"铮、栈是铜制乐器，铮如铜锣，栈是小钟，喻雷车隆隆声。"矫躩（jué）"是飞腾跳跃，指闪电。"阴帝"指女娲，玄都玉京在大罗天之上，"仗"是兵器总称，"横牙"是纵横，以"玉京仗""羽林枪"喻大雨滂沱。昔黄帝大战蚩尤，"豪俊"指助战的风伯、雨师，坤位在西南，应是黄帝居坤关。杜牧是大和二年进士，"觥"（gōng）是酒杯。"阘（tà）茸"是卑微。

廿九

李白的《寻阳紫极宫感秋作》："何处闻秋声，翛翛北窗竹。回薄万古心，揽之不盈掬。静坐观众妙，浩然媚幽独。白云南山来，就我檐下宿。懒从唐生决，羞访季主卜。四十九年非，一往不可复。野情转萧洒，世道有翻覆。陶令归去来，田家酒应熟。""翛翛"是象声词，"案牍时闲暇，偶坐观卉木。飒飒满池荷，翛翛荫窗竹"是南朝齐谢朓诗。"回薄"就是萦绕，两手曰"掬"。"吾将囊括大块，浩然与溟涬同科"是李白的豪放句子，庄子说："大块噫气，其名为风"。自然之气混沌称"溟涬（xìng）"。"青松夹路生，白云宿檐端"是陶渊明诗。"唐生"指战国时梁人唐举，"季主"是战国时楚人司马季主，能卜人富贵。四十九年非，典为《淮南子·原道》中的"蘧（qú）伯玉年五十而知四十九年非"。"伯玉"是卫大夫蘧瑗（yuàn），孔子好友。"陶令"即陶渊明。"陶令日日醉，不知五柳春。素琴本无弦，漉酒用葛巾"也是李白诗。

谢　朓　冬日晚郡事隙诗
李　白　日出入行
陶渊明　拟古九首·其五
李　白　戏赠郑溧阳

三十

季夏最后一天，六月晦日，陆游当年诗：“长夏忽云过，徂年行且休。川原方渴雨，草木已惊秋。露蔓晨犹泫，风蝉暮更遒。明窗对清镜，世事判悠悠。”“徂”（cú）是去，“徂年”是流年，“嗟予小子，禀兹固陋。徂年既流，业不增旧”是陶渊明诗。小子、禀性固陋都是陶渊明谦称自己，他说，流年中，他没进步。“露蔓晨犹泫，风蝉暮更遒”是具体的“长夏忽云过”，“遒”是强劲。“泫”是滴露，“猿鸣诚知曙，谷幽光未显。岩下云方合，花上露犹泫”是谢灵运诗。最后的“悠悠”应出自《诗经·邶风·终风》的“终风且霾，惠然肯来。莫往莫来，悠悠我思”。“惠”是仁爱。

陆　游　六月晦日作
陶渊明　荣木一首
谢灵运　从斤竹涧越岭溪行

清代　清院本十二月令图册·七月

七月

银烛秋光冷画屏，
轻罗小扇扑流萤。

——杜牧 《秋夕》

清代　王武　花竹栖禽图

李贺描写的七月：“星依云渚冷，露滴盘中圆。好花生木末，衰蕙愁空园。夜天如玉砌，池叶极青钱。仅厌舞衫薄，稍知花簟寒。晓风何拂拂，北斗光阑干。”“渚”是水边，“云渚”指天河，“星”指牵牛、织女。“风月自清夜，江山非故园。石泉流暗壁，草露滴秋根”是杜甫诗。“好花”指木芙蓉，开于晚秋。七月最美是月照碎云如玉阶，“砌”就是阶。元稹写这时夜景：“夜久连观静，斜月何晶荧。寥天如碧玉，历历缀华星。楼榭自阴映，云牖深冥冥。纤埃悄不起，玉砌寒光清。”“牖”是窗。此时荷叶巨大，故谓“极”。“薄”与“寒”其实还早，唐时气温要低，“簟”是竹席。“阑干”是横斜貌，“月没参横，北斗阑干。亲友在门，饥不及餐”是曹植的《善哉行》中的句子。“更深月色半人家，北斗阑干南斗斜。今夜偏知春气暖，虫声新透绿窗纱”是刘方平诗。

李　贺　河南府试十二月乐词
杜　甫　日暮
元　稹　清都夜境
刘方平　月夜

初一

白居易诗："七月一日天，秋生履道里。闲居见清景，高兴从此始。林间暑雨歇，池上凉风起。桥竹碧鲜鲜，岸莎青靡靡。苍然古磬石，清浅平流水。何言中门前，便是深山里。双僮侍坐卧，一杖扶行止。饥闻麻粥香，渴觉云汤美。平生所好物，今日多在此。此外更何思，市朝心已矣。""履道"是洛阳白居易居所，他的《晚归府》诗："晚从履道来归府，街路虽长尹不嫌。""莎"是莎草，李白诗："浮舟弄水箫鼓鸣，微波龙鳞莎草绿。兴来携妓恣经过，其若杨花似雪何？"是春景。"靡靡"是草随风倒伏貌，"靡靡江离草，熠耀生河侧。皎皎彼姝女，阿那当轩织"是晋陆机诗。云汤，云母汤，按葛洪《抱朴子》的说法，是仙药。白居易称白米粥为云母："宿鸟动前林，晨光上东屋。铜炉添早香，纱笼灭残烛。头醒风稍愈，眼饱睡初足。起坐兀无思，叩齿三十六。何以解宿斋？一杯云母粥。""市朝"是面朝后市，争名逐利处。

白居易　七月一日作
李　白　忆旧游寄谯郡元参军
陆　机　拟青青河畔草诗

初二

韦应物的《玩萤火》:“时节变衰草，物色近新秋。度月影才敛，绕竹光复流。”古人认为，腐草变萤。“一声早蝉发，数点新萤度。兰釭耿无烟，筠簟清有露。未归后房寝，且下前轩步。斜月入低廊，凉风满高树”是白居易诗。“兰釭”是兰膏燃灯。“水岸寒楼带月跻，夏林初见岳阳溪。一点新萤报秋信，不知何处是菩提”是贾岛诗。“跻”（jī）是升。韦应物还有《夜对流萤作》:“月暗竹亭幽，萤光拂席流。还思故园夜，更度一年秋。自惬观书兴，何惭秉烛游。府中徒冉冉，明发好归休。”自满惬意，东晋车胤（yìn）家贫常不得灯油，夏月常囊盛数十萤火照书。《古诗十九首》:“生年不满百，常怀千岁忧。昼短苦夜长，何不秉烛游。”“冉冉”是光亮闪动貌，“明发”是黎明，“归休”是回家休息。

白居易　闲夕
贾　岛　夏夜登南楼

初三

欧阳修的《渔家傲》词："七月新秋风露早。渚莲尚拆庭梧老。是处瓜华时节好。金樽倒。人间彩缕争祈巧。　万叶敲声凉乍到，百虫啼晚烟如扫。箭漏初长天杳杳。人语悄。那堪夜雨催清晓。""拆"是绽，晚莲仍在绽放。梧桐知秋，落叶最早，故称"老"。谢灵运诗："袅袅秋风过，萋萋春草繁。美人游不还，佳期何由敦？芳尘凝瑶席，清醑满金樽。洞庭空波澜，桂枝徒攀翻。"这个"敦"（tuán）是聚，香尘满席，空有金樽美酒。"桂枝"是屈原《九歌·大司命》中"结桂枝兮延伫，羌愈思兮愁人"意。"祈巧"指七夕，"风吹"是敲声，白居易写"敲声"："唳鹤晴呼侣，哀猿夜叫儿。玉敲音历历，珠贯字累累。""影密灯回照，声繁竹送敲"则是吴融写雪了。日渐短，"杳杳"是昏暗。百虫啼晚，刘禹锡诗就变成"露草百虫思，秋林千叶声。相望一步地，脉脉万重情"。

欧阳修　渔家傲（十二月鼓子词·七月）
谢灵运　石门新营所住四面高山，回溪石濑，茂林修竹
白居易　杨柳枝二十韵
刘禹锡　秋晚新晴夜月如练有怀乐天

初四

陆游当年诗："楼角西南月一钩，晚瓜落刃酒新篘。仙家又怆银河别，太史新班玉历秋。衰病岁时良冉冉，穷愁身世转悠悠。莫因乞巧嘲儿女，我亦飘然水上浮。""篘"（chōu）是滤酒竹器。"银河别"指七夕，宋朝吴自牧《梦粱录》记，宫中殿前植梧桐，交立秋时，太史秉奏"秋来"，梧叶便应声落下一两片，这就是"太史新班玉历秋"。"班"同"颁"，颁布。南朝梁宗懔的《荆楚岁时记》记，七夕"陈瓜果于庭中以乞巧，有喜子网于瓜上，则以为符应"。"喜子"即蜘蛛。"飘然"是漂泊。"官如枝头干，不受雨露恩。身如水上浮，泛泛宁有根""飘然世外更何求？终日桥边弄钓舟。回视老身犹长物，纵无炊米莫闲愁"都是陆游诗。

陆　游　七月四日夜赋
陆　游　困甚戏书
陆　游　湖上

初五

七夕日近。卢照邻的《七夕泛舟》的第一首："汀葭肃徂暑，江树起初凉。水疑通织室，舟似泛仙潢。连桡渡急响，鸣棹下浮光。日晚菱歌唱，风烟满夕阳。""葭"是芦苇，"汀"是水边，"沙浦明如月，汀葭晦若秋"是陈子昂诗，六月徂暑，徂是往。"水"指天河，"潢"是水面，"仙潢"即天河，"仙潢咫尺。想翠宇琼楼，有人相忆。天上人间，未知今夕是何夕"是周密的句子。"桡"与"棹"都是桨，"沧浪渡头柳花发，断续因风飞不绝。摇烟拂水积翠间，缀雪含霜谁忍攀。夹岸纷纷送君去，鸣棹孤寻到何处"是戴叔伦诗，写柳花。"菱歌"是吴楚采菱民歌，李白诗："飘飘江风起，萧飒海树秋。登舻美清夜，挂席移轻舟。月随碧山转，水合青天流。杳如星河上，但觉云林幽。归路方浩浩，徂川去悠悠。徒悲蕙草歇，复听菱歌愁。岸曲迷后浦，沙明瞰前洲。怀君不可见，望远增离忧。""舻"是船，"杳"是高远，"徂川"是流水。

陈子昂　宿襄河驿浦
周　密　齐天乐（清溪数点芙蓉雨）
戴叔伦　柳花歌送客往桂阳
李　白　月夜江行，寄崔员外宗之

初六

明日七夕，李贺的《七夕》：“别浦今朝暗，罗帏午夜愁。鹊辞穿线月，花入曝衣楼。天上分金镜，人间望玉钩。钱塘苏小小，更值一年秋。”“别浦”是天河，七月七日天河隐，牛郎织女相会，称“暗”。罗帏，丝罗帷幕，午夜因分别而愁。此日鹊为桥，鹊飞为辞，女子有穿七孔针之俗，故称“穿线月”。七夕晒衣，“花”是宫女，汉武帝当年建曝衣阁，七夕有宫女登楼曝衣。沈佺期《七夕》也用类似素材：“秋近雁行稀，天高鹊夜飞。妆成应懒织，今夕渡河归。月皎宜穿线，风轻得曝衣。来时不可觉，神验有光辉。”七夕月状若半镜，为分，苏小小应是南朝齐时人。《苏小小歌》：“我乘油壁车，郎乘青骢马。何处结同心，西陵松柏下。”李贺诗：“幽兰露，如啼眼。无物结同心，烟花不堪剪。草如茵，松如盖。风为裳，水为珮。油壁车，夕相待。冷翠烛，劳光彩。西陵下，风吹雨。”

李贺 苏小小墓

初七

李商隐的《七夕》诗："鸾扇斜分凤幄开，星桥横过鹊飞回。争将世上无期别，换得年年一度来。""思为鸾翼扇，愿备明光宫"是北周庾信诗。"幄"是帷帐，"山明疑有雪，岸白不关沙。天汉看珠蚌，星桥似桂花"也是庾信诗。"星桥"即鹊桥，织女七夕渡河，使鹊为桥。"一道鹊桥横渺渺，千声玉佩过玲玲。别离还有经年客，怅望不如河鼓星"是徐凝诗。"河鼓"即牵牛星。李商隐还有《七夕》诗："已驾七香车，心心待晓霞。风轻惟响珮，日薄不嫣花。桂嫩传香远，榆高送影斜。成都过卜肆，曾妒识灵槎。"多种香料制成的车称"七香车"，珠玉为珮，珮摇风影，衣动霞光。"嫣然一笑"的"嫣然"是美貌，"卜肆"是占卜铺子，七夕要卜巧，夜捉蜘蛛藏盒中，早起见蛛网织密为巧多。"明河可望不可亲，愿得乘槎一问津。更将织女支机石，还访成都卖卜人"是宋之问诗。

庾　信　苦热行
庾　信　舟中望月
徐　凝　七夕
李商隐　壬申七夕
宋之问　明河篇

初八

温庭筠的《七夕歌》:“鸣机札札停金梭，芙蓉澹荡生池波。神轩红粉陈香罗，凤低蝉薄愁双蛾。微光奕奕凌天河，鸾咽鹤唳飘飖歌。弯桥销尽愁奈何，天气骀荡云陂陁。平明花木有秋意，露湿彩盘蛛网多。”七夕织女停机，芙蓉是荷花，可此时已凋零。晋周处的《风土记》说，七夕夜设酒脯时果，散香粉于河鼓织女，河鼓织女即牛郎、织女星。“凤”指凤钗，“蝉”是蝉鬓，“蛾”是蛾眉。织女乘鸾车，在鸾声、鹤唳飘飖歌中奕奕渡天河，多美。天将晓，桥销尽，天气空明骀荡，“骀”（dài）是舒缓广大，“陂陁（tuó）”是云参差貌。平明是黎明，天亮了，彩盘露湿，蛛网意味着乞“巧”获“巧”之多。白居易的《七夕》也用到“澹”字:“烟霄微月澹长空，银汉秋期万古同。几许欢情与离恨，年年并在此宵中。”

初九

岑参的“早秋登亭”诗：“亭高出鸟外，客到与云齐。树点千家小，天围万岭低。残虹挂陕北，急雨过关西。酒榼缘青壁，瓜田傍绿溪。微官何足道，爱客且相携。唯有乡园处，依依望不迷。”陕北的“陕”指今河南陕县，关西的“关”指函谷关。“榼”是盛酒器，“手携酒榼共书帷，回语长松我即归。若是出山机已息，岭云何事背君飞”是皎然诗。“水回青嶂合，云度绿溪阴”是孟浩然诗。“唯有乡园处，依依望不迷”，多好。“南去又南去，此行非自期。一帆云作伴，千里月相随。浪迹花应笑，衰容镜每知。乡园不可问，禾黍正离离”是韦庄诗。“离离”是实垂貌。

岑　参　早秋与诸子登虢州西亭观眺
皎　然　酬秦山人出山见呈
孟浩然　武陵泛舟
韦　庄　南游富阳江中作

初十

韦庄的《早秋夜作》："翠簟初清暑半销，撇帘松韵送轻飙。莎庭露永琴书润，山郭月明砧杵遥。傍砌绿苔鸣蟋蟀，绕檐红树织蟏蛸。不须更作悲秋赋，王粲辞家鬓已凋。""莎"即莎草，罗邺也写过"早秋"："裴回无烛冷无烟，秋径莎庭入夜天。""郭"是轮廓，"千家山郭静朝晖，日日江楼坐翠微。信宿渔人还泛泛，清秋燕子故飞飞"是杜甫诗。砧杵捣衣声远，"月出砧杵动，家家捣秋练"是白居易诗。"蟏蛸"是长脚蜘蛛，"檐月惊残梦，浮凉满夏衾。蟏蛸低户网，萤火度墙阴。炉暗灯光短，床空帐影深。此时相望久，高树忆横岑"是元稹诗。"岑"是山岗。"悲秋"指宋玉《九辩》中的"悲哉秋之为气也，萧瑟兮草木摇落而变衰。憭栗兮若在远行，登山临水兮送将归"。"憭栗"是凄凉貌。王粲是建安七子之一，《登楼赋》中有"情眷眷而怀归兮，孰忧思之可任……悲旧乡之壅隔兮，涕横坠而弗禁"，即"辞家鬓凋"。

罗　邺　萤二首·其二
杜　甫　秋兴八首·其三
白居易　秋雺

清代　余穉　花鸟册

十一

陆游当年诗："浴罢淡无事，岸帻临前轩。雷雨始退散，云月相吐吞。风蝉断还续，枝间终夕喧。露萤阖复开，熠熠缀草根。残暑会当去，孰敢厌炮燔？四时莽相代，所叹岁月奔。欢悰挽不留，白发生无垠。儿女日夜长，子且复有孙。涧松偶未薪，野鹤犹独骞。华表幸来归，余事何足言。""岸帻"是撩起头巾。"熠熠"是闪烁貌，"熠熠与娟娟，池塘竹树边。乱飞如拽火，成聚却无烟。微雨洒不灭，轻风吹欲燃。昔时书案上，频把作囊悬"是处默《萤》中的诗句。"炮燔"是烧烤，"莽"是无涯际，"悰"（cóng）是心情，"骞"（qiān）是飞，"华表"指伪托陶渊明的《搜神后记》中记，辽东人丁令威学道后化鹤归，立城门华表，有少年举弓欲射，鹤徘徊空中道："有鸟有鸟丁令威，去家千年今始归。城郭如故人民非，何不学仙冢累累。"遂高上冲天。

十二

月又渐圆，李商隐当年诗："桂含爽气三秋首，蓂吐中旬二叶新。正是澄江如练处，玄晖应喜见诗人。""蓂"指蓂荚，传说中的瑞草，每月初一到十五，每日结一荚，十六至月终，每日落一荚，以此计时，也称"历荚"。"蓂吐中旬二叶新"就指农历十二日，农历七月为三秋首。玄晖即谢朓，南朝宋诗人，李商隐是指谢朓诗中的描写："余霞散成绮，澄江净如练。喧鸟覆春洲，杂英满芳甸。""练"是白绢。寒山诗中也用到"练"："迥耸霄汉外，云里路岧峣。瀑布千丈流，如铺练一条。下有栖心窟，横安定命桥。雄雄镇世界，天台名独超。""岧峣"（tiáo yáo）是高远貌。"见诗人"是指李白，李白有诗："金陵夜寂凉风发，独上高楼望吴越。白云映水摇空城，白露垂珠滴秋月。月下沉吟久不归，古来相接眼中稀。解道澄江净如练，令人长忆谢玄晖。"

李商隐　和韦潘前辈七月十二日夜泊池州城下先寄上李使君
谢　朓　晚登三山还望京邑
寒　山　诗三百三首
李　白　金陵城西楼月下吟

十三

七月半近。周邦彦《过秦楼》词："水浴清蟾，叶喧凉吹，巷陌马声初断。闲依露井，笑扑流萤，惹破画罗轻扇。人静夜久凭阑，愁不归眠，立残更箭。叹年华一瞬，人今千里，梦沉书远。　　空见说、鬓怯琼梳，容销金镜，渐懒趁时匀染。梅风地溽，虹雨苔滋，一架舞红都变。谁信无聊，为伊才减江淹，情伤荀倩。但明河影下，还看稀星数点。""摵摵度瓜园，依依傍竹轩。秋池不自冷，风叶共成喧"是李商隐诗，"摵"（sè）是叶凋落。杜牧诗："银烛秋光冷画屏，轻罗小扇扑流萤。天阶夜色凉如水，坐看牵牛织女星。"

李商隐　雨
杜　牧　秋夕

十四

明日中元节，李商隐诗："绛节飘飖宫国来，中元朝拜上清回。羊权虽得金条脱，温峤终虚玉镜台。曾省惊眠闻雨过，不知迷路为花开。有娀未抵瀛洲远，青雀如何鸠鸟媒？""绛"是深红色，"绛节"是仙君仪仗。杜甫有诗："中天积翠玉台遥，上帝高居绛节朝。""上清"，道家三清境之一。羊权是晋朝人，仙女萼绿华曾夜降他家中，授长生术，给他金条脱，条脱系臂。温峤是东晋名将，丧妻后，又看中姑家表妹，以玉镜台为聘礼。既婚，交礼，"女以手披纱扇，抚掌大笑曰：'我固疑是老奴，果如所卜'"。关汉卿后来写成戏剧。"有娀（sōng）"是古国，屈原《离骚》中有"望瑶台之偃蹇兮，见有娀之佚女"。"偃蹇（yǎn jiǎn）"是高耸貌，《吕氏春秋·音初》记："有娀氏有二佚女，为之九成之台，饮食必以鼓。""瀛洲"是传说中仙山，"青雀"是西王母神鸟。青鸟传书，奈何鸠计拙，难为媒。此诗据说是写与女冠私情的。

李商隐　中元作
杜　甫　玉台观

十五

七月十五中元节，罗隐的《中元夜看月》诗："朦胧南溟月，汹涌出云涛。下射长鲸眼，遥分玉兔毫。势来星斗动，路越青冥高。竟夕瞻光彩，昂头把白醪。""南溟"指南方大海，《庄子·逍遥游》："鹏之背，不知其几千里也；怒而飞，其翼若垂天之云。是鸟也，海运则徙于南冥。南冥者，天池也。""冥"即"溟"。"随波无限月，的的近南溟"是杜甫诗。"的的"是鲜明貌。陈子昂诗："的的明月水，啾啾寒夜猿。客思浩方乱，洲浦寂无喧。"喻光照"长鲸眼"，有想象力。罗隐的《秋夕对月》也耐读："夜月色可掬，倚楼聊解颜。未能分寇盗，徒欲满关山。背冷金蟾滑，毛寒玉兔顽。姮娥谩偷药，长寡老中闲。""冥"是暗，南朝宋鲍照有诗："含啸对雾岑，延萝倚峰壁。青冥摇烟树，穹跨负天石。""醪"是酒。

杜　甫　宿白沙驿
陈子昂　宿空舲峡青树村浦
鲍　照　从登香炉峰

十六

姜夔当年此日的《湘月》词："五湖旧约，问经年底事，长负清景。暝入西山，渐唤我、一叶夷犹乘兴。倦网都收，归禽时度，月上汀洲冷。中流容与，画桡不点清镜。　谁解唤起湘灵。烟鬟雾鬓，理哀弦鸿阵。玉麈谈玄，叹坐客、多少风流名胜。暗柳萧萧，飞星冉冉，夜久知秋信。鲈鱼应好，旧家乐事谁省？""暝"是暮色，"夷"是平和，"夷犹"是从容自在貌。李商隐诗："万里风波一叶舟，忆归初罢更夷犹。碧江地没元相引，黄鹤沙边亦少留。"《楚辞·九歌·湘夫人》中有"搴汀洲兮杜若，将以遗兮远者"。"搴"是采，"杜若"是香草，"汀洲"是水上绿洲，此时不应冷。"桡"是桨，飞鸿归来亦还早。玉柄麈尾，是魏晋雅士清谈执物，"名胜"即清谈家。"鲈鱼"指西晋张翰见秋风起，思吴中莼羹鲈脍典。

姜　夔　湘月·丙午七月既望
李商隐　无题
贾　岛　夏夜登南楼

十七

王维诗："无才不敢累明时，思向东谿守故篱。岂厌尚平婚嫁早，却嫌陶令去官迟。草间蛩响临秋急，山里蝉声薄暮悲。寂寞柴门人不到，空林独与白云期。"《周易》革卦："君子以治历明时。"唐朝孔颖达解释是，修治历数以明天时。"谿"是深峭的山谷。王维有《东谿玩月》诗："月从断山口，遥吐柴门端。万木分空霁，流阴中夜攒。光连虚象白，气与风露寒。谷静秋泉响，岩深青霭残。清灯入幽梦，破影抱空峦。恍惚琴窗里，松谿晓思难。""尚平"即东汉尚长，为子娶嫁毕，不再为家事累。"蛩"是蟋蟀，"月露发光彩，此时方见秋。夜凉金气应，天静火星流。蛩响偏依井，萤飞直过楼。相知尽白首，清景复追游"是刘禹锡诗。王维好写"空林"："暮持筇竹杖，相待虎谿头。催客闻山响，归房逐水流。野花丛发好，谷鸟一声幽。夜坐空林寂，松风直似秋。"

王　维　早秋山中作
刘禹锡　新秋对月寄乐天
王　维　过感化寺昙兴上人山院

十八

七月阴阳搏，雷电多雨。陆游当年此日夜有诗：“电掣光如昼，雷轰意未平。乱云俄卷尽，孤月却徐行。露草蛩相语，风枝鹊自惊。一凉吾事足，美睡到窗明。”“俄”是片刻。陆游还写“风雨”：“叹息谁如造物雄，故将意气压衰翁。千群铁马云屯野，百尺金蛇电掣空。身羡渔蓑鸣急雨，心怜鸦阵困狂风。世间变态谁能测，归路斜阳十里红。”南朝宋谢惠连有“屯云蔽曾岭，惊风涌飞流”句。陆游还写“风枝鹊”：“远游倦似风枝鹊，愁思多于茧盎丝。”“盎”是充盈。陆游喜欢用“美睡”：“微凉便欲疏纨扇，小醉何妨倒玉罂。八尺风漪真美睡，故应高枕到窗明。”“人间岁月苦骎骎，白首幽居不厌深。懒爱举杯成美睡，静嫌对弈动机心。”“罂”是大腹小口的酒器，“风漪”本是风吹水面波纹，借指竹席。“一声霜晓谩吹愁，八尺风漪不耐秋”是范成大诗。“骎骎”是马急速奔驰貌。

陆　游　七月十八日夜枕上作
陆　游　南遇大风雨
谢惠连　西陵遇风献康乐诗
陆　游　寄题栝苍陈伯予主簿平楚亭
范成大　谢龚养正送蕲竹杖
陆　游　乙夜纳凉
陆　游　幽居

十九

白居易的《秋霁》:“金火不相待，炎凉雨中变。林晴有残蝉，巢冷无留燕。沉吟卷长簟，恻怆收团扇。向夕稍无泥，闲步青苔院。月出砧杵动，家家捣秋练。独对多病妻，不能理针线。冬衣殊未制，夏服行将绽。何以迎早秋，一杯聊自劝。”“霁”是雨止天晴。金火分别对应秋夏，“风驱早雁冲湖色，雨挫残蝉点柳枝”是杜荀鹤诗。“夹岸铺长簟，当轩泊小舟。枕前看鹤浴，床下见鱼游。洞户斜开扇，疏帘半上钩。紫浮萍泛泛，碧亚竹修修”是白居易描写的水斋景象。“恻怆”是哀伤，韦应物的《秋夜》:“暗窗凉叶动，秋天寝席单。忧人半夜起，明月在林端。一与清景遇，每忆平生欢。如何方恻怆，披衣露更寒。”砧杵捣衣，“秋练”是洁白的丝绸。杜甫诗“照室红炉簇曙花，萦窗素月垂秋练”，多美！“绽”是裂。

杜荀鹤　秋日闲居寄先达
白居易　府西池北新葺水斋，即事招宾，偶题十六韵
杜　甫　湖城东遇孟云卿，复归刘颢宅宿宴，饮散因为醉歌

二十

王沂孙的《齐天乐》词写萤火虫："碧痕初化池塘草，荧荧野光相趁。扇薄星流，盘明露滴，零落秋原飞磷。练裳暗近。记穿柳生凉，度荷分暝。误我残编，翠囊空叹梦无准。　　楼阴时过数点，倚阑人未睡，曾赋幽恨。汉苑飘苔，秦陵坠叶，千古凄凉不尽。何人为省。但隔水余晖，傍林残影。已觉萧疏，更堪秋夜永。""丘坟被宿莽，坛戺缘飞磷"是徐彦伯诗。"戺"(shì)是门槛。"冲人穿柳径，捕蝶绕花枝"是李建勋写归燕。"夜凉金气应，天静火星流。蛩响偏依井，萤飞直过楼"是刘禹锡诗。"随风隔幔小，带雨傍林微。十月清霜重，飘零何处归"是杜甫诗。"三十六宫秋夜永，露华点滴高梧"是欧阳炯的句子。

王沂孙　齐天乐（萤）
徐彦伯　比干墓
李建勋　归燕词
刘禹锡　新秋对月寄乐天
杜　甫　萤火
欧阳炯　更漏子（玉阑干，金甃井）

清代　郎世宁　仙萼长春册·荷花与慈姑花图

廿一

喜欢卢照邻诗："我家有庭树，秋叶正离离。上舞双栖鸟，中秀合欢枝。劳思复劳望，相见不相知。何当共攀折，歌笑此堂垂。""离离"是浓密貌，三国曹操诗："蒲生我池中，其叶何离离。""双栖鸟"出自魏明帝曹叡诗："双桐生空井，枝叶自相加。通泉浸其根，玄雨润其柯。绿叶何蓩蓩，青条视曲阿。上有双栖鸟，交颈鸣相和。何意行路者，秉丸弹是窠。""蓩（mǎo）蓩"是盛貌，曹操的《气出唱》："仙道多驾烟，乘云驾龙。郁何蓩蓩，遨游八极。"好一个"劳思复劳望，相见不相知"。李商隐因此有"相思树上合欢枝，紫凤青鸾并羽仪。肠断秦台吹管客，日西春尽到来迟"。欧阳修因此有"雨摆风摇金蕊碎，合欢树上香房翠。莲子与人长厮类，无好意，年年苦在中心里"。"厮类"即厮守。

卢照邻　望宅中树有所思
曹　操　塘上行
曹　叡　猛虎行
李商隐　相思
欧阳修　渔家傲（荷叶田田青照水）

廿二

王维诗："明时久不达，弃置与君同。天命无怨色，人生有素风。念君拂衣去，四海将安穷。秋天万里净，日暮澄江空。清夜何悠悠，扣舷明月中。和光鱼鸟际，澹尔蒹葭丛。无庸客昭世，衰鬓日如蓬。顽疏暗人事，僻陋远天聪。微物纵可采，其谁为至公？余亦从此去，归耕为老农。""素风"的"素"是纯朴，"扣舷"是手击船舷而歌，"就枕灭明烛，扣舷闻夜渔。鸡鸣问何处，人物是秦余"是孟浩然诗。鱼鸟际遇，苇丛澹荡，"涓涓乱江泉，绵绵横海烟。浮生旅昭世，空事叹华年"是鲍照诗。"昭"是光明。"顽疏"是愚钝懒散，"天聪"指天子听闻，"至公"指最公正。

王　维　送綦毋校书弃官还江东
孟浩然　宿武阳即事
鲍　照　拟青青陵上柏

廿三

李白的《长相思》："长相思，在长安。络纬秋啼金井阑，微霜凄凄簟色寒。孤灯不明思欲绝，卷帷望月空长叹。美人如花隔云端。上有青冥之高天，下有渌水之波澜。天长路远魂飞苦，梦魂不到关山难。长相思，摧心肝。""络纬"是秋虫，纺织娘，李贺的《秋来》："桐风惊心壮士苦，衰灯络纬啼寒素。谁看青简一编书，不遣花虫粉空蠹。""蠹"（dù）是蛀虫。李白有《渌水曲》："渌水明秋月，南湖采白蘋。荷花娇欲语，愁杀荡舟人。""关山"指关隘山岭，汉乐府有《关山月》，关山成为边远象征。李白的《关山月》："明月出天山，苍茫云海间。长风几万里，吹度玉门关。汉下白登道，胡窥青海湾。由来征战地，不见有人还。戍客望边色，思归多苦颜。高楼当此夜，叹息未应闲。""戍客"是离乡守边人。

廿四

杜甫的《秋风》诗：“秋风淅淅吹我衣，东流之外西日微。天清小城捣练急，石古细路行人稀。不知明月为谁好？早晚孤帆他夜归。会将白发倚庭树，故园池台今是非。”杜甫都以“淅淅”写风：“淅淅风生砌，团团日隐墙。”白居易的“绕屋声淅淅，逼人色苍苍”写的也是风。“捣”是捶，“练”是白绢，北周庾信的《夜听捣衣诗》：“秋夜捣衣声，飞度长门城。今夜长门月，应如昼日明。”南朝齐谢朓有诗：“佳期期未归，望望下鸣机。徘徊东陌上，月出行人稀。”“鸣机”即织机。老倚庭树，“百年嗟已半，四座敢辞喧。书籍终相与，青山隔故园”也是杜甫诗。

杜　甫　秋风二首·其一
杜　甫　薄游
白居易　竹窗
杜　甫　赠虞十五司马

廿五

苏东坡当年此日诗："龛灯明灭欲三更，攲枕无人梦自惊。深谷留风终夜响，乱山衔月半床明。故人渐远无消息，古寺空来看姓名。欲向磻溪问姜叟，仆夫屡报斗杓倾。""龛灯"是佛龛前长明灯，"龛灯落叶寺，山雪隔林钟。行解无由发，曹溪欲施春"是温庭筠诗。"攲"通"倚"，李后主词："昨夜风兼雨，帘帏飒飒秋声。烛残漏滴频攲枕，起坐不能平。　世事漫随流水，算来一梦浮生。醉乡路稳宜频到，此外不堪行。""磻溪"传为姜太公未遇周文王前垂钓处，杜牧的《早秋客舍》："风吹一片叶，万物已惊秋。独夜他乡泪，年年为客愁。别离何处尽，摇落几时休。不及磻溪叟，身闲长自由。""斗杓"即斗柄，北斗星的第五至第七星。斗柄指西，天下皆秋。

苏　轼　七月二十四日以久不雨，出祷磻溪，是日宿虢县。二十五日晚，自虢县渡渭，宿于僧舍曾阁。阁故曾氏所建也，夜久不寐，见壁间有前县令赵荐留名，有怀其人

温庭筠　宿秦生山斋

李　煜　乌夜啼（昨夜风兼雨）

廿六

韩愈《秋怀诗十一首》第一首："窗前两好树，众叶光薿薿。秋风一披拂，策策鸣不已。微灯照空床，夜半偏入耳。愁忧无端来，感叹成坐起。天明视颜色，与故不相似。羲和驱日月，疾急不可恃。浮生虽多涂，趋死惟一轨。胡为浪自苦？得酒且欢喜。""薿（nǐ）薿"出自《诗经·小雅·甫田》："今适南亩，或耘或耔（zǐ），黍稷薿薿。""耔"是培土，"黍"（shǔ）是黄米，"稷"（jì）是高粱，"薿薿"是茂盛。"策"是以鞭驱赶，韩愈以"策策"为象声词，白居易后来也用"落叶声策策，惊鸟影翩翩。栖禽尚不稳，愁人安可眠？"李贺用"披拂"："雾衣夜披拂，眠坛梦真粹。"更别致。"恃"是依赖，"涂"是路，《周易·系辞》："天下何思何虑？天下同归而殊途，一致而百虑。"即多涂一轨。"浪"是徒然，"暖腹茱萸酒，空心枸杞羹。终归不免死，浪自觅长生"是寒山诗。

白居易　秋月
李　贺　昌谷诗

廿七

晏几道的《点绛唇》词："湖上西风，露花啼处秋香老。谢家春草。唱得清商好。　　笑倚兰舟，转尽新声了。烟波渺。暮云稀少。一点凉蟾小。""月缀金铺光脉脉，凉苑虚庭空澹白。露花飞飞风草草，翠锦斓斑满层道"是李贺描写的农历九月。"谢家"指南朝宋谢灵运，"见说孤帆去，东南到会稽。春云剡（yǎn）溪口，残月镜湖西。水鹤沙边立，山鼯竹里啼。谢家曾住处，烟洞入应迷"是张籍诗。"鼯"（wú）鼠夜啼，似蝙蝠。清商是五音之一，对应秋，凄清悲凉。"兰舟"是小舟的美称，"西风渺渺月连天，同醉兰舟未十年。鹏鸟赋成人已没，嘉鱼诗在世空传"是许浑诗。西汉贾谊有《鹏鸟赋》，《诗经·小雅》有《南有嘉鱼》。"蟾"指月，"四郊阴霭散，开户半蟾生。万里舒霜合，一条江练横"是李白诗。

李　贺　河南府试十二月乐词·九月
许　浑　重游练湖怀旧
李　白　雨后望月

廿八

王安石《即事六首》前两首:“我起影亦起，我留影逡巡。我意不在影，影长随我身。交游义相好，骨肉情相亲。如何有乖睽，不得同苦辛？”“昏昏白日卧，皎皎中夜愁。明月入枕席，凉风动衾帱。蛬蝉相鸣悲，上下无时休。徒能感我耳，顾尔安知秋？”第一首写影我关系,《列子·说符》:“列子顾而观影：形枉则影曲，形直则影正。然则枉直随形而不在影，屈申任物而不在我。”“枉”是弯曲。“逡巡”即徘徊不进，停留。“乖”是违背,“睽”是背离。“衾”是被子,“帱”(chóu)即帐子,“凉雨门巷深，穷居成习静。独吟愁霖雨，更使秋思永。疲痾苦昏垫，日夕开轩屏。草木森已悲，衾帱清且冷”是钱起诗。“痾”(kē)是病。“蛬”同“蛩”，是蟋蟀。“河畔草未黄，胡雁已矫翼。秋蛬扶户吟，寒妇成夜织”是南朝宋鲍照诗。

钱　起　苦雨忆皇甫冉
鲍　照　拟古八首·其七

廿九

李白诗："远公爱康乐，为我开禅关。萧然松石下，何异清凉山。花将色不染，水与心俱闲。一坐度小劫，观空天地间。""客来花雨际，秋水落金池。片石寒青锦，疏杨挂绿丝。高僧拂玉柄，童子献霜梨。惜去爱佳景，烟萝欲暝时。"谢灵运世袭为康乐公，故称"谢康乐"。"禅关"即禅门，佛门，李白的描写："方入于禅关，睹天宫峥嵘，闻钟声琐屑。"《法华经》："诸佛法不现在前，如是一小劫，乃至十小劫，结跏趺坐，身心不动。"池美称"金池"，"仰望九层，俯窥百尺。金池动月，玉树含风。当于此时，足称法乐"是南朝梁简文帝的句子。"法乐"指感悟佛法之乐。"青锦"在诗中指青苔，李白还用过"青锦"："远烟空翠时明灭，白鸥历乱长飞雪。红泥亭子赤阑干，碧流环转青锦湍。"

李　白　同族侄评事黯游昌禅师山池二首·其一
李　白　化城寺大钟铭
简文帝　与广信侯重述内典书
李　白　鲁郡尧祠送窦明府薄华还西京

三十

元稹的《遣昼》："密竹有清阴，旷怀无尘滓。况乃秋日光，玲珑晓窗里。旬休聊自适，今辰日高起。栉沐坐前轩，风轻镜如水。开卷恣咏谣，望云闲徙倚。新菊媚鲜妍，短萍怜霍靡。扫除田地静，摘掇园蔬美。幽玩惬诗流，空堂称居士。客来伤寂寞，我念遗烦鄙。心迹两相忘，谁能验行止。"唐朝官员是逢旬，每十天休假一天。"栉沐"是梳洗，"徙倚"即徘徊，《楚辞·远游》："步徙倚而遥思兮，怊惝怳而乖怀。""怊"（chāo）是惆怅，《庄子·天地》："怊乎若婴儿之失其母也。""惝"（chǎng）是怅惘，惝然若有亡也。宋朝洪兴祖因此释"怳"（huǎng）是惊貌，"乖"是错乱。"霍"（huò）是草木弱貌，"霍靡"是随风披拂。"烦"是纷乱，"鄙"是鄙俗，白居易寄元稹诗："平生心迹最相亲，欲隐墙东不为身。明月好同三径夜，绿杨宜作两家春。"

白居易　欲与元八卜邻，先有是赠

清代　清院本十二月令图册·八月

八月

昨夜西池凉露满，
桂花吹断月中香。
——李商隐

昨夜

明代　文俶　秋花蛱蝶图

李贺描写的八月："孀妾怨长夜，独客梦归家。傍檐虫缉丝，向壁灯垂花。帘外月光吐，帘内树影斜。悠悠飞露姿，点缀池中荷。""孀"是寡妇，这里的"孀妾"指孀娥，即嫦娥，"虫苦贪剪色，鸟危巢焚辉。孀娥理故丝，孤哭抽余思"是孟郊诗。中秋，嫦娥是主角，游子想归家了。"缉"是析麻捻成线，虫缉丝，是指纺织娘，鸣声如纺丝。"况此秋堂夕，幽怀旷无朋。萧条帘外雨，倏闪案前灯"是元稹诗。露初生，故称飞，李群玉写此时"荷香"："抱琴出南楼，气爽浮云灭。松风吹天箫，竹路踏碎月。后山鹤唳定，前浦荷香发。境寂良夜深，了与人间别。"

李　贺　河南府试十二月乐词·八月
孟　郊　秋怀
元　稹　秋堂夕
李群玉　山中秋夕

初一

陆游当年此日诗："流汗沾衣喘不供，孰知有此快哉风！新凉忽觉从天下，残暑真成扫地空。恰转轻雷过林坞，已吹好雨到帘栊。幽人病愈闲无事，剩赋歌诗乐岁丰。"战国楚宋玉《风赋》："有风飒然而至，王乃披襟而当之曰：'快哉此风！'"陆游有好几首《新凉》诗，较好的一首："初卷含风八尺漪，井桐已复不禁吹。蝉声未用催残日，最爱新凉满袖时。""林坞"是林中空地，"帘栊"是门窗帘，"深院静，小庭空，断续寒砧断续风。无奈夜长人不寐，数声和月到帘栊"是李后主词。"幽人"即隐士，《周易》履卦的爻辞："履道坦坦，幽人贞吉。"陆游的《枕上》："香冷灯昏梦自惊，清愁冉冉带余酲。夜长谁作幽人伴，惟是蛩声与月明。""酲"是酒醉。

陆　游　八月一日微雨骤凉
李　煜　捣练子（深院静）

初二

宋之问诗："八月凉风天气清，万里无云河汉明。昏见南楼清且浅，晓落西山纵复横。洛阳城阙天中起，长河夜夜千门里。复道连甍共蔽亏，画堂琼户特相宜。云母屏前初泛滟，水晶帘外转逶迤。倬彼昭回如练白，复出东城接南陌。南陌征人去不归，谁家今夜捣寒衣。鸳鸯机上疏萤度，乌鹊桥边一雁飞。雁飞萤度愁难歇，坐见明河渐微没。已能舒卷任浮云，不惜光辉让流月。明河可望不可亲，愿得乘槎一问津。更将织女支机石，还访成都卖卜人。"《古诗十九首》中有"河汉清且浅，相去复几许"。"复道"是楼阁间架空的通道，也称"阁道"，"甍"是屋脊。"泛滟"的"滟"是水浮动貌，"倬"（zhuō）是显著，"昭"是光亮，"倬彼昭回"出自《诗经·大雅·云汉》中的"倬彼云汉，昭回于天"。"练"是生丝，"明河"即银河、天河，"卖卜人"即西汉隐居成都的严君平。

初三

白居易当年此日诗："露白月微明，天凉景物清。草头珠颗冷，楼角玉钩生。气爽衣裳健，风疏砧杵鸣。夜衾香有思，秋簟冷无情。梦短眠频觉，宵长起暂行。烛凝临晓影，虫怨欲寒声。槿老花先尽，莲凋子始成。四时无了日，何用叹衰荣。""戍鼓断人行，秋边一雁声。露从今夜白，月是故乡明"是杜甫名诗。新月故称"玉钩"，"倏忽城西郭，青天悬玉钩。素华虽可揽，清景不可游"是李白诗。"槿"是木槿，白居易的《秋槿》："风露飒已冷，天色亦黄昏。中庭有槿花，荣落同一晨。秋开已寂寞，夕陨何纷纷。正怜少颜色，复叹不逡巡。"许浑诗："高阁清吟寄远公，四时云月一篇中。今来借问独何处？日暮槿花零落风。"

白居易　八月三日夜作
杜　甫　月夜忆舍弟
李　白　挂席江上待月有怀
许　浑　览故人题僧院诗

初四

欧阳修的《渔家傲》词："八月微凉生枕簟，金盘露洗秋光淡。池上月华开宝鉴，波潋滟，故人千里应凭槛。　　蝉树无情风苒苒，燕归碧海珠帘掩。沈臂昌霜潘鬓减，愁黯黯，年年此夕多悲感。""金盘"指日月，"绮窗睡起闻早莺，西楼月落金盘倾。暖霞拂地海棠晓，香雪泼户梨花晴"是萨都剌诗，是春景。"宝鉴"是镜子，"苒苒"是柔和貌，元稹诗："华光犹苒苒，旭日渐曈曈。乘鸾还归洛，吹箫亦上嵩。衣香犹染麝，枕腻尚残红。""沈臂"指南朝梁沈约，沈约称己老病："百日数旬，革带常应移孔，以手握臂，率计月小半分。""潘鬓"指西晋潘岳，"昌"指命途，《庄子·在宥》中，广成子告诉黄帝："今夫百昌皆生于土而反于土，故余将去汝，入无穷之门，以游无极之野。""黯"是昏暗，"黯黯严城罢鼓鼙，数声相续出寒栖。不嫌惊破纱窗梦，却恐为奴半夜啼"是崔护的《晚鸡》诗，"鼙"（pí）是军中小鼓。

萨都剌　织女图
元　稹　会真诗三十韵

初五

南宋洪适的《渔家傲引》词："八月紫莼浮绿水，细鳞巨口鲈鱼美。画舫问渔篙暂舣，欣然喜，金薤顷刻尝珍味。　　涌雾驱云天似洗，静看星斗迎蟾桂。枕棹眠蓑清不睡，无名利，谁人分得逍遥意。""莼羹鲈脍"典出自《晋书·张翰传》："翰因见秋风起，乃思吴中菰菜、莼羹、鲈鱼脍，曰：'人生贵得适志，何能羁宦数千里以要名爵乎！'遂命驾而归。"船靠岸称"舣"（yǐ），"薤"就是藠头，苏东坡词中有"玉粉旋烹茶乳，金薤新捣橙香"。月中蟾蜍与桂树，指月，李贺的《巫山高》："碧丛丛，高插天，大江翻澜神曳烟。楚魂寻梦风飔然，晓风飞雨生苔钱。瑶姬一去一千年，丁香筇竹啼老猿。古祠近月蟾桂寒，椒花坠红湿云间。""飔"是疾风。

初六

李白诗总是最有气度。他的《送别》：“送君别有八月秋，飒飒芦花复益愁。云帆望远不相见，日暮长江空自流。”“飒飒”是象声词，“飒”字出自宋玉《风赋》中的“有风飒然而至”，《楚辞·九歌·山鬼》中用“飒飒”：“风飒飒兮木萧萧，思公子兮徒离忧。”芦花飞絮其实是九月景象，张籍的《岳州晚景》：“晚景寒鸦集，秋声旅雁归。水光浮日去，霞彩映江飞。洲白芦花吐，园红柿叶稀。长沙卑湿地，九月未成衣。”李白多用“云帆”，如《行路难》中“行路难，行路难，多歧路，今安在？长风破浪会有时，直挂云帆济沧海”。《秋夜崔八丈水亭送别》中的“水客弄归棹，云帆卷轻霜。扁舟敬亭下，五两先飘扬”。敬亭山在安徽，敬亭传为南朝齐谢朓赋诗之所，“五两”是帆上的测风器。著名的《黄鹤楼送孟浩然之广陵》实际也写云帆：“故人西辞黄鹤楼，烟花三月下扬州。孤帆远影碧空尽，唯见长江天际流。”

初七

岑参诗："皤皤岷山老，抱琴鬓苍然。衫袖拂玉徽，为弹三峡泉。此曲弹未半，高堂如空山。石林何飕飗，忽在窗户间。绕指弄呜咽，青丝激潺湲。演漾怨楚云，虚徐韵秋烟。疑兼阳台雨，似杂巫山猿。幽引鬼神听，净令耳目便。楚客肠欲断，湘妃泪斑斑。谁裁青铜枝，絙以朱丝弦。能含古人曲，递与今人传。知音难再逢，惜君方老年。曲终月已落，惆怅东斋眠。"此诗写听琴，"皤（pó）皤"形容白发，玉制琴徽，是琴的美称。"青丝"在这里指琴弦，刘禹锡的《幽琴》："月色满轩白，琴声宜夜阑。飗飗青丝上，静听松风寒。""潺湲"是流水貌，《楚辞·九歌·湘夫人》："荒忽兮远望，观流水兮潺湲。"李白写过"缉商缀羽，潺湲成音"。"虚徐"是舒缓，盘旋。"絙"（gēng）是绷紧。

岑　参　秋夕听罗山人弹三峡流泉
李　白　幽涧泉

初八

李贺的《李夫人歌》："紫皇宫殿重重开，夫人飞入琼瑶台。绿香绣帐何时歇，青云无光宫水咽。翩联桂花坠秋月，孤鸾惊啼商丝发。红壁阑珊悬佩珰，歌台小妓遥相望。玉蟾滴水鸡人唱，露华兰叶参差光。"李夫人是汉武帝宠妃，其兄李延年向汉武帝引荐她时，曾歌"北方有佳人，绝世而独立，一顾倾人城，再顾倾人国"。"紫宫"是天子居所，西晋左思诗："皓天舒白日，灵景耀神州。列宅紫宫里，飞宇若云浮。""琼瑶台"是仙宫。汉武帝《悼夫人赋》："秋气憯以凄泪兮，桂枝落而销亡。""憯"（cǎn）是痛，李贺以桂坠秋月写销亡，"翩"是轻捷，曹植《洛神赋》中用"翩若惊鸿，婉若游龙"。"翩联"是共飞貌，很美。"商"为秋声，秋声悲。"阑珊"是暗淡，"佩珰"指所佩玉珰，西晋潘岳《悼亡诗》中有"流芳未及歇，遗挂犹在壁"。"玉蟾"是月亮，鸡人在宫中管更漏。

初九

中秋日近，桂花开了。施肩吾诗："夜吟秋山上，袅袅秋风归。月色清且冷，桂香落人衣。"张籍《秋山》诗："秋山无云复无风，溪头看月出深松。草堂不闭石床静，叶间坠露声重重。"写秋风袅袅，喜欢张籍的"茱萸满宫红实垂，秋风袅袅生繁枝"。写桂香，则喜欢宋之问的"桂子月中落，天香云外飘"。这是写杭州灵隐寺的。白居易的《寄韬光禅师》也好："一山门作两山门，两寺原从一寺分。东涧水流西涧水，南山云起北山云。前台花发后台见，上界钟声下界闻。遥想吾师行道处，天香桂子落纷纷。"

施肩吾　秋山吟
张　籍　吴宫怨
宋之问　灵隐寺

初十

杜牧诗："长空碧杳杳，万古一飞鸟。生前酒伴闲，愁醉闲多少。烟深隋家寺，殷叶暗相照。独佩一壶游，秋毫泰山小。""杳杳"是幽远貌，《楚辞·九章·哀郢》："尧舜之抗行兮，瞭杳杳而薄天。""抗行"是持高尚行为，"瞭"是瞭望。"飞鸟"出自西晋张协诗："人生瀛海内，忽如鸟过目。川上之叹逝，前修以自勗。"《论语·子罕》："子在川上曰：逝者如斯夫！不舍昼夜。""勗"（xù）是勉励。"隋家寺"是隋朝建兴善寺，杜牧《长安杂题长句》中，也有"偷钓侯家池上雨，醉吟隋寺日沉钟"句。"殷"是深，《庄子·齐物论》："天下莫大于秋毫之末，而太山为小；莫寿乎殇子，而彭祖为夭。天地与我并生，而万物与我为一；既已为一矣，且得有言乎？既已谓之一矣，且得无言乎？""太山"即泰山。

杜　牧　独酌
张　协　杂诗十首·其二
杜　牧　长安杂题长句六首·其四

南宋　佚名　秋花图页（局部）

十一

王维《辋川集》里俯仰旷达的小诗真好。比如“秋山敛余照，飞鸟逐前侣。彩翠时分明，夕岚无处所。”王维爱用“飞鸟”：“飞鸟去不穷，连山复秋色。上下华子冈，惆怅情何极。”“岚”是山间如飘带般的雾气，“无处所”是飘逸。他还用过“残雨斜日照，夕岚飞鸟还”。再比如“独坐幽篁里，弹琴复长啸。深林人不知，明月来相照”。“篁”是竹，到了李贺笔下，就要强调色调了：“幽篁画新粉，蛾绿横晓门。”再比如“飒飒秋雨中，浅浅石溜泻。跳波自相溅，白鹭惊复下”。溜、泻、跳，溪水动态铺垫下，白鹭脱颖而出。再比如“端居不出户，满目望云山。落日鸟边下，秋原人外闲。遥知远林际，不见此檐间。好客多乘月，应门莫上关”。空灵，又能催人所思。

王　维　木兰柴
王　维　华子冈
王　维　崔濮阳兄季重前山兴
王　维　竹里馆
李　贺　兰香神女庙（三月中作）
王　维　栾家濑
王　维　登裴迪秀才小台作

十二

王建从八月十二到十五日写有“玩月”五首。十二：“半秋初入中旬夜，已向阶前守月明。从未圆时看却好，一分分见傍轮生。”十三：“乱云遮却台东月，不许教依次第看。莫为诗家先见镜，被他笼与作艰难。”十四：“今夜月明胜昨夜，新添桂树近东枝。立多地湿舁床坐，看过墙西寸寸迟。”十五：“月似圆来色渐凝，玉盆盛水欲侵棱。夜深尽放家人睡，直到天明不炷灯。”“合望月时常望月，分明不得似今年。仰头五夜风中立，从未圆时直到圆。”诗平淡。“舁”（yú）是抬，“棱”是棱角，边沿。其实，王建还就这首中秋诗好：“中庭地白树栖鸦，冷露无声湿桂花。今夜月明人尽望，不知秋思落谁家。”

王　建　和元郎中从八月十二至十五夜玩月五首
王　建　十五夜望月寄杜郎中

十三

月一天天圆。李白著名的《静夜思》，我们习惯读为："床前明月光，疑是地上霜。举头望明月，低头思故乡。"其实，原诗却是："床前看月光，疑是地上霜。举头望山月，低头思故乡。""看月"变成"明月"，其实是清代王士祯改的；"山月"变"明月"，其实是元代萧士赟改的。李白另一首著名的《月下独酌》："花间一壶酒，独酌无相亲。举杯邀明月，对影成三人。月既不解饮，影徒随我身。暂伴月将影，行乐须及春。我歌月裴回，我舞影零乱。醒时同交欢，醉后各分散。永结无情游，相期邈云汉。"

十四

杜甫诗："满目飞明镜，归心折大刀。转蓬行地远，攀桂仰天高。水路疑霜雪，林栖见羽毛。此时瞻白兔，直欲数秋毫。""稍下巫山峡，犹衔白帝城。气沉全浦暗，轮仄半楼明。刁斗皆催晓，蟾蜍且自倾。张弓倚残魄，不独汉家营。"此诗大历二年杜甫56岁作于夔州，这年秋天他耳聋，大历五年就去世了。李白《长门怨》也用"明镜"喻月："桂殿长愁不记春，黄金四屋起秋尘。夜悬明镜青天上，独照长门宫里人。""大刀"典出古乐府的"藁砧今何在，山上复有山。何当大刀头，破镜飞上天"。"藁（gǎo）砧"是妇女称丈夫的隐语，大刀头有环，"环"为"还"。"仄"（zè）是倾斜，"轮"是月亮，"刁斗"是行军用具，白天作餐具，晚上击打巡更。"张弓"指《老子》说："天之道其犹张弓与？高者抑之，下者举之，有余者损之，不足者补之。"

十五

苏东坡著名的《水调歌头》(丙辰中秋，欢饮达旦，大醉。作此篇兼怀子由)：“明月几时有，把酒问青天。不知天上宫阙，今夕是何年。我欲乘风归去，又恐琼楼玉宇，高处不胜寒。起舞弄清影，何似在人间。　转朱阁，低绮户，照无眠。不应有恨，何事长向别时圆。人有悲欢离合，月有阴晴圆缺，此事古难全。但愿人长久，千里共婵娟。”此词作于山东密州当知州时，东坡四十岁。《列子·黄帝》：列子说他师从老商二十四年后才“眼如耳，耳如鼻，鼻如口”，“心凝形释，骨肉都融，不觉形之所倚，足之所履，随风东西，犹木叶干壳，竟不知风乘我邪，我乘风乎？”转朱阁、低绮户，都指月光。“天若有情天亦老，月如无恨月长圆”是宋初石延年的对联。“婵娟”最早出自东汉张衡《西京赋》中的“嚼清商而却转，增婵娟以此豸”，描写夏姬妖蛊的，“豸”(zhì)从此比喻妖艳女子。还是喜欢李商隐用“婵娟”：“初闻征雁已无蝉，百尺楼高水接天。青女素娥俱耐冷，月中霜里斗婵娟。”

李商隐　霜月

十六

李商隐的《昨夜》："不辞鶗鴂（tí jué）妒年芳，但惜流尘暗烛房。昨夜西池凉露满，桂花吹断月中香。""鶗鴂"即子规，杜鹃，杜鹃春分鸣，众芳生；秋分鸣，众芳歇。李商隐还用过"鶗鴂"："万古山空碧，无人鬓免黄。骅骝忧老大，鶗鴂妒芬芳。""骅骝"是周穆王八骏之一，骏马。白居易也有诗："残芳悲鶗鴂，暮节感茱萸。""暮节"就是重阳节。李商隐写牡丹为雨败也用过"流尘"："浪笑榴花不及春，先期零落更愁人。玉盘迸泪伤心数，锦瑟惊弦破梦频。万里重阴非旧圃，一年生意属流尘。前溪舞罢君回顾，并觉今朝粉态新。"李商隐的《月夕》也写此时桂花月："草下阴虫叶上霜，朱栏迢递压湖光。兔寒蟾冷桂花白，此夜姮娥应断肠。""迢递"是遥远貌，"姮娥"即嫦娥。

李商隐　崇让宅东亭醉后沔然有作
白居易　东南行一百韵寄通州元九侍御等

十七

杜甫的《十七夜对月》:“秋月仍圆夜，江村独老身。卷帘还照客，倚杖更随人。光射潜虬动，明翻宿鸟频。茅斋依橘柚，清切露华新。”杜甫有《江村》诗:“清江一曲抱村流，长夏江村事事幽。自去自来堂上燕，相亲相近水中鸥。老妻画纸为棋局，稚子敲针作钓钩。多病所须唯药物，微躯此外更何求。”“虬”是无角龙，“虬以深潜而保真”。秋气清切，凉为清，急为切，风急。“云想衣裳花想容，春风拂槛露华浓”是李白的句子。杜甫的《江边星月》也写“露华”:“骤雨清秋夜，金波耿玉绳。天河元自白，江浦向来澄。映物连珠断，缘空一镜升。余光隐更漏，况乃露华凝。”月耀金波，“玉绳”是星，“耿”是照耀。“连珠”的“珠”也指星。

十八

李贺《月漉漉篇》："月漉漉，波烟玉。莎青桂花繁，芙蓉别江木。粉态裌罗寒，雁羽铺烟湿。谁能看石帆，乘船镜中入。秋白鲜红死，水香莲子齐。挽菱隔歌袖，绿刺罥银泥。""漉"是湿，流，"漉漉"是莹润。用"烟波"的多，却无人用"波烟"，这就是李贺诗妙。"莎"即莎草，"卧听寒蛩莎砌月，行冲落叶水村风"是李中诗。江木依然，芙蓉已谢，"裌"即裌衣。"石帆"，山名，临大湖；"镜中"指镜湖，绍兴南湖。李贺还用过"秋白"："东床卷席罢，濩落将行去。秋白遥遥空，日满门前路。""濩（huò）落"是沦落失意。"鲜红死"指荷花，花死莲子齐。"绿刺"指菱角。《采莲曲》中，阎朝隐的《采莲女》也有"莲刺罥银钩"句，"罥"指菱角罥挂，"银泥"指水光。白居易写"银泥"："摆尘野鹤春毛暖，拍水沙鸥湿翅低。更对雪楼君爱否，红栏碧甃点银泥。"

李　贺　将发
白居易　答微之见寄（时在郡楼对雪）

十九

姜夔《齐天乐》词："庾郎先自吟愁赋，凄凄更闻私语。露湿铜铺，苔侵石井，都是曾听伊处。哀音似诉，正思妇无眠，起寻机杼。曲曲屏山，夜凉独自甚情绪。　　西窗又吹暗雨，为谁频断续，相和砧杵。候馆迎秋，离宫吊月，别有伤心无数。豳诗漫与，笑篱落呼灯，世间儿女。写入琴丝，一声声更苦。""庾郎"指北周庾信，有《愁赋》，"铜铺"是铺面铜制门环。这是写天凉蟋蟀的，"凄凄""哀音"都指蛩鸣。"机杼"是织机，"屏山"指画山的屏风，"笼绣香烟歇，屏山烛焰残。暖嫌罗袜窄，瘦觉锦衣宽"是韩偓诗。"候馆"是客店，"吊"是感伤，李贺有"啼蛄吊月钩栏下"句，"蛄"是蝼蛄。"豳诗"指《诗经·豳风·七月》："七月在野，八月在宇，九月在户，十月蟋蟀入我床下。""琴丝"指曲谱。

二十

苏东坡《秋兴三首》的前两首："野鸟游鱼信往还，此生同寄水云间。谁家晚吹残红叶，一夜归心满旧山。可慰摧颓仍健食，比来通脱屡酡颜。年华岂是催人老，双鬓无端只自斑。""故里依然一梦前，相携重上钓鱼船。尝陪大幕全陈迹，谬忝承明愧昔年。报国无成空白首，退耕何处有名田？黄鸡白酒云山约，此计当时已浩然。""通脱"是放达，"酡颜"是喝酒脸红，东坡还有诗写"酡颜"："酡颜玉碗捧纤纤，乱点余花唾碧衫。歌咽水云凝静院，梦惊松雪落空岩。"汉承明殿旁，是侍臣值宿居所，"承明"因此指为官。"忝"（tiǎn）是有愧。"黄鸡白酒"出自李白的"白酒新熟山中归，黄鸡啄黍秋正肥"。东坡笑称自己是"五日一见花猪肉，十日一遇黄鸡粥"。"浩然"是广大壮阔，《淮南子·要略》："託小以苞大，守约以治广，使人知先后之祸福，动静之利害，诚通其志，浩然可以大观矣。""託"是寄托。

李　白　南陵别儿童入京
苏　轼　记梦回文二首·其一
苏　轼　闻子由瘦

清代　任熊　十万图册·万卷诗楼图

廿一

张籍的《山中秋夜》："寂寂山景静，幽人归去迟。横琴当月下，压酒及花时。冷露湿茆屋，暗泉冲竹篱。西峰采药伴，此夕恨无期。"曹植起用"寂寂"："寂寂长夜，或群或党。去来无方，乱我精爽。"张籍还用"寂寂"："月出潭气白，游鱼暗冲石。夜深春思多，酒醒山寂寂。""幽人"指隐士，"幽人无事不出门，偶逐东风转良夜。参差玉宇飞木末，缭绕香烟来月下"是苏东坡诗。"思对一壶酒，澹然万事闲。横琴倚高松，把酒望远山。长空去鸟没，落日孤云还。但恐光景晚，宿昔成秋颜"是李白诗。"茆"同"茅"，"凉风冷露萧索天，黄蒿紫菊荒凉田。绕冢秋花少颜色，细虫小蝶飞翻翻"是白居易诗。"无期"是没有约定，元稹诗："闲窗结幽梦，此梦谁人知。夜半初得处，天明临去时。山川已久隔，云雨两无期。何事来相感，又成新别离。"

曹　植　释愁文
张　籍　惜花
苏　轼　定慧院寓居月夜偶出
李　白　春日独酌二首·其二
白居易　东墟晚歇
元　稹　梦昔时

廿二

白居易的《南湖晚秋》诗："八月白露降，湖中水方老。旦夕秋风多，衰荷半倾倒。手攀青枫树，足踏黄芦草。惨淡老容颜，冷落秋怀抱。有兄在淮楚，有弟在蜀道。万里何时来，烟波白浩浩。""南湖"即鄱阳湖，杜甫诗："北池云水阔，华馆辟秋风。独鹤元依渚，衰荷且映空。"李商隐则用"岭鼷岚色外，陂雁夕阳中。弱柳千条霜，衰荷一面风"。"鼷"（xī）是小鼠，蓄水曰陂。青枫未红，黄芦已黄。"鸿飞冥冥日月白，青枫叶赤天雨霜"也是杜甫诗，这时枫叶红了。黄芦即芦苇，白居易《琵琶行》中的名句"黄芦苦竹绕宅生"，"蝉鸣空桑林，八月萧关道。出塞入塞寒，处处黄芦草"是王昌龄《塞下曲》中的句子。白居易还写"烟波白"："古人惜昼短，劝令秉烛游。况此迢迢夜，明月满西楼。复有盈尊酒，置在城上头。期君君不至，人月两悠悠。照水烟波白，照人肌发秋。清光正如此，不醉即须愁。""日暮乡关何处是，烟波江上使人愁"则是崔颢的名句。

杜　甫　陪郑公秋晚北池临眺
杜　甫　寄韩谏议
白居易　城上对月，期友人不至
崔　颢　黄鹤楼

廿三

王维诗："晚知清净理，日与人群疏。将候远山僧，先期扫敝庐。果从云峰里，顾我蓬蒿居。藉草饭松屑，焚香看道书。燃灯昼欲尽，鸣磬夜方初。一悟寂为乐，此生闲有余。思归何必深，身世犹空虚。""敝"是破旧，陶渊明《移居》诗："敝庐何必广，取足蔽床席。邻曲时时来，抗言谈在昔。奇文共欣赏，疑义相与析。"蓬草与蒿草之居贫，借草而坐，"松屑"即松花，其实指松花酒。王维写"鸣磬"的名句还有"食随鸣磬巢乌下，行踏空林落叶声"。"寂为乐"是《大般涅槃经》中的偈言："有为之法，其性无常。生已不住，寂灭为乐。"王维还有参禅诗，开头是："一兴微尘念，横有朝露身。如是睹阴界，何方置我人？碍有固为主，趣空宁舍宾。洗心讵悬解，悟道正迷津。"结尾是："念此闻思者，胡为多阻修。空虚花聚散，烦恼树稀稠。灭相成无记，生心坐有求。降吴复归蜀，不到莫相尤。""相尤"是相互指责。

王　维　饭覆釜山僧
王　维　过乘如禅师萧居士嵩丘兰若
王　维　与胡居士皆病寄此诗兼示学人二首·其一

廿四

李白诗："白鹭下秋水，孤飞如坠霜。心闲且未去，独立沙洲傍。"李白爱写"白鹭"："白鹭拳一足，月明秋水寒。人惊远飞去，直向使君滩。"而杜甫的"两个黄鹂鸣翠柳，一行白鹭上青天。窗含西岭千秋雪，门泊东吴万里船"多美啊。秋水清，秋水寒，王勃的"云销雨霁，彩彻区明，落霞与孤鹜齐飞，秋水共长天一色"也是名句。李白写秋水，这组诗苍凉："洞庭西望楚江分，水尽南天不见云。日落长沙秋色远，不知何处吊湘君。""南湖秋水夜无烟，耐可乘流直上天。且就洞庭赊月色，将船买酒白云边。""洛阳才子谪湘川，元礼同舟月下仙。记得长安还欲笑，不知何处是西天。""洞庭湖西秋月辉，潇湘江北早鸿飞。醉客满船歌白纻，不知霜露入秋衣。""帝子潇湘去不还，空余秋草洞庭间。淡扫明湖开玉镜，丹青画出是君山。""元礼"指东汉李膺，"君山"亦名湘山。

李　白　白鹭鸶
李　白　赋得白鹭鸶，送宋少府入三峡
王　勃　滕王阁序
李　白　陪族叔刑部侍郎晔及中书贾舍人至游洞庭五首

廿五

王昌龄写“秋水”：“阴岑宿云归，烟雾湿松柏。风凄日初晓，下岭望川泽。远山无晦明，秋水千里白。佳气盘未央，圣人在凝碧。”山小而高曰岑，“登高临四野，北望青山阿。松柏翳冈岑，飞鸟鸣相过”是三国阮籍诗。央是中，未央是未半。这首也好：“深林秋水近日空，归棹演漾清阴中。夕浦离觞意何已，草根寒露悲鸣虫。”“觞”是酒杯，“姑苏城外柳初凋，同上江楼更寂寥。绕壁旧诗尘漠漠，对窗寒竹雨潇潇。怜君别路随秋雁，尽我离觞任晚潮。从此草玄应有处，白云青嶂一相招”是许浑诗。“草玄”典出《汉书·扬雄传》，指扬雄淡泊名利，专注“草”《太玄》，后专指潜心著述。王昌龄还有著名的《塞下曲》：“饮马渡秋水，水寒风似刀。平沙日未没，黯黯见临洮。昔日长城战，咸言意气高。黄尘足今古，白骨乱蓬蒿。”

王昌龄　风凉原上作
阮　籍　咏怀
许　浑　送薛秀才南游
王昌龄　塞下曲四首·其二

廿六

赵嘏诗："风动衰荷寂寞香，断烟残月共苍苍。寒生晚寺波摇壁，红堕疏林叶满床。起雁似惊南浦棹，阴云欲护北楼霜。江边松菊荒应尽，八月长安夜正长。"此时荷已枯，只剩莲子了。李商隐名诗："竹坞无尘水槛清，相思迢递隔重城。秋阴不散霜飞晚，留得枯荷听雨声。""断烟"和"红堕"，似乎都是九月景象。"断烟离绪。关心事，斜阳红隐霜树"是吴文英的句子，"叶满床"夸张美。"棹"是船桨。诗人都爱用南浦和北楼，王勃的《滕王阁》："滕王高阁临江渚，珮玉鸣鸾罢歌舞。画栋朝飞南浦云，珠帘暮卷西山雨。"李群玉的《秋登涔阳城》："万户砧声水国秋，凉风吹起故乡愁。行人望远偏伤思，白浪青枫满北楼。"

赵　嘏　宿楚国寺有怀
李商隐　宿骆氏亭寄怀崔雍崔衮
吴文英　霜叶飞·黄钟商重九

廿七

叶梦得当年此日《点绛唇》“雨中小饮”词：“山上飞泉，漫流山下知何处。乱云无数。留得幽人住。　　深闭柴门，听尽空檐雨。秋还暮。小窗低户。惟有寒蛩语。”秋云易“乱”，“西塞山前水似蓝，乱云如絮满澄潭。孤峰渐映湓城北，片月斜生梦泽南”是韦庄诗。“乱云收暮雨，杂树落疏花”是戴叔伦诗。杜甫写“檐雨”：“檐雨乱淋幔，山云低度墙。”欧阳修用“何处笛。深夜梦回情脉脉。竹风檐雨寒窗隔”。秋晚的蟋蟀称“寒蛩”，“风枝惊暗鹊，露草覆寒蛩。羁旅长堪醉，相留畏晓钟”是戴叔伦诗。“寒蛩乍响催机杼，旅雁初来忆弟兄。自为林泉牵晓梦，不关砧杵报秋声”是温庭筠诗。“乍”是突然，“机杼”是纺织，“百里鸡犬静，千庐机杼鸣”是李白诗，美。“砧杵”是捣衣声。

叶梦得　点绛唇·丙辰八月二十七日雨中与何彦亨小饮
韦　庄　西塞山下作
戴叔伦　送李审之桂州谒中丞叔
杜　甫　秦州杂诗二十首·其十七
戴叔伦　客夜与故人偶集
温庭筠　秋日旅舍寄义山李侍御
李　白　赠范金卿二首·其二

廿八

姜夔的《凄凉犯》词："绿杨巷陌。秋风起、边城一片离索。马嘶渐远，人归甚处，戍楼吹角。情怀正恶、更衰草寒烟淡薄。似当时、将军部曲，迤逦度沙漠。　　追念西湖上，小舫携歌，晚花行乐。旧游在否？想如今、翠凋红落。漫写羊裙，等新雁来时系着。怕匆匆、不肯寄与，误后约。"合肥巷陌都种柳，此词作于合肥。"离索"即萧索，李清照是用"落日镕金，暮云合璧，人在何处"。"戍"是边防，"长安少年游侠客，夜上戍楼看太白。陇头明月迥临关，陇上行人夜吹笛"是王维诗。"部曲"是军队编制，指军队，"迤"是斜行，"逦"是曲折连绵貌，"征人草草尽戎装，征马萧萧立路傍。尊酒阑珊将远别，秋山迤逦更斜阳"是韩偓诗。"羊裙"的"羊"指东晋王献之甥羊欣，羊欣夏天爱以新绢为裙昼寝，王献之见后，"书裙数幅而去"。因此成文人间相互雅赏典。姜夔还有《解连环》词用到"后约"："问后约、空指蔷薇，算如此溪山，甚时重至。水驿灯昏，又见在、曲屏近底。念唯有、夜来皓月，照伊自睡。"

李清照　永遇乐（落日镕金）
王　维　陇头吟
韩　偓　见别离者因赠之

廿九

李商隐诗："残阳西入崦，茅屋访孤僧。落叶人何在，寒云路几层？独敲初夜磬，闲倚一枝藤。世界微尘里，吾宁爱与憎。"崦（yān）嵫（zī）山是日没之山，《楚辞·离骚》："朝发轫于苍梧兮，夕余至乎县圃。欲少留此灵琐兮，日忽忽其将暮。吾令羲和弭节兮，望崦嵫而勿迫。""轫"（rèn）是止车之木，舜葬于苍梧山，朝发苍梧，夕落昆仑县圃神山，"琐"指宫门，"羲和"是太阳，"弭节"是驻节，停车。李商隐还写落叶："共上云山独下迟，阳台白道细如丝。君今并倚三珠树，不记人间落叶时。"而杜牧写落叶："道傍高木尽依依，落叶惊风处处飞。未到乡关闻早雁，独于客路授寒衣。""欲持一瓢酒，远慰风雨夕。落叶满空山，何处寻行迹"则是韦应物诗。喜欢末句"世界微尘里"，李商隐还用过"微尘"："苦海迷途去未因，东方过此几微尘。何当百亿莲花上，一一莲花见佛身。"

李商隐　北青萝
李商隐　寄永道士
杜　牧　中途寄友人
韦应物　寄全椒山中道士
李商隐　送臻师二首·其二

三十

柳永的《尾犯》词：“夜雨滴空阶，孤馆梦回，情绪萧索。一片闲愁，想丹青难貌。秋渐老、蛩声正苦，夜将阑、灯花旋落。最无端处，总把良宵，只恁孤眠却。　佳人应怪我。别后寡信轻诺。记得当初，剪香云为约。甚时向、幽闺深处，按新词、流霞共酌。再同欢笑，肯把金玉珠珍博。”“孤馆”是孤寂的客舍，“孤馆宿时风带雨，远帆归处水连云”是许浑诗。丹青，丹砂与石青，颜料，指画像。“恁”（nèn）是代词，如此。“香云”指女子头发，《诗经·鄘风·君子偕老》：“鬒发如云，不屑髢也。”“髢”（dí）是装饰用假发。“流霞”指仙酒，欧阳修词：“芳尊满，挼花吹在流霞面。桃李三春虽可羡，莺来蝶去芳心乱。”“无数菰蒲间藕花，棹歌轻举酌流霞。随家好，转山斜，也有孤村三两家”是宋高宗赵构词。最后的“博”，指博得佳人一笑。

许　浑　瓜洲留别李诩
欧阳修　渔家傲（青女霜前催得绽）
赵　构　渔父词

清代　清院本十二月令图册·九月

九月

塞鸿飞急觉秋尽，
邻鸡鸣迟知夜永。
——白居易
晚秋夜

明代　蓝瑛　秋色梧桐图

李贺的《河南府试十二月乐词·九月》:“离宫散萤天似水，竹黄池冷芙蓉死。月缀金铺光脉脉，凉苑虚庭空澹白。露花飞飞风草草，翠锦斓斑满层道。鸡人罢唱晓珑璁，鸦啼金井下疏桐。”九月，萤散藏殆尽，天似水凉。崔橹的《闻笛》也写到“天似水”:“银河漾漾月晖晖，楼碍星边织女机。横玉叫云天似水，满空霜逐一声飞。”“横玉”是笛子,“芙蓉”是荷花，李贺的《夜阑曲》:“袅袅沉水烟，乌啼夜阑景。曲沼芙蓉波，腰围白玉冷。”也很美。“澹”是水波起伏，指月色，“玉妃唤月归海宫，月色澹白涵春空。银河欲转星靥靥，碧浪叠山埋早红”是温庭筠诗。“露花飞飞风草草”的用法别致，“鸡人”管报时，“珑璁”是迷蒙貌，“金井”指有雕栏的井，是静谧象征，金井梧桐联系在一起。“金井梧桐秋叶黄，珠帘不卷夜来霜。金炉玉枕无颜色，卧听南宫清漏长”是王昌龄诗。

温庭筠　晓仙谣
王昌龄　长信秋词五首·其一

初一

季秋，最后一月秋的第一天。杜甫当年诗："藜杖侵寒露，蓬门起曙烟。力稀经树歇，老困拨书眠。秋觉追随尽，来因孝友偏。清谈见滋味，尔辈可忘年。""藜"是灌木，老茎为藜杖。王维诗："安得舍罗网，拂衣辞世喧。悠然策藜杖，归向桃花源。"洒脱。"枭枭凉风动，凄凄寒露零。兰衰花始白，荷破叶犹青"是白居易诗。"蓬门"是谦称，即贫寒之家。杜甫爱用"蓬门"："舍南舍北皆春水，但见群鸥日日来。花径不曾缘客扫，蓬门今始为君开。""孝友"指兄弟，感觉追随秋将尽，偏因孝友，秋又来了。李白写"清谈"："涤荡千古愁，留连百壶饮。良宵宜清谈，皓月未能寝。醉来卧空山，天地即衾枕。"也洒脱。"尔"是代词，你。"尔辈"在此应指"尔汝"，彼此不拘形迹。

杜　甫　九月一日过孟十二仓曹、十四主簿兄弟
王　维　菩提寺禁口号又示裴迪
白居易　池上
杜　甫　客至（喜崔明府相过）
李　白　友人会宿

初二

杜甫的《季秋江村》："乔木村墟古，疏篱野蔓悬。素琴将暇日，白首望霜天。登俎黄甘重，支床锦石圆。远游虽寂寞，难见此山川。""村墟"即村庄，北朝周庾信诗"寒园星散居，摇落小村墟。游仙半壁画，隐士一床书"。"将"是送，"九月霜天水正寒，故人西去度征鞍。水底鲤鱼幸无数，愿君别后垂尺素"是岑参诗。"尺素"是书信。白居易的"江柳影寒新雨地，塞鸿声急欲霜天。愁君独向沙头宿，水绕芦花月满船"意境更胜。"俎"是祭祀礼器。古人以龟支床，白居易因此有"春朝锁笼鸟，冬夜支床龟""鹦为能言长剪翅，龟缘难死久支床"。杜甫以"锦石"支床，他用"锦石"写秋："江风萧萧云拂地，山木惨惨天欲雨。女病妻忧归意速，秋花锦石谁复数？"此时杜甫居夔州，"此山川"指夔州。

庾　信　寒园即目
岑　参　敷水歌，送窦渐入京
白居易　赠江客
白居易　移家入新宅
白居易　寄微之（时微之为虢州司马）

初三

范成大当年有“始闻雁”诗：“故人久不见，乍见杂悲喜。新雁如故人，一声惊我起。把酒不能觞，送目问行李。曾云行路难，空濛千万里。塞北多关山，江南渺云水。风高吹汝瘦，旅伴今余几？斜行不少驻，灭没苍烟里。羁游吾亦倦，客程殊未已。扁舟费年华，短缆系沙尾。物生各有役，冥心听行止。江郊匝地熟，场圃平如砥。归期且勿念，共饱丰年米。”先写雁，感人；后思己，“羁游”是客居异乡无定，“羁游少欢乐，短景极匆忙”是陆游诗。《孟子·梁惠王》：“行，或使之；止，或尼之；行止非人所能也。”“行”是役使，“止”是滞止，动静皆役。杜甫因此有诗：“别离同雨散，行止各云浮。”“沙尾”是滩尾，“匝地”是遍地，“冥心听行止”后，康庄砥平，先忘归期吧——“莫向登临怨落晖，自缘羁宦阻归期”是范成大诗。

范成大　九月三日宿胥口始闻雁
陆　游　寒夜
杜　甫　奉送王信州崟北归
范成大　丁酉重九药市呈坐客

初四

杜甫的《秋兴八首》第一首："玉露凋伤枫树林，巫山巫峡气萧森。江间波浪兼天涌，塞上风云接地阴。丛菊两开他日泪，孤舟一系故园心。寒衣处处催刀尺，白帝城高急暮砧。"草木皆因露寒凋伤，九月全阴而无阳气，"萧森"是凄凉阴森。张九龄写此时，也用"萧森"："江城何寂历，秋树亦萧森。""寂历"是因凋零疏落。杜甫此诗作于夔州，时到夔州已历两秋，故称丛菊两开。老杜多次写孤舟凄然，他有诗"系舟身万里，伏枕泪双痕""故园不可见，巫岫郁嵯峨"。"刀尺"是裁剪工具，"明时刀尺君须用，幽处田园我有涯"是杜牧诗。"砧"是捣衣声，砧声与秋愁联系在一起。"万户砧声水国秋，凉风吹起故乡愁。行人望远偏伤思，白浪青枫满北楼"是李群玉诗。

张九龄　郡舍南有园畦杂树聊以永日
杜　甫　九日五首·其四
杜　甫　江梅
杜　牧　正初奉酬歙州刺史邢群
李群玉　秋登涔阳城二首·其一

初五

杜甫《秋兴八首》第三首："千家山郭静朝晖，日日江楼坐翠微。信宿渔人还泛泛，清秋燕子故飞飞。匡衡抗疏功名薄，刘向传经心事违。同学少年多不贱，五陵衣马自轻肥。""山郭"是山城，"登高素秋月，下望青山郭。俯视鸳鹭群，饮啄自鸣跃"是李白诗。北周庾信有"石岸似江楼"句，"翠微"是青翠缥缈。"摇笔望白云，开帘当翠微。时来引山月，纵酒酣清晖"也是李白诗。再宿曰"信"，"泛泛"是漂浮貌，"泛泛杨舟，绋纚维之"出自《诗经·小雅·采菽》，"绋纚"是麻绳。匡衡是西汉大臣，因上疏得功名，同朝的刘向则一生都在校书，且父子相传，心与事违。老杜以此感叹自己。五陵为长陵、安陵、阳陵、茂陵、平陵，汉代四方富豪都迁居之地，"轻肥"指富贵的象征轻裘肥马。"金鞍玉勒骋轻肥，落絮红尘拥路飞。绿水残霞催席散，画楼初月待人归"是万齐融描写的公子王孙聚会景象。

李　白　游敬亭寄崔侍御
庾　信　咏画屏风诗
李　白　赠秋浦柳少府
万齐融　三日绿潭篇

初六

杜甫《秋兴八首》的最后两首："昆明池水汉时功，武帝旌旗在眼中。织女机丝虚夜月，石鲸鳞甲动秋风。波漂菰米沉云黑，露冷莲房坠粉红。关塞极天唯鸟道，江湖满地一渔翁。""昆吾御宿自逶迤，紫阁峰阴入渼陂。香稻啄余鹦鹉粒，碧梧栖老凤凰枝。佳人拾翠春相问，仙侣同舟晚更移。彩笔昔曾干气象，白头吟望苦低垂。"昔昆明池边有牵牛、织女两石人东西相望，织女昼夜理机丝；有玉石为鲸，雷奔石鲸动。"菰"是茭白，"菰米"是茭白的种子，即雕胡米。李白诗"跪进雕胡饭，月光明素盘"。杜甫以"菰米"喻云黑，突出红坠莲冷。"鸟道"为险峻山道，庾肩吾有诗"辇道同关塞"。隋《望江南曲》："游子不归生满地，佳人远意寄青春。""昆吾"在上林苑中，"御"指汉武帝，渼陂汇终南山水，以水味美出名。鹦鹉啄香稻，凤凰栖梧桐已老，"拾翠"指拾翠鸟羽毛为首饰，指游春，"踏青堤上烟多绿，拾翠江边月更明"是吴融诗。南朝梁江淹曾梦郭璞说，"吾有綵笔，在卿处多年，可以见还"。之后诗再无美句，称"江郎才尽"。

李　白　宿五松山下荀媪家
庾肩吾　乱后行经吴邮亭
吴　融　闲居有作

初七

重阳日近，又到读李清照这首《醉花阴》的时候：“薄雾浓氛愁永昼，瑞脑销金兽。时节又重阳，宝枕纱厨，半夜凉初透。　　东篱把酒黄昏后，有暗香盈袖。莫道不销魂，帘卷西风，人比黄花瘦。”“氛”是云气。“永昼”即整个白天。“瑞脑”是龙脑香。“金兽”是香炉。李清照爱写“瑞脑”：“瑞脑香消魂梦断”“玉鸭熏炉闲瑞脑”。“纱厨”就是纱帐，“荷塘烟罩小斋虚，景物皆宜入画图。尽日无人只高卧，一双白鸟隔纱厨”是司空图诗。陶渊明名诗：“采菊东篱下，悠然见南山。”李白常用“把酒”，如“横琴倚高松，把酒望远山。长空去鸟没，落日孤云还。但恐光景晚，宿昔成秋颜”。“暗香盈袖”疑出自赵嘏的“提筐红叶下，度日采蘼芜。掬翠香盈袖，看花忆故夫”。谢逸也用“帘卷西风”：“霜砧声急。潇潇疏雨梧桐湿。无言独倚阑干立。帘卷黄昏，一阵西风入。”

李清照　浣溪沙（莫许杯深琥珀浓）
李清照　浣溪沙（髻子伤春慵更梳）
司空图　王官二首·其二
李　白　春日独酌二首·其二
赵　嘏　昔昔盐二十首·蘼芜叶复齐
谢　逸　醉落魄（霜砧声急）

初八

明日重阳。晏殊此日有诗："黄花夹径疑无路，红叶临流巧胜春。前去重阳犹一日，不辞倾尽蚁醪醇。""蚁"是酒面泡沫，东汉张衡："醪敷径寸，浮蚁若蓱。""醪"是未滤之酒，"蓱"（píng）同"萍"，浮萍。秦观此日诗也是喝酒："长年身外事都捐，节物惊心一怅然。正是山川秋入梦，可堪风雨夜连天。桐梢摵摵增凄断，灯烬飞飞落小圆。湔洗此情须痛饮，明朝试就酒中仙。""摵摵"是风吹叶声，李商隐写雨："摵摵度瓜园，依依傍竹轩。秋池不自冷，风叶共成喧。""湔"是洗，吴融写山泉："穿云落石细湔湔，尽日疑闻弄管弦。千仞洒来寒碎玉，一泓深去碧涵天。烟迷叶乱寻难见，月好风清听不眠。春雨正多归未得，只应流恨更潺湲。"

晏　殊　九月八日游涡
张　衡　南都赋
秦　观　九月八日夜大风雨寄王定国
李商隐　雨
吴　融　忆山泉

初九

重阳节。卢照邻诗："九月九日眺山川，归心归望积风烟。他乡共酌金花酒，万里同悲鸿雁天。""金花"即菊花，重阳登高原始目的是避祸。南朝梁吴均《续齐谐记》里的说法，东汉时桓景此日登山，才避过灾祸。李白的《九日登高》："渊明归去来，不与世相逐。为无杯中物，遂偶本州牧。因招白衣人，笑酌黄花菊。我来不得意，虚过重阳时。"这个"牧"是地方官，昔陶渊明九月九日无酒，采菊东篱下，坐其侧。随即白衣人至，乃江州刺史王宏送酒也。王维因此有"陶潜任天真，其性颇耽酒。自从弃官来，家贫不能有。九月九日时，菊花空满手。中心窃自思，傥有人送否？白衣携壶觞，果来遗老叟。且喜得斟酌，安问升与斗"。"耽"（dān）是沉溺，"傥"（tǎng）是怅然貌。重阳节佩茱萸，也为驱邪。"九日茱萸熟，插鬓伤早白。登高望山海，满目悲古昔"也是李白诗。

卢照邻　九月九日登玄武山
王　维　偶然作六首·其四
李　白　宣州九日闻崔四侍御与宇文太守游敬亭余时登响山不同此赏醉后寄崔侍御二首·其一

初十

杜甫的重阳节诗，更有悲怆感："重阳独酌杯中酒，抱病起登江上台。竹叶于人既无分，菊花从此不须开。殊方日落玄猿哭，旧国霜前白雁来。弟妹萧条各何在，干戈衰谢两相催。""竹叶"是酒，"殊方"是远方，"近钟清野寺，远火点江村。见雁思乡信，闻猿积泪痕"是岑参诗。"旧国霜前白雁来"催人泪下，李白写苏武，用过"白雁"："苏武在匈奴，十年持汉节。白雁上林飞，空传一书札。""干戈"指当时吐蕃入侵。时杜甫在夔州，他还有《登高》诗，可对照读："风急天高猿啸哀，渚清沙白鸟飞回。无边落木萧萧下，不尽长江滚滚来。万里悲秋常作客，百年多病独登台。艰难苦恨繁霜鬓，潦倒新停浊酒杯。"杜甫还有写"潦倒"的句子："今日时清两京道，相逢苦觉人情好。昨夜邀欢乐更无，多才依旧能潦倒。""两京"是西安与洛阳，末句指抱才而为小吏。

杜　甫　九日五首·其一
岑　参　巴南舟中夜市
李　白　苏武
杜　甫　戏赠阌乡秦少公短歌

明代　吕纪　桂菊山禽图

十一

正是把菊持螯时。把菊诗，杜甫有“坐开桑落酒，来把菊花枝。天宇清霜净，公堂宿雾披。晚酣留客舞，凫舄共差池”。此时还未霜降，“舄”（xì）是鞋，传说东汉有县令会神术，能变两舄为双凫。杜甫自己还有诗写“凫舄”：“南征为客久，西候别君初。岁满归凫舄，秋来把雁书。”“差池”是参差，《诗经·邶风·燕燕》中的“燕燕于飞，差池其羽”多美。持螯诗，最洒脱还是李白：“维舟至长芦，目送烟云高。摇扇对酒楼，持袂把蟹螯。前途倘相思，登岳一长谣。”“维舟”是停船，“袂”是衣袖，“长谣”是放声歌唱。李白爱用“长谣”：“海水不可解，连江夜为潮。俄然浦屿阔，岸去酒船遥。惜别耐取醉，鸣榔且长谣。天明尔当去，应便有风飘。”气魄很大。“浦屿”是水中小岛，“九江寒露夕，微浪北风生。浦屿渔人火，蒹葭凫雁声”是李群玉诗。“鸣榔”是击船声。

杜　甫　九日杨奉先会白水崔明府
杜　甫　秋日荆南送石首薛明府辞满告别奉寄薛尚书颂德叙怀斐然之作三十韵
李　白　送当涂赵少府赴长芦
李　白　送殷淑三首·其一
李群玉　桑落洲

十二

王维的《赋得秋日悬清光》诗："寥廓凉天静，晶明白日秋。圆光含万象，碎影入闲流。迥与青冥合，遥同江甸浮。昼阴殊众木，斜影下危楼。宋玉登高怨，张衡望远愁。余晖如可托，云路岂悠悠？"南朝梁江淹有诗"寒郊无留影，秋日悬清光。悲风挠重林，云霞肃川涨"。"寥廓"是空旷，"圆光"指日光，日光照含万象。"青冥"是天，"连天凝黛色，百里遥青冥"是王维写华山，"迥"是僻远，"野萧条以莽荡，迥千里而无家"是汉班彪的句子。"甸"是草甸，"殊"是隔离。战国楚宋玉的《九辩》："悲哉秋之为气也，萧瑟兮草木摇落而变衰。憭慄兮若在远行，登山临水兮送将归。"东汉张衡有《四愁诗》，每首结尾都是类似"路远莫致倚惆怅，何为怀忧心烦伤"。"鸿度何时还，桂晚不同攀。浮云映丹壑，明月满青山。青山云路深，丹壑月华临。耿耿离忧积，空令星鬓侵"是卢照邻诗。

江　淹　望荆山
王　维　华岳
班　彪　北征赋
卢照邻　赠益府裴录事

十三

雁飞时节。杜甫的《孤雁》:“孤雁不饮啄，飞鸣声念群。谁怜一片影，相失万重云。望尽似犹见，哀多如更闻。野鸦无意绪，鸣噪自纷纷。”曹丕早有“草虫鸣何悲，孤雁独南翔”句，卢照邻因此有悲怆的“三秋违北地，万里向南翔。河洲花稍白，关塞叶初黄。避缴风霜劲，怀书道路长。水流疑箭动，月照似弓伤。横天无有阵，度海不成行。会刷能鸣羽，还赴上林乡”。“缴”是射鸟系丝绳的箭。“饮啄”延伸为生活，老杜有“饮啄愧残生，食薇不敢余”。“薇”是野豌豆。北周庾信有:“涧底百重花，山根一片雨。婉婉藤倒垂，亭亭松直竖。”南朝梁吴均有:“水中千丈月，山上万重云。海鸿来倏去，林花合复分。”老杜的“谁怜一片影，相失万重云”，更有味道。“意绪”即情绪，“又到绿杨曾折处。不语垂鞭，踏遍清秋路。衰草连天无意绪，雁声远向萧关去。　不恨天涯行役苦，只恨西风，吹梦成今古。明日客程还几许，沾衣况是新寒雨”是纳兰性德词。

卢照邻　同临津纪明府孤雁
杜　甫　草堂
庾　信　游山
吴　均　赠鲍春陵别诗
纳兰性德　蝶恋花（又到绿杨曾折处）

十四

明天农历九月十五，又到月圆时。苏东坡当年此日有西湖观月听琴诗：“白露下众草，碧空卷微云。孤光为谁来？似为我与君。水天浮四座，河汉落酒樽。使我冰雪肠，不受麴糵醺。尚恨琴有弦，出鱼乱湖纹。哀弹本旧曲，妙耳非昔闻。良时失俯仰，此见宁朝昏。悬知一生中，道眼无由浑。”杜甫的“冰雪净聪明”，东坡变成“使我冰雪肠”。“麴糵”是酒曲，“麴糵销愁真得力，光阴催老苦无情”是白居易诗。“尚恨琴有弦”典自沈约《陶潜传》中“潜不解音声，而畜素琴一张，无弦，每有酒适，辄抚弄以寄其意”。“俯仰”是低头抬头，为举止。“朝昏”是早晚，“千念集日夜，万感盈朝昏”是南朝宋谢灵运诗。“悬知”是料想，“道眼”是辨别真伪的眼力，“岂有虚空遮道眼，不妨文字问知音。沧浪万顷三更夜，天上何如水底深”是齐己诗。

苏　轼　九月十五日观月听琴西湖示坐客
杜　甫　送樊二十三侍御赴汉中判官
白居易　题酒瓮呈梦得
谢灵运　入彭蠡湖口
齐　己　寄谷山长老

十五

广宣当年此日有诗："霜天晴夜宿东斋，松竹交阴惬素怀。迥出风尘心得地，可怜三五月当阶。清光满院恩情见，寒色临门笑语谐。霄汉路殊从道合，往来人事不相乖。""惬"是满足，"素"是质朴无饰，《老子》："见素抱朴，少私寡欲，绝学无忧。"王维的比喻最好："素怀在青山，若值白云屯。回风城西雨，返景原上村。前酌盈尊酒，往往闻清言。黄鹂啭深木，朱槿照中园。犹羡松下客，石上闻清猿。""迥"是超出，"风尘"是尘世，很喜欢杜牧的"饰心无彩缋，到骨是风尘。自嫌如匹素，刀尺不由身"。"彩缋"是有花纹的彩带，"匹素"是白绢，内涵很深。"霄汉"是天河，杜甫诗"霄汉瞻佳士，泥途任此身"，霄汉泥途，天上地下。"乖"是背离，"无庸客昭世，衰鬓日如蓬。顽疏暗人事，僻陋远天聪"也是王维诗。"无庸"是平庸客居明世，"顽疏"是愚钝不明人事。

广　宣　九月十五日夜宿郑尚书綗东亭，望月寄杜给事
王　维　瓜园诗
杜　牧　自贻
杜　甫　送陵州路使君赴任
王　维　送綦毋校书弃官还江东

十六

九月十五一过，就进晚秋了。白居易诗：“碧空溶溶月华静，月里愁人吊孤影。花开残菊傍疏篱，叶下衰桐落寒井。塞鸿飞急觉秋尽，邻鸡鸣迟知夜永。凝情不语空所思，风吹白露衣裳冷。”“溶溶”本是水波貌，这里指明净。“林疏霜槭槭，波静月溶溶”是许浑诗，“槭槭”是风吹树叶声。秋深篱疏，“乔木村墟古，疏篱野蔓悬。清琴将暇日，白首望霜天”是杜甫诗。井水凉而称“寒井”，秋夜越来越长，是“夜永”，“离离挂空悲，戚戚抱虚警。露泫秋树高，虫吊寒夜永”是韩愈的《秋怀》诗，“离离”是旷远貌，“戚戚”是忧伤貌，“警”为惊，“虚”为空，“泫”是滴水，“吊”是“引”，虫声引来寒夜永。“玉漏声长灯耿耿，东墙西墙时见影。月明窗外子规啼，忍使孤魂愁夜永”是薛涛诗。

白居易　晚秋夜
许　浑　冬日宣城开元寺赠元孚上人
杜　甫　季秋江村
薛　涛　赠杨蕴中

十七

白居易的《郊居秋暮书怀》："郊居人事少，昼卧对林峦。穷巷厌多雨，贫家愁早寒。葛衣秋未换，书卷病仍看。若问生涯计，前溪一钓竿。""林峦"是山林，"风云凄其带愤，泉石咽而下怆。望林峦而有失，顾草木而如丧"是南朝齐孔稚珪《北山移文》中的文字。"长揖不受官，拂衣归林峦"是李白诗。隐客爱用"穷巷"，"名高犹素衣，穷巷掩荆扉。渐老故人少，久贫豪客稀。塞云横剑望，山月抱琴归。几日蓝溪醉，藤花拂钓矶"是许浑诗。"雨声飕飕催早寒，胡雁翅湿高飞难。秋来未曾见白日，泥污后土何时干"是杜甫诗。"葛衣"是夏衣，冬日麂裘，夏日葛衣。"钓竿"喻隐居，"钓竿不复把，野碓无人舂。惆怅飞鸟尽，南谿闻夜钟"是岑参诗。

李　白　赠参寥子
许　浑　送从兄归隐蓝溪二首·其一
杜　甫　秋雨叹
岑　参　因假归白阁西草堂

十八

柳永的《卜算子慢》词："江枫渐老，汀蕙半凋，满目败红衰翠。楚客登临，正是暮秋天气。引疏砧、断续残阳里。对晚景、伤怀念远，新愁旧恨相继。　脉脉人千里。念两处风情，万重烟水。雨歇天高，望断翠峰十二。尽无言、谁会凭高意。纵写得、离肠万种，奈归云谁寄。""汀"是水边平地，"蕙"是蕙兰。孟郊的《杏殇》中用过"败红"："霜似败红芳，剪啄十数双。参差呻细风，噞喁沸浅江。""呻"是吟声，"噞喁"是鱼口开合貌。因宋玉《九辩》而称"楚客"，"砧"是捣衣声，"气爽衣裳健，风疏砧杵鸣。夜衾香有思，秋簟冷无情"是白居易诗。"念远坐西阁，华池涵月凉。书回秋欲尽，酒醒夜初长"是杜牧诗。"脉脉复脉脉，美人千里隔。不见来几时，瑶草三四碧。玉琴声悄悄，鸾镜尘幂幂。昔为连理枝，今作分飞翮"也是白居易诗。"翮"是鸟翅。

白居易　八月三日夜作
杜　牧　秋夕有怀
白居易　古意

十九

陆游的《南歌子》词："异县相逢晚，中年作别难。暮秋风雨客衣寒。又向朝天门外、话悲欢。　　瘦马行霜栈，轻舟下雪滩。乌奴山下一林丹。为说三年常寄、梦魂间。"最喜欢这首词里的"暮秋风雨客衣寒"句，"宁知流寓变光辉，胡霜萧飒绕客衣。寒灰寂寞凭谁暖，落叶飘扬何处归"是李白诗。"流寓"是流落他乡居住。"风吹客衣日杲杲，树搅离思花冥冥"是杜甫诗。"杲"是日出明亮貌。接圣旨处称"朝天门"，"栈"是栈道，"林丹"即树叶都红了。陆游爱用"一林丹"："孤城寂寞近江干，处处疏砧送早寒。水落才余半篙绿，霜高初染一林丹。""幽人病起鬓毛残，硖口楼台九月寒。暮角又催孤梦断，早霜初染一林丹。""万瓦新霜扫残瘴，一林丹叶换青枫。鹅黄名酝何由得，且醉杯中琥珀红。"最后一首，丹染青霜。"酝"指酒。

陆　游　南歌子·送周机宜之益昌
李　白　豳歌行，上新平长史兄粲
杜　甫　醉歌行
陆　游　秋兴
陆　游　一病四十日天气遂寒感怀有赋
陆　游　城上

二十

苏东坡当年此日，陕西岐阳已有微雪，他有怀子由诗：“岐阳九月天微雪，已作萧条岁暮心。短日送寒砧杵急，冷官无事屋庐深。愁肠别后能消酒，白发秋来已上簪。近买貂裘堪出塞，忽思乘传问西琛。”“岐阳”即今陕西岐山、扶风县，秋暮，昼越来越短，故称“短日”。“阴风搅短日，冷雨涩不晴”是韩愈描写的此时景象。“砧杵”是捣衣石与棒槌，白居易描写的捣衣声：“谁家思妇秋捣帛，月苦风凄砧杵悲。八月九月正长夜，千声万声无了时。应到天明头尽白，一声添得一茎丝。”时东坡在凤翔府签判任上，二十多岁，刚入官场。“白发”应指杜甫的“白头搔更短，浑欲不胜簪”，或郑谷的“黄花徒满手，白发不胜簪”。“乘传”是出使，“琛”是珍宝，《诗经·鲁颂·泮水》有“憬彼淮夷，来献其琛”句。“憬彼”指远方。

苏　轼　九月二十日微雪，怀子由弟二首·其一
韩　愈　燕河南府秀才得生字
白居易　闻夜砧
杜　甫　春望
郑　谷　通川客舍

清代　邹一桂　花卉八开·菊花图

廿一

落叶时节，韩愈的《落叶》诗：“落叶不更息，断蓬无复归。飘飖终自异，邂逅暂相依。悄悄深夜语，悠悠寒月辉。谁云少年别，流泪各沾衣。”此诗赠同年登第的陈羽，蓬草秋枯根拔，随风飞扬，故称飞蓬。杜甫诗“蓬生非无根，飘荡随高风”。如随风飘去，故用“飖”，“飖”与“摇”意思不同。汉朝班彪的《北征赋》中有“风猋发以飘飖兮，谷水灌以扬波”。暴风疾起称“猋”（biāo），“漼”（cuǐ）是水深貌。《诗经》里就用“邂逅”了：“有美一人，清扬婉兮。邂逅相遇，适我愿兮。”齐己也有《落叶》诗：“落多秋亦晚，窗外见诸邻。世上谁惊尽？林间独扫频。萧骚微月夜，重叠早霜晨。昨日繁阴在，莺声树树春。”叶落见诸邻，风扫林间落叶为频。秋风吹残叶声称“萧骚”，“骚扰”的“骚”。“披条泫转清晨露，响叶萧骚半夜风。时扫浓阴北窗下，一枰闲且伴衰翁”是欧阳修诗。“泫”是滴水，“枰”（píng）是棋局。

韩　愈　落叶一首送陈羽
杜　甫　遣兴五首·其四
诗经·郑风·野有蔓草
欧阳修　至喜堂新开北轩手植楠木两株走笔呈元珍表臣

廿二

杜牧的《晚泊》诗："帆湿去悠悠，停桡宿渡头。乱烟迷野岸，独鸟出中流。篷雨延乡梦，江风阻暮秋。傥无身外事，甘老向扁舟。""桡"即"桨"，"乱烟笼碧砌，飞月向南端。寂寂离亭掩，江山此夜寒"是王勃诗。"砌"是石阶，很美的送别诗。刘长卿写暮秋独鸟："摇落暮天迥，青枫霜叶稀。孤城向水闭，独鸟背人飞。渡口月初上，邻家渔未归。乡心正欲绝，何处捣寒衣。""篷"即篷舟，南宋杨万里写"篷雨"："淅淅船篷雨点声，疏疏江面縠纹生。"杜牧自己的诗："窗外正风雪，拥炉开酒缸。何如钓船雨，篷底睡秋江。""傥"是无虑，范蠡当年"乃乘扁舟浮于江湖"，"蓬莱文章建安骨，中间小谢又清发。俱怀逸兴壮思飞，欲上青天揽明月。抽刀断水水更流，举杯销愁愁更愁。人生在世不称意，明朝散发弄扁舟"是李白诗。蓬莱仙府有道家幽经，建安七子有风骨，"小谢"指南朝宋谢朓。

王　勃　江亭夜月送别二首·其二
刘长卿　馀干旅舍
杨万里　过鼓鸣林小雨二首·其一
杜　牧　独酌
李　白　宣州谢朓楼饯别校书叔云

廿三

霜叶美好。杜牧的名诗："远上寒山石径斜，白云生处有人家。停车坐爱枫林晚，霜叶红于二月花。"写霜叶的诗，刘禹锡有"华林霜叶红霞晚，伊水晴光碧玉秋"，罗隐有"梁王兔苑荆榛里，炀帝鸡台梦想中。只觉惘然悲谢傅，未知何以报文翁。生灵不幸台星拆，造化无情世界空。划尽寒灰始堪叹，满庭霜叶一窗风"。"台星"指谢傅、文翁等，"谢傅"指晋朝谢安，"文翁"是汉官，为官的榜样。"寒灰"意味着心灰意冷，李白诗："寒灰寂寞凭谁暖，落叶飘扬何处归。"还是白居易的"凉冷三秋夜，安闲一老翁。卧迟灯灭后，睡美雨声中。灰宿温瓶火，香添暖被笼。晓晴寒未起，霜叶满阶红"。好。喜欢"睡美雨声中"。贯休的"风清闲客去，睡美落花多。万事皆妨道，孤峰谩忆他。新诗旧知己，始为味如何"也好。"谩"是莫。

杜　牧　山行
刘禹锡　自左冯归洛下酬乐天兼呈裴令公
罗　隐　所思
李　白　豳歌行，上新平长史兄粲
白居易　秋雨夜眠
贯　休　江陵寄翰林韩偓学士

廿四

李商隐的《秋日晚思》："桐槿日零落，雨余方寂寥。枕寒庄蝶去，窗冷胤萤销。取适琴将酒，忘名牧与樵。平生有游旧，一一在烟霄。"王维也写"寂寥"："井邑傅岩上，客亭云雾间。高城眺落日，极浦映苍山。岸火孤舟宿，渔家夕鸟还。寂寥天地暮，心与广川闲。""井邑"是村落，"傅岩"指殷商朝丞相傅说的栖隐处。庄周梦蝶，栩栩然蝶也，李商隐是写"庄蝶"去，抱负成虚。《晋书》中记载，车胤夏月以萤火读书，故称"胤萤"。《颜氏家训》的说法，上士忘名，中士立名，下士窃名。"牧樵"即放牧打柴，"用心霜雪间，不必条蔓绿。非关故安排，曾是顺幽独。达士如弦直，小人似钩曲。曲直我不知，负暄候樵牧"是杜甫诗。"负日之暄，人莫知者。以献吾君，将有重赏。"宋国田夫等候君主恩泽的典故，老杜用以迎候樵牧。"游旧"是曾经的交游。"老来游旧更同谁，浮世歌欢真易失。宦途离合信难期，尊前莫惜醉如泥"是欧阳修的句子。

王　维　登河北城楼作
杜　甫　写怀二首·其一
列子·杨朱
欧阳修　浣溪沙（十载相逢酒一卮）

廿五

王维的《奉寄韦太守陟》："荒城自萧索，万里山河空。天高秋日迥，嘹唳闻归鸿。寒塘映衰草，高馆落疏桐。临此岁方晏，顾景咏《悲翁》。故人不可见，寂寞平林东。"此诗作于韦陟任襄阳太守时。陶渊明先用"萧索"："天寒夜长，风气萧索。鸿雁于征，草木黄落。"王维此诗里，"万里山河空"太有气势了。"迥"是远，"野萧条以莽荡，迥千里而无家"是汉朝班彪《北征赋》中的句子。"嘹唳"指雁鸣声响亮凄清，"悲笳嘹唳垂舞衣，宾欲散兮复相依"是王维《双黄鹄歌送别》中的句子。"晏"是晚，岁将晚，其实还有冬三月呢。"顾景"即顾影，《思悲翁》是古曲，晋陆机《鼓吹赋》："咏《悲翁》之流思，怨高台之难临。""平林"是平原林木，"平林漠漠烟如织，寒山一带伤心碧。暝色入高楼，有人楼上愁。　　玉阶空伫立，宿鸟归飞急。何处是归程，长亭更短亭"是李白词。

陶渊明　自祭文
李　白　菩萨蛮

廿六

残叶无多了。刘长卿诗："落叶纷纷满四邻，萧条唤堵绝风尘。乡看秋草归无路，家对寒江病且贫。藜杖懒迎征骑客，菊花能醉去官人。怜君计画谁知者，但见蓬蒿空没身。"喜欢"乡看秋草归无路"句，这个"乡"指窗户。藜老茎为杖，"计画"是计策，"蓬蒿"是荒草。刘长卿诗："蓬蒿千里闭，村树几家全。"也凄凉。刘长卿还有写落叶："秋风落叶正堪悲，黄菊残花欲待谁。水近偏逢寒气早，山深常见日光迟。愁中卜命看周易，梦里招魂读楚词。自笑不如湘浦雁，飞来即是北归时。"李白写"湘浦雁"："吴云寒，燕鸿苦，风号沙宿潇湘浦，节士感秋泪如雨。"刘长卿的"萧条主人静，落叶飞不息。乡梦寒更频，虫声夜相逼"，也喜欢，时间则非暮秋。皎然写的是此时景象："秋风落叶满空山，古寺残灯石壁间。昔日经行人去尽，寒云夜夜自飞还。"

刘长卿　酬屈突陕
刘长卿　送袁明府之任
刘长卿　感怀
李　白　临江王节士歌
刘长卿　对雨赠济阴马少府考城蒋少府兼献成武五兄南华二兄
皎　然　秋晚宿破山寺

廿七

李白的《鸣雁行》："胡雁鸣，辞燕山，昨发委羽朝度关。一一衔芦枝，南飞散落天地间，连行接翼往复还。客居烟波寄湘吴，凌霜触雪毛体枯。畏逢矰缴惊相呼，闻弦虚坠良可吁。君更弹射何为乎？"南朝宋鲍照有《鸣雁行》："邕邕鸣雁鸣始旦，齐行命侣入云汉。中夜相失群离乱，留连徘徊不忍散。憔悴容仪君不知，辛苦风霜亦何为？""邕邕"是和鸣声，"命侣"是呼唤友伴。李白诗中的"委羽"是山名，古人称委羽"在北极之阴，不见日也"。"关"指雁门，古人称雁门关是高山唯一缺口，所以，雁往来都从此过，捕猎者在此设矰缴。"衔芦枝"是为保护雁翅，"令缴不得截其翼也"。"矰"（zēng）是系绳的箭，"缴"是系箭的生丝绳，"吁"是叹息。"青春欲尽急还乡，紫塞宁论尚有霜。翅在云天终不远，力微矰缴绝须防"是杜甫诗，每读泪下。"紫塞"是北方边塞，晋朝崔豹的《古今注·都邑》记："秦筑长城，土色皆紫，汉塞亦然，故称紫塞焉。"

廿八

暮秋冷雨时节，王沂孙的《声声慢》词："高寒户牖，虚白尊罍，千山尽入孤光。玉影如空，天葩暗落清香。平生此兴不浅，忆当年、独据胡床。怎知道，是岁华换却，处处堪伤。　　已是南楼曲断，纵疏花淡月，也只凄凉。冷雨斜风，何况独掩西窗。天涯故人总老，谩相思，永夜相望。断梦远，趁秋声、一片渡江。""牖"是窗，"罍"是酒器，"笙歌未散尊罍在，池面冰初解。烛明香暗画楼深，满鬓清霜残雪思难任"是李后主词。皮日休诗中，用过"水堪伤聚沫，风合落天葩"。"白云锁峰腰，红叶暗溪嘴。长藤络虚岩，疏花映寒水"是唐彦谦描写的此时景象。"冷雨疏风凉漠漠。云去云来，万里秋阴薄。笑倚玉阑呼白鹤，烟笼素月青天角。　　竹影松声浑似昨。醉胆如天，谁道词源涸。满地苍苔霜叶落。今宵不饮何时乐"是葛长庚词。

李　煜　虞美人（风回小院庭芜绿）
皮日休　寂上人院联句
唐彦谦　游四明山
葛长庚　蝶恋花·题爱阁

廿九

杜甫的《秋尽》："秋尽东行且未回，茅斋寄在少城隈。篱边老却陶潜菊，江上徒逢袁绍杯。雪岭独看西日落，剑门犹阻北人来。不辞万里长为客，怀抱何时得好开。""少城"在成都西，"隈"是角落。杜甫另有诗："游子无根株，茅斋付秋草。"北朝陈徐陵有诗："狭径长无迹，茅斋本自空。提琴就竹条，酌酒劝梧桐。"南朝齐谢朓有诗："朔风吹飞雨，萧条江上来。"袁绍杯典自《后汉书·郑玄传》：袁绍大会宾客，郑玄最后至，被引为上座，"身长八尺，饮酒一斛，秀眉明目，容仪温伟"。杜甫有《剑门》诗："惟天有设险，剑门天下壮。连山抱西南，石角皆北向。两崖崇墉倚，刻画城郭状。一夫怒临关，百万未可傍。珠玉走中原，岷峨气凄怆。三皇五帝前，鸡犬各相放。""墉"是城墙，"珠玉在侧，觉我形秽"，指俊杰，"岷峨"指峨眉山。

徐　陵　内园逐凉
谢　朓　观朝雨诗

三十

最后一天秋，明天起进入冬三月。杜牧当年诗：“九月三十日，雨声如别秋。无端满阶叶，共白几人头。点滴侵寒梦，萧骚著淡愁。渔歌听不唱，蓑湿棹回舟。”“西宫南苑多秋草，宫叶满阶红不扫”是白居易《长恨歌》里的句子。“萧骚”是秋风秋雨吹打树叶声，杜牧爱用“萧骚”，如“萧骚寒雨夜，敲劼晚风时。故国何年到，尘冠挂一枝”。这是写竹，“劼”是勤。“红烛短时羌笛怨，清歌咽处蜀弦高。万里分飞两行泪，满江寒雨正萧骚”是《见吴秀才与池妓别，因成绝句》。陆游当年也有别秋诗：“炊烟漠漠衡门寂，寒日昏昏倦鸟还。数树丹枫映苍桧，天公解作范宽山。”衡木为门，简陋居室，“寝迹衡门下，邈与世相绝”是陶渊明诗。范宽是北宋山水画大家，《万里江山图》《溪山行旅图》的作者。

杜　牧　夜雨
杜　牧　栽竹
陆　游　九月晦日作
陶渊明　癸卯岁十二月中作与从弟敬远

清代　清院本十二月令图册·十月

十月

寒林叶落鸟巢出，
古渡风高渔艇稀。
——杜牧
冬日五湖馆水亭怀别

明代　蓝瑛　山水十开·古寺青山图

李贺描写的十月："玉壶银箭稍难倾，缸花夜笑凝幽明。碎霜斜舞上罗幕，烛笼两行照飞阁。珠帷怨卧不成眠，金凤刺衣著体寒，长眉对月斗弯环。"玉壶银箭是计时的漏刻，水漏刻见。李白用"银箭金壶漏水多，起看秋月坠江波"。李商隐用"玉壶传点咽铜龙"。"难倾"是因冻。"缸"同"釭"，油灯，梁元帝诗："胡王迎娉主，途经蒯北游。金钱买含笑，银缸影梳头。""蒯北"是地名。"烛龙"即灯笼，"江头骑火照辇道，君王夜从云梦归。霓旌凤盖到双阙，台上重重歌吹发。千门万户开相当，烛笼左右列成行"是张籍诗。"阙"是楼台。"金凤刺衣"指刺绣，末句是对清冷弦月长望，"弯环"指长眉对初弦。宋词中后来多用"弯环"："庭下新生月，凭君把酒看。不须直待素团团，恰似那人眉样、秀弯环。"

李　贺　河南府试十二月乐词·十月
李　白　乌栖曲
李商隐　深宫
梁元帝　草名诗
张　籍　楚宫行
毛　滂　玉楼春（东堂小酌赋秋月）

初一

今天农历十月，入冬第一天，杜甫当年诗："有瘴非全歇，为冬亦不难。夜郎溪日暖，白帝峡风寒。蒸裹如千室，焦糖幸一柈。兹辰南国重，旧俗自相欢。"岚雾作瘴，入冬瘴未全消。杜甫的前一首诗是："为客无时了，悲秋向夕终。瘴余夔子国，霜薄楚王宫。草敌虚岚翠，花禁冷叶红。年年小摇落，不与故园同。"时杜甫在夔州，楚灭夔子古国，当年夔子国应在秭归。老杜此诗中的"蒸裹"是用竹叶裹黏米、橘皮、胡芹等蒸成的食品，"如"是随，入冬，千室之邑，皆做蒸裹。"焦糖"即饧，"柈"即盘，"幸"，是幸得。冬对应五行中水，五味中咸，所以，入冬要馈赠甘以克咸，是旧俗。"辰"是时辰，"兹"是代词"此"，南方看重这入冬时辰，"自相欢"即依俗，食蒸裹、焦糖。杜甫还用"兹辰"："正月喧莺末，兹辰放鹢初。""鹢"是水鸟，此指鹢舟，船头画水鸟的船。

杜　甫　十月一日
杜　甫　大历二年九月三十日
杜　甫　将别巫峡，赠南卿兄瀼西果园四十亩

初二

白居易的《初冬早起寄梦得》:“起戴乌纱帽，行披白布裘。炉温先暖酒，手冷未梳头。早起烟霜白，初寒鸟雀愁。诗成遣谁和，还是寄苏州。”“梦得”即刘禹锡，刘禹锡任苏州刺史，故尾句“寄苏州”。刘禹锡和：“乍起衣犹冷，微吟帽半欹。霜凝南屋瓦，鸡唱后园枝。洛水碧云晓，吴宫黄叶时。两传千里意，书札不如诗。”时白居易在洛阳。白诗中，藜杖芒鞋白布裘，裘是冬衣，不一定是皮衣。“长松树下小溪头，斑鹿胎巾白布裘。药圃茶园为产业，野麋林鹤是交游”也是白居易诗，“鹿胎巾”是鹿皮头巾。白居易称“炉向初冬火，笼停半夜灯”。他还这样写炉温：“朝怜一床日，暮爱一炉火。床暖日高眠，炉温夜深坐。雀罗门懒出，鹤发头慵裹。除却刘与吴，何人来问我。”慵懒，“刘吴”即刘禹锡与吴士矩。

刘禹锡　酬乐天初冬早寒见寄
白居易　重题
白居易　与僧智如夜话
白居易　懒放二首，呈刘梦得、吴方之

初三

白居易《初寒即事忆皇甫十》:“冷竹风成韵，荒阶叶作堆。欲寻联句卷，先饮暖寒杯。帽为迎霜戴，炉因试火开。时时还有客，终不当君来。”“皇甫十”即皇甫曙，白居易称刘禹锡是诗友，皇甫曙是酒友。白居易还有《冬夜对酒寄皇甫十》:“霜杀中庭草，冰生后院池。有风空动树，无叶可辞枝。十月苦长夜，百年强半时。新开一瓶酒，那得不相思？”白居易爱用“暖寒杯”:“越调管吹留客曲，吴吟诗送暖寒杯”“万重云树山头翠，百尺花楼江畔开。素壁联题分韵句，红炉巡饮暖寒杯。冰铺湖水银为面，风卷汀沙玉作堆。绊惹舞人春艳曳，句留醉客夜裴回”。这首是望雪,“句（gōu）留”是逗留，白居易写西湖也用“句留”:“湖上春来似画图，乱峰围绕水平铺。松排山面千重翠，月点波心一颗珠。碧毯线头抽早稻，青罗裙带展新蒲。未能抛得杭州去，一半句留是此湖。”“裴回”是留恋。“终不当君来”的“不当”是“不是”。

白居易　岁暮寄微之三首
白居易　花楼望雪命宴赋诗
白居易　春题湖上

初四

赵长卿的《浣溪沙·初冬》词：“风卷霜林叶叶飞，雁横寒影一行低，淡烟衰草不胜诗。　　白酒已篘浮蚁熟，黄鸡未老藁头肥，问侬不醉待何时？”“霜林澹寒日，朔雁蔽南云”是李嘉祐诗。“浪草侵天白，霜林映日丹”是张祜诗。“出岸远晖帆欲落，入谿寒影雁差斜”也是张祜诗。“篘”是滤酒，白居易诗：“霜红二林叶，风白九江波。暝色投烟鸟，秋声带雨荷。马闲无处出，门冷少人过。卤莽还乡梦，依稀望阙歌。共思除醉外，无计奈愁何。试问陶家酒，新篘得几多？”“阙”是楼台。“浮蚁”是酒面浮沫，“白酒新熟山中归，黄鸡啄黍秋正肥”是李白的句子。“藁头”我怀疑是藠头，黄庭坚诗中，也有“家鸡正有藁头肥”句。

李嘉祐　送元侍御还荆南幕府
张　祜　江城晚眺
张　祜　和杜使君九华楼见寄
白居易　浔阳秋怀，赠许明府
李　白　南陵别儿童入京
黄庭坚　寄张仲谋次韵

初五

皮日休与陆龟蒙的初冬相和诗——皮日休：“寒到无妨睡，僧吟不废禅。尚关经病鹤，犹滤欲枯泉。静案贝多纸，闲炉波律烟。清谭两三句，相向自翛然。”“尚”是“佑助”的“佑”，“贝多”是梵语树叶，佛经写在贝叶上，贝多因指佛经。“贝多纸上经文动，如意瓶中佛爪飞”也是皮日休诗。“波律”即龙脑香，“清谭”即清谈，翛然而往，翛然而来，是超脱貌。陆龟蒙：“每伴来方丈，还如到四禅。菊承荒砌露，茶待远山泉。画古全无迹，林寒却有烟。相看吟未竟，金磬已泠然。”出入息断，绝诸妄想，正念坚固，是四禅天定。“贞吝嫌兹世，会心驰本原。人非四禅缚，地绝一尘喧”是李商隐诗。“砌”是石阶，“磬”是寺院招僧的响器，“泠然”是清越声。皎然的《闻钟》：“古寺寒山上，远钟扬好风。声余月树动，响尽霜天空。永夜一禅子，泠然心境中。”

皮日休　初冬章上人院
皮日休　送圆载上人归日本国
陆龟蒙　奉和袭美初冬章上人院
李商隐　明禅师院从兄见寄

初六

白居易的《负冬日》:“杲杲冬日出，照我屋南隅。负暄闭目坐，和气生肌肤。初似饮醇醪，又如蛰者苏。外融百骸畅，中适一念无。旷然忘所在，心与虚空俱。”“杲杲”是日出明亮貌，《诗经·卫风·伯兮》中就用“其雨其雨，杲杲出日。愿言思伯，甘心首疾”。“伯”是哥哥。白居易《自在》也用“杲杲冬日光，明暖真可爱。移榻向阳坐，拥裘仍解带”。“暄”是温暖，“负暄”还有感激温暖沐浴意，白居易常用“负暄”:“朝就高斋上，熏然负暄卧。”“负暄檐宇下，散步池塘曲。”“醇醪”是美酒，“蛰”是冬眠，“百骸”是百骨节。一念中有九十刹那，“旷然”是豁达。三国魏嵇康的《养生论》:“旷然无忧患，寂然无思虑。”“旷然宜真趣，道与心相逢。即此可遗世，何必蓬壶峰”也是白居易诗。“蓬壶”即蓬莱，古代传说海中仙山。

白居易　约心
白居易　宿东亭晓兴
白居易　题杨颖士西亭

初七

李白的《冬日归旧山》："未洗染尘缨，归来芳草平。一条藤径绿，万点雪峰晴。地冷叶先尽，谷寒云不行。嫩篁侵舍密，古树倒江横。白犬离村吠，苍苔壁上生。穿厨孤雉过，临屋旧猿鸣。木落禽巢在，篱疏兽路成。拂床苍鼠走，倒箧素鱼惊。洗砚修良策，敲松拟素贞。此时重一去，去合到三清。""缨"是冠带，"尘缨"为世俗，白居易诗："尘缨世网重重缚，回顾方知出得难。""篁"是竹，"独坐幽篁里，弹琴复长啸。深林人不知，明月来相照"是王维诗。"箧"（qiè）是书箱，"素鱼"是蠹虫。磬敲松，贞即正，重是浊，三清是道教的三清境，指玉清、上清、太清境。

白居易　长乐亭留别
王　维　辋川集·竹里馆

初八

杜牧诗："芦荻花多触处飞，独凭虚槛雨微微。寒林叶落鸟巢出，古渡风高渔艇稀。云抱四山终日在，草荒三径几时归？江城向晚西流急，无限乡心闻捣衣。""芦荻"就是芦苇，"暗上江堤还独立，水风霜气夜棱棱。回看深浦停舟处，芦荻花中一点灯"是白居易诗。"棱棱"是寒冷貌：棱棱霜气，蔌蔌风威。"松江蟹舍主人欢，菰饭莼羹亦共餐。枫叶落，荻花干，醉宿渔舟不觉寒"是张志和的《渔父》。"菰"是茭白。自陶渊明用"三径就荒，松菊犹存。携幼入室，有酒盈樽"，"三径"就指归隐者家园。"松菊荒三径，图书共五车。烹葵邀上客，看竹到贫家。鹊乳先春草，莺啼过落花。自怜黄发暮，一倍惜年华"是王维诗。"梧桐坠叶捣衣催"，捣衣声是乡音，怀乡情绪。

杜　牧　冬日五湖馆水亭怀别
白居易　浦中夜泊
陶渊明　归去来兮辞
王　维　晚春严少尹与诸公见过
贾　至　答严大夫

初九

李商隐《燕台诗》里的《冬》："天东日出天西下，雌凤孤飞女龙寡。青溪白石不相望，堂中远甚苍梧野。冻壁霜华交隐起，芳根中断香心死。浪乘画舸忆蟾蜍，月娥未必婵娟子。楚客蛮弦愁一概，空城舞罢腰肢在。当时欢向掌中销，桃叶桃根双姐妹。破鬟倭堕凌朝寒，白玉燕钗黄金蝉。风车雨马不持去，蜡烛啼红怨天曙。"日出很快西下，日短。凤凰，凤雄凰雌，此指龙凤分离。《白石郎》《青溪小姑》为《神弦曲》的五、六首，谢朓诗："云去苍梧野，水还江汉流。停骖我怅望，辍棹子夷犹。""骖"是马或马车，"夷犹"即犹豫。嫦娥托身月为蟾蜍。古乐府："桃叶复桃叶，桃树连桃根。相怜两乐事，独使我殷勤。""倭堕髻"是一种发式，"头上倭堕髻，耳中明月珠"。"黄金蝉"也是首饰，"蝶栖石竹银交关，水凝绿鸭琉璃钱。团回六曲抱膏兰，将鬟镜上掷金蝉"是李贺诗。最喜欢末句。

谢　朓　新亭渚别范零陵云
玉台新咏　桃叶歌
乐府诗集·相和歌辞三·陌上桑
李　贺　屏风曲

初十

欧阳修的《渔家傲》词描写此时景象："十月小春梅蕊绽，红炉画阁新装遍。锦帐美人贪睡暖，羞起晚，玉壶一夜冰澌满。　楼上四垂帘不卷，天寒山色偏宜远。风急雁行吹字断，红日短，江天雪意云撩乱。"农历十月天气尚暖，故称"小春"，此时梅蕊已绽枝，炉火已燃，"画阁"是彩绘的楼阁。"玉壶"指计时的铜壶滴漏，李贺的"玉壶银箭稍难倾"，到欧阳修这里，"冰澌满"了，"冰澌"是冰凌。王沂孙写水仙花"花恼难禁，酒销欲尽，门外冰澌初结。试招仙魄，怕今夜，瑶簪冻折。携盘独出，空想咸阳，故宫落月"。"吹字断"用得好，此时，昼短夜越长。周邦彦也用江天雪意："江天雪意，夜色寒成阵。翠袖捧金蕉，酒红潮、香凝沁粉。帘波不动，新月淡笼明，香破豆，烛频花，减字歌声稳。"香艳。"金蕉叶"是酒杯名，"金蕉"指酒。

欧阳修　渔家傲（十月小春梅蕊绽）
李　贺　河南府试十二月乐词·十月
王沂孙　庆宫春·水仙花
周邦彦　蓦山溪（江天雪意）

清代　艾启蒙　十骏犬·霜花鹞图

十一

苏东坡《江神子》词描写的此时景象："相逢不觉又初寒。对尊前。惜流年。风紧离亭、冰结泪珠圆。雪意留君君不住，从此去，少清欢。　　转头山下转头看。路漫漫。玉花翻。银海光宽、何处是超然？知道故人相念否，携翠袖，倚朱阑。"此词是东坡四十一岁，作于密州任上。"乱烟笼碧砌，飞月向南端。寂寂离亭掩，江山此夜寒"是王勃诗。"转头山"在诸城县南四十里，"玉花"即雪花，"遇物纤能状，随方巧若裁。玉花全缀萼，珠蚌尽呈胎"是李绅描写的雪景。东坡爱用"银海"："冻合玉楼寒起粟，光摇银海眩生花。遗蝗入地应千尺，宿麦连云有几家。""翠袖"泛指女子装束，喻佳人，"阑"同"栏"，杜甫的《佳人》："合婚尚知时，鸳鸯不独宿。但见新人笑，那闻旧人哭。在山泉水清，出山泉水浊。侍婢卖珠回，牵萝补茅屋。摘花不插发，采柏动盈掬。天寒翠袖薄，日暮倚修竹。"两手合捧曰"掬"。

苏　轼　江神子·东武雪中送客
王　勃　江亭夜月送别
李　绅　登禹庙回降雪五言二十韵
苏　轼　雪后书北台壁二首·其二

十二

李商隐的《喜雪》:“朔雪自龙沙，呈祥势可嘉。有田皆种玉，无树不开花。班扇慵裁素，曹衣讵比麻？鹅归逸少宅，鹤满令威家。寂寞门扉掩，依稀履迹斜。人疑游面市，马似困盐车。洛水妃虚妒，姑山客漫夸。联辞虽许谢，和曲本惭巴。粉署闱全隔，霜台路渐赊。此时倾贺酒，相望在京华。”“朔”是北方，“龙沙”即白龙堆，沙漠。北朝陈后主的《昭君怨》:“狼山聚云暗，龙沙飞雪轻。”“班扇”指西汉班婕妤的《怨歌行》:“新裂齐纨素，鲜洁如霜雪。裁为合欢扇，团团似明月。”“曹衣”指《诗经·曹风·蜉蝣》中的“蜉蝣掘阅，麻衣如雪”。“阅”即穴。“逸少”是王羲之，好鹅；《搜神后记》记丁令威化鹤而归。“积如沙照月，散似面从风”是张说诗。曹植《洛神赋》中有“飘飘兮若流风之回雪”，《庄子·逍遥游》中有“藐姑射之山，有神人居焉，肌肤若冰雪”。“谢”指东晋谢道韫咏雪，“巴”指下里巴人，“闱”是宫中小门，“赊”是失。

十三

王维《冬晚对雪忆胡居士家》:“寒更传晓箭,清镜览衰颜。隔牖风惊竹,开门雪满山。洒空深巷静,积素广庭闲。借问袁安舍,翛然尚闭关。”“晓箭”在寒更中报晓,“千门曙色锁寒梅,五夜疏钟晓箭催。宝马占堤朝阙去,香车争路进名来”是薛逢诗。“五夜”即五更。“牖”是窗户,“冻云宵遍岭,素雪晓凝华。入牖千重碎,迎风一半斜”是李世民的《望雪》诗。昔南朝宋谢惠连《雪赋》写飞雪:“蔼蔼浮浮,瀌瀌弈弈。连翩飞洒,徘徊委积。”岑参雪后也用“积素”:“长安雪后似春归,积素凝华连曙晖。色借玉珂迷晓骑,光添银烛晃朝衣。”“玉珂”是马笼头上的装饰。“广庭怜雪净,深屋喜炉温。月幌花虚馥,风窗竹暗喧”是宋之问诗。《汝南先贤传》中记,长安大雪,大家都出门扫雪,有乞食者。到袁安门前,无路,扫雪入户,见他僵卧。问为何不出门?答:“大雪,人皆饿,不宜干人。”“翛然”是超脱貌。

薛 逢 元日楼前观仗
岑 参 和祠部王员外雪后早朝即事
宋之问 冬夜寓直麟阁

十四

又到月圆时。陆游当年诗："月从海东来，径尺熔银盘。西行到峨眉，玉宇万里宽。幽人耿不寐，弄影清夜阑。五城十二楼，缥缈香雾间。不知何仙人，亭亭倚高寒。欲语不得住，怅望冰雪颜。叩头傥见哀，容我蹑素鸾。掬露以为浆，屑玉以为餐。泠泠漱齿颊，皓皓濯肺肝。逝将从君游，人间苦无欢。"此诗是陆游入蜀后约四十八岁作，"耿"是心事缠绕，《诗经·邶风·柏舟》："耿耿不寐，如有隐忧。微我无酒，以敖以游。""清夜阑"的"阑"是将尽。五城十二楼是仙境，黄帝时就筑五城十二楼，以候神人。"傥"是怅然自失貌，"蹑"是追随，随素鸾飞。汉武帝当年求成仙之道，要得云表之露餐玉屑。"数行玉札存心久，一掬云浆漱齿空。白石煮多熏屋黑，丹砂埋久染泉红"是皮日休诗。"云浆"是仙酒。"君"指月邀。

陆　游　十月十四日夜月终夜如昼
皮日休　怀华阳润卿博士三首·其三

十五

唐诗中，有下元节朝礼玄元的记载。韦应物诗："千乘万骑被原野，云霞草木相辉光。禁仗围山晓霜切，离宫积翠夜漏长。玉阶寂历朝无事，碧树萎蕤寒更芳。三清小鸟传仙语，九华真人奉琼浆。下元昧爽漏恒秩，登山朝礼玄元室。""晓霜切"的"切"是寒切、凄切，杜甫有诗，"吹笛秋山风月清，谁家巧作断肠声。风飘律吕相和切，月傍关山几处明"。"积翠"是翠色重叠，"晚登高楼望，木落双江清。寒山饶积翠，秀色连州城"是李白诗。"蕤"是花。"三清"指道教的玉清、上清、太清三清境，九华真人主九幽之上宿，对生死。"昧爽"是拂晓，"漏"指夜漏，"秩"是祭祀，"恒秩"是下元节常祭，"玄元"即老子。"玄之又玄，众妙之门"，对应着水，五行中水对应冬，水为万化之源。

韦应物　骊山行
杜　甫　吹笛
李　白　寄当涂赵少府炎

十六

苏东坡当年记所见："风高月暗云水黄，淮阴夜发朝山阳。山阳晓雾如细雨，炯炯初日寒无光。云收雾卷已亭午，有风北来寒欲僵。忽惊飞雹穿户牖，迅驶不复容遮防。市人颠沛百贾乱，疾雷一声如颓墙。使君来呼晚置酒，坐定已复日照廊。恍疑所见皆梦寐，百种变怪旋消亡。共言蛟龙厌旧穴，鱼鳖随徙空陂塘。愚儒无知守章句，论说黑白推何祥。惟有主人言可用，天寒欲雪饮此觞。""山阳"在今山东境内，"白日冷无光，黄河冻不流"是白居易诗。"亭午"是中午。秋分就"雷始收声"了，故东坡说百种变怪。"恍"是恍惚，"陂塘"即池塘。章句小儒，指不通大义，拘泥辨析章句的儒生，"鲁叟谈五经，白发死章句。问以经济策，茫如坠烟雾"是李白诗。"绿蚁新醅酒，红泥小火炉。晚来天欲雪，能饮一杯无"是白居易诗。

苏　轼　十月十六日记所见
白居易　新沐浴
李　白　嘲鲁儒
白居易　问刘十九

十七

北宋林逋写雪："皓然窗户晓来新，画轴碑厅绝点尘。洛下高眠应有道，山阴清兴更无人。寒连水石明渔墅，猛共松篁压寺邻。酒渴已醒时味薄，独援诗笔得天真。""皓然"是洁白，"郊邑正自飘瞥，林岫便已皓然"是南朝宋刘义庆等著《世说新语·言语》中叙雪。"洛下"指洛阳，"洛下高眠"指《汝南先贤传》中袁安在大雪中高卧不出。山阴是绍兴，"山阴清兴"指《世说新语·任诞》里，王徽之雪天想到好友戴逵，戴逵在嵊州，徽之冒雪乘小舟，一夜到戴家门口，"不前而返"。人问其故，王曰："吾本乘兴而行，兴尽而返，何必见戴？"雪压松竹，"猛共松篁压寺邻"，"猛"是尽情貌。醇酒渴醒尚未薄，"援"是持。《庄子·渔父》中渔父告诉孔子："真者，所以受于天，自然不可易也。故圣人法天贵真，不拘于俗，愚者反此。"

| 林　逋　雪三首·其一

十八

盼雪了。白居易的《西楼喜雪命宴》："宿云黄惨澹，晓雪白飘飘。散面遮槐市，堆花压柳桥。四郊铺缟素，万室甃琼瑶。银榼携桑落，金炉上丽谯。光迎舞妓动，寒近醉人销。歌乐虽盈耳，惭无五袴谣。""宿"是夜，"惨澹"即惨淡。"槐市"指学舍，"槐市诸生夜读书，北窗分明辨鲁鱼"是刘禹锡咏秋萤。鲁鱼两字相混，指文字讹误。"柳桥"是送别处，"愁坐兰闺日过迟，卷帘巢燕羡双飞。管弦楼上春应在，杨柳桥边人未归"是罗邺诗。"甃"本是井壁，此指银装堆砌，"琼瑶"是美玉，"三日柴门拥不开，阶庭平满白皑皑。今朝踏作琼瑶迹，为有诗从凤沼来"是韩愈诗，"凤沼"是凤凰池，中书省接近皇帝，称凤凰池。"榼"是酒杯，桑落酒，"丽谯"是高楼，金炉是香炉，寒近醉人，便消融了。"五袴谣"是称颂地方官善政的歌谣。

刘禹锡　秋萤引
罗　邺　春闺
韩　愈　酬王二十舍人雪中见寄

十九

陆游当年此日有“大风作寒闭户竟日”诗：“霜风卷地起，落叶拥蜗庐。终日澹无事，一窗宽有余。坐多知力耗，食少觉心虚。懒惰无新句，松声忽起予。”“浩汗霜风刮天地，温泉火井无生意。泽国龙蛇冻不伸，南山瘦柏消残翠”是岑参诗。“浩汗”本是水盛貌，“火井”指温泉。“蜗庐”是住处的谦称，李商隐《自喜》：“自喜蜗牛舍，兼容燕子巢。绿筠遗粉箨，红药绽香苞。虎过遥知阱，鱼来且佐庖。慢行成酩酊，邻壁有松醪。”“绿筠”是竹，“红药”是芍药，这个“虎”是比喻，指阱不来惊扰。“澹”是安静，“草色摇霞上，松声泛月边。山河穷百二，世界接三千”是王维诗。以二敌百，“百二”指险峻地；佛教称“三千大千世界”。“予”是赐予。陆游还用“起予”：“呼童按摩罢，倚壁久伸余。棋局可忘老，鸟声能起予。扫檐怜罥蝶，投饵出潜鱼。向晚明窗下，还来读旧书。”“罥”是绕。

陆　游　十月十九日大风作寒闭户竟日
岑　参　冬夕
王　维　游悟真寺
陆　游　闲中作

二十

常建的《送楚十少府》："微风吹霜气，寒影明前除。落日未能别，萧萧林木虚。愁烟闭千里，仙尉其何如。因送《别鹤操》，赠之双鲤鱼。鲤鱼在金盘，别鹤哀有余。心事则如此，请君开素书。"县尉称少府。"卢龙霜气冷，鳷鹊月光寒"是李白诗。"卢"是黑色，"鳷（zhī）鹊"是汉宫名。"前除"是堂前台阶，"积雪满前除，寒光夜皎如。老忧新岁近，贫觉故交疏"是韦庄诗。李白的《上之回》："三十六离宫，楼台与天通。阁道步行月，美人愁烟空。""仙尉"是对县尉的美称。《别鹤操》是汉古琴曲，曲词是："将乖比翼兮隔天端，山川悠远兮路漫漫。揽衣不寐兮食忘餐。""双鲤鱼"是装信的函盒。《古乐府·饮马长城窟行》："客从远方来，遗我双鲤鱼。呼儿烹鲤鱼，中有尺素书。""尺素"是小幅绢帛。

李　白　三山望金陵，寄殷淑
韦　庄　和人岁宴旅舍见寄

南宋　佚名　霜柯竹涧图

廿一

薛能的《新雪八韵》："大雪满初晨，开门万象新。龙钟鸡未起，萧索我何贫。耀若花前境，清如物外身。细飞斑户牖，干洒乱松筠。正色凝高岭，随流助要津。鼎消微是滓，车碾半和尘。茶兴留诗客，瓜情想戍人。终篇本无字，谁别胜阳春。"大雪不闻鸡鸣，以"龙钟"对"我贫"，"龙钟"指衰老或潦倒。"物"是尘世，白居易诗："寓心身体中，寓性方寸内。此身是外物，何足苦忧爱。况有假饰者，华簪及高盖。此又疏于身，复在外物外。操之多惴栗，失之又悲悔。乃知名与器，得丧俱为害。""筠"是竹，瀹鼎消尘凡，"瀹"（yuè）是煮。杨万里有诗："醉乡无日不瓜时，书囿何朝无菜色？"以瓜时代年。戍人守边，"马色迷关吏，鸡鸣起戍人。露鲜华剑彩，月照宝刀新"是北齐颜子推诗。

白居易　遣怀
杨万里　斋房戏题
颜子推　从周入齐夜度砥柱

廿二

昼短夜长时。许浑的《旅怀作》:“促促因吟昼短诗，朝惊秾色暮空枝。无情春色不长久，有限年光多盛衰。往事只应随梦里，劳生何处是闲时。眼前扰扰日一日，暗送白头人不知。”“促促”是短暂，曹操最早用“促促百年，亹亹行暮”。“亹亹”是走。《古诗十九首》中有“生年不满百，常怀千岁忧。昼短苦夜长，何不秉烛游。为乐当及时，何能待来兹”。“秾”是艳丽，“劳生”出自《庄子·大宗师》:“夫大块载我以形，劳我以生，佚我以老，息我以死。故善吾生者，乃所以善吾死也。”扰扰万绪，纷乱貌。王绩诗：“百年长扰扰，万事悉悠悠。日光随意落，河水任情流。礼乐囚姬旦，诗书缚孔丘。不如高枕枕，时取醉消愁。”“姬旦”即周公。

廿三

元结《雪中怀孟武昌》："冬来三度雪，农者欢岁稔。我麦根已濡，各得在仓廪。天寒未能起，孺子惊人寝。云有山客来，篮中见冬簟。烧柴为温酒，煮鳜为作沈。客亦爱杯尊，思君共杯饮。所嗟山路闲，时节寒又甚。不能苦相邀，兴尽还就枕。""稔年"是丰年，"稔"是庄稼成熟，"廪"（lǐn）是积粮，"仓廪"是粮仓。"孺"是幼，"簟"是竹，"冬簟"应是冬笋。肥鳜香粳，"沈"即"沉"，应是沉浸。李白的《望月有怀》，用"思君"与"兴尽"："清泉映疏松，不知几千古。寒月摇清波，流光入窗户。对此空长吟，思君意何深。无因见安道，兴尽愁人心。"

廿四

卢照邻的《雨雪曲》，每读都悲怆入骨："虏骑三秋入，关云万里平。雪似胡沙暗，冰如汉月明。高阙银为阙，长城玉作城。节旄零落尽，天子不知名。""虏"是对北方外族的蔑称，"虏骑猎长原，翩翩傍河去。边声摇白草，海气生黄雾。百战苦风尘，十年履霜露"是王昌龄诗。"胡"指西北民族，李白的《王昭君》："汉月还从东海出，明妃西嫁无来日。燕支长寒雪作花，蛾眉憔悴没胡沙。生乏黄金枉图画，死留青冢使人嗟。""燕支山"指边境。"阙"是缺口，阴山的缺口，沿阴山筑长城，高阙为要塞。"节旄"是使节持旌节上的牦牛尾饰，《汉书·苏武传》记，苏武"杖汉节牧羊，卧起操持，节旄尽落"。天子却不知道他的名字。陈羽诗："天山西北居延海，沙塞重重不见春。肠断帝乡遥望日，节旄零落汉家臣。"

王昌龄　从军行
陈　羽　读苏属国传

廿五

李商隐的忆雪诗："爱景人方乐，同云候稍愆。徒闻周雅什，愿赋朔风篇。欲俟千箱庆，须资六出妍。咏留飞絮后，歌唱落梅前。庭树思琼蕊，妆楼认粉绵。瑞邀盈尺日，丰待两岐年。预约延枚酒，虚乘访戴船。映书孤志业，披氅阻神仙。几向霜阶步，频将月幌褰。玉京应已足，白屋但颙然。"同云，云一色，是将雪天气，"愆"（qiān）是违背。南朝宋谢惠连的《雪赋》中有："王乃歌北风于卫诗，咏南山于周雅"，"周雅"即《诗经·小雅》。"俟"是待，"千箱"指丰年储粮多，雪花六瓣，故"须资六出妍"，即瑞雪兆丰年。"两岐"指一麦两穗。"召邹生，延枚叟"也出自《雪赋》，"邹生"是邹阳，"枚叟"是枚乘，"延"是请。"访戴船"的"戴"指王徽之访戴安道。晋代孙康家贫，常映雪读书。《晋书》记，王恭披鹤氅裘涉雪行，孟昶叹曰："真神仙中人也。""月承幌而通晖"亦出自《雪赋》，"幌"是帘幔，"褰"是撩起。"白屋"是寒舍，寒舍匍匐在雪光里，"颙然"是肃敬貌。

李商隐　四年冬以退居蒲之永乐渴然有农夫望岁之志，遂作忆雪又作残雪诗各一百言以寄情于游旧

廿六

王安石的《冬日》："扰扰今非昔，漫漫夜复晨。风沙不贷客，云日欲迷人。散发愁边老，开颜醉后春。转思江海上，一洗白纶巾。"李白诗："今日非昨日，明日还复来。白发对绿酒，强歌心已摧。君不见梁王池上月，昔照梁王樽酒中。梁王已去明月在，黄鹂愁醉啼春风。""梁王"指西汉梁孝王刘武。"不贷"是不饶，"抽刀断水水更流，举杯销愁愁更愁。人生在世不称意，明朝散发弄扁舟"也是李白诗，喜欢"开颜醉后春"。"纶巾"是系青丝带的头巾，羽扇纶巾，是诸葛亮的标志，纶巾也就称诸葛巾。"湛湛玉泉色，悠悠浮云身。闲心对定水，清净两无尘。手把青筇杖，头戴白纶巾。兴尽下山去，知我是谁人"是白居易诗，好洒脱。筇竹高节实中，为杖之极。"来往人间不计年，一枝筇竹雪垂肩。扫除身外闲名利，师友书中古圣贤"是陆游诗。

李　白　携妓登梁王栖霞山孟氏桃园中
李　白　宣州谢朓楼饯别校书叔云
白居易　题玉泉寺
陆　游　山游

廿七

刘长卿的名诗："日暮苍山远，天寒白屋贫。柴门闻犬吠，风雪夜归人。"芙蓉山是地名，刘长卿爱用"苍山"写寒冷："苍山隐暮雪，白鸟没寒流。不是莲花府，冥冥不可求。""莲花府"是幕府。"白屋"是茅屋，"怜君一见一悲歌，岁岁无如老去何。白屋渐看秋草没，青云莫道故人多"也是刘长卿诗。刘长卿也爱写"柴门"："孤舟相访至天涯，万转云山路更赊。欲扫柴门迎远客，青苔黄叶满贫家。""犬吠寒烟里，鸦鸣夕照中。时因杖藜次，相访竹林东"亦是刘长卿诗。"风雪夜归人"是绝句，杜牧的《重送绝句》也好："绝艺如君天下少，闲人似我世间无。别后竹窗风雪夜，一灯明暗覆吴图。"

刘长卿　逢雪宿芙蓉山主人
刘长卿　题魏万成江亭
刘长卿　赠崔九载华
刘长卿　酬李穆见寄
刘长卿　赠西邻卢少府

廿八

冬日之静，很喜欢宋之问的《冬夜寓直麟阁》：“直事披三省，重关闭七门。广庭怜雪净，深屋喜炉温。月幌花虚馥，风窗竹暗喧。东山白云意，兹夕寄琴尊。”“直事”即值班，“三省”是中书省、门下省、尚书省，最高权力机构。“麟阁”本在未央宫中，为藏秘书处，故秘书省也称麟省。“广庭怜雪净”与“月幌花虚馥”太美，“幌”是帘幔，雪花虚馥，馥是香气。白居易最喜写“炉温”：“朝怜一床日，暮爱一炉火。床暖日高眠，炉温夜深坐。雀罗门懒出，鹤发头慵裹。除却刘与吴，何人来问我？”柳宗元也写“风窗”：“风窗疏竹响，露井寒松滴。偶地即安居，满庭芳草积。”“白云”意指归隐，张说的《湘州北亭》：“人务南亭少，风烟北院多。山花迷径路，池水拂藤萝。萍散鱼时跃，林幽鸟任歌。悠然白云意，乘兴抱琴过。”“南亭”指南朝宋谢灵运的《游南亭》诗，“兹”是此。

白居易　懒放二首，呈刘梦得、吴方之
柳宗元　赠江华长老

廿九

白居易的《冬日早起闲咏》："冰塘耀初旭，风竹飘余霰。幽境虽目前，不因闲不见。晨起对炉香，道经寻两卷。晚坐拂琴尘，秋思弹一遍。此外更无事，开樽时自劝。何必东风来，一杯春上面。"白居易诗就是，在简单中意境十足。冰塘映红，风竹飘霰，多美啊。白居易爱写"风竹"，如"风竹松烟昼掩关，意中长似在深山。无人不怪长安住，何独朝朝暮暮间"。他也一入冬就写"炉香"，如"碧毡帐暖梅花湿，红燎炉香竹叶春。今日邹枚俱在洛，梁园置酒召何人"。"竹叶春"是酒名。《秋思》据传是东汉蔡邕所作琴曲，《琴操》中无，但李白有《蔡氏五弄·秋思二首》。喜欢结尾的"一杯春上面"。白居易在《钱湖州以箬下酒，李苏州以五酘酒，相次寄到，无因同饮聊咏所怀》诗中，就曾用"倾如竹叶盈樽绿，饮作桃花上面红。莫怪殷勤醉相忆，曾陪西省与南宫"。

白居易　长安闲居
白居易　洛下雪中频与刘李二宾客宴集，因寄汴州李尚书

三十

孟冬月最后一天，明天起进入仲冬月。杜甫的《寒峡》诗："行迈日悄悄，山谷势多端。云门转绝岸，积阻霾天寒。寒峡不可度，我实衣裳单。况当仲冬交，溯沿增波澜。野人寻烟语，行子傍水餐。此生免荷殳，未敢辞路难。"远行称"迈"，"歌哭俱在晓，行迈有期程。孤舟似昨日，闻见同一声"也是杜甫诗。云门可指谷口，亦可指寺院，杜甫诗："骑马行春径，衣冠起晚钟。云门青寂寂，此别惜相从。"逆流而上称"溯"，顺流而下称"沿"，"青山小隐枕潺湲，一叶垂纶几溯沿。后浦春风随兴去，南塘秋雨有时眠"是吴融的《忆钓舟》，"垂纶"即垂钓。"殳"是兵器，"行路难，行路难，多歧路，今安在。长风破浪会有时，直挂云帆济沧海"是李白的句子，老杜无此气势。

杜　甫　早行
杜　甫　惠义寺送王少尹赴成都
李　白　行路难三首·其一

清代　清院本十二月令图册·十一月

十一月

不醉遣侬争散得，
门前雪花似鹅毛。

——白居易

房家夜宴喜雪，戏赠主人

明代　吕纪　雪梅集禽图

李贺描写的十一月："官城团围凛严光，白天碎碎堕琼芳。挝钟高饮千日酒，战却凝寒作君寿。御沟冰合如环素，火井温泉在何处？""凛"是寒，"严"是严冷。"琼"本是美玉，这里"琼芳"指雪。"挝"(zhuā)是击，"军中置酒夜挝鼓，锦筵红烛月未午"是岑参诗。"千日酒"号称醉卧千日才醒，韩偓有诗："青布旗夸千日酒，白头浪吼半江风。""青布旗"是酒旗。"玄律穷，严气升。焦溪涸，汤谷凝。火井灭，温泉冰"是南朝宋谢惠连《雪赋》中的句子。《水经注》："焦泉发于天门之左，南流成溪，谓之焦泉。""汤谷"是传说日出处，"火井"是煮盐的盐井。岑参的《冬夕》："浩汗霜风刮天地，温泉火井无生意。泽国龙蛇冻不伸，南山瘦柏消残翠。""浩汗"本是水浩大貌，三国曹丕的《济川赋》："漫浩汗而难测，眇不睹其垠际。""眇"是细视。

李　贺　河南府试十二月乐词·十一月
岑　参　与独孤渐道别长句兼呈严八侍御
韩　偓　江岸闲步(此后壬申年作，在南安县)

初一

李峤描绘的十一月："凝阴结暮序，严气肃长飙。霜犯狐裘夕，寒侵兽火朝。冰深遥架浦，雪冻近封条。平原已从猎，日暮整还镳。""凝阴"指阴云，"暮序"指接近岁末了。南朝梁简文帝有诗："同云凝暮序，严阴屯广隰。落梅飞四注，翻霙舞三袭。""同云"是云天一色，降雪天气，"隰"是湿，"落梅""翻霙"都指飘雪。"严气"即寒气，"长飙"即大风。"散入珠帘湿罗幕，狐裘不暖锦衾薄。将军角弓不得控，都护铁衣冷难著"是岑参的名句，"兽火"即兽炭之火，炉火，鲍溶写冬月，用"兽火扬光二三月，细腰楚姬丝竹间。白纻长袖歌闲闲，岂识苦寒损朱颜"。"浦"是水边，"条"是枝条，"镳"（biāo）是马嚼子，《诗经·秦风·驷驖》中就用"輶车鸾镳，载猃歇骄"。"輶"（yóu）是轻车，"驖"（tiě）是赤黑色马，"猃"（xiǎn）是猎犬，"骄"是马壮硕貌。"还镳"指回马。

李　峤　十一月奉教作
简文帝　雪朝
岑　参　白雪歌送武判官归京
鲍　溶　寒夜吟

初二

鲍溶的《寒夜吟》："九衢金吾夜行行，上宫玉漏遥分明。霜飙乘阴扫地起，旅鸿迷雪绕枕声。远人归梦既不成，留家惜夜欢心发。罗幕画堂深皎洁，兰烟对酒客几人。兽火扬光二三月，细腰楚姬丝竹间。白纻长袖歌闲闲，岂识苦寒损朱颜。""金吾"是皇宫禁卫，"游伎皆秾李，行歌尽落梅。金吾不禁夜，玉漏莫相催"是苏味道写《正月十五夜》。"飙"是风，"罗"是轻软的丝织品，兰室接罗幕，罗幕即罗帐。"西风罗幕生翠波，铅华笑妾颦青蛾。为君起唱长相思。帘外严霜皆倒飞，明星烂烂东方陲"是李白诗。"青蛾"是美人眉，"陲"是边缘。浮兰烟于桂栋，"麝火埋朱，兰烟毁黑"是南朝陈傅縡《博山香炉赋》中的句子。"兽"是炭，"高岭虚晶，平原广洁。初从云外飘，还向空中噎。千门万户皆静，兽炭皮裘自热"是张南史写雪。"噎"是积聚不散。

李　白　夜坐吟
张南史　雪

初三

刘禹锡与白居易的小庭寒夜相和诗。“庭小同蜗舍，门闲称雀罗。火将灯共尽，风与雪相和。老睡随年减，衰情向夕多。不知同病者，争奈夜长何。”“门庭有水巷无尘，好称闲官作主人。冷似雀罗虽少客，宽于蜗居足容身。”“夜长似岁欢宜尽，醉未如泥饮莫休。何况鸡鸣即须别，门前风雨冷修修。”这些都是白居易的诗。刘禹锡和：“寒夜阴云起，疏林宿鸟惊。斜风闪灯影，迸雪打窗声。竟夕不能寐，同年知此情。汉皇无奈老，何况本书生。”杜甫写“月明”，用“光射潜虬动，明翻宿鸟频”。“迸”是迸射。崔道融后来写雪打窗：“酒醒拨剔残灰火，多少凄凉在此中。炉畔自斟还自醉，打窗深夜雪兼风。”

白居易　小庭寒夜寄梦得
白居易　题新居，寄宣州崔相公
白居易　夜宴惜别
刘禹锡　酬乐天小庭寒夜有怀
杜　甫　十七夜对月
崔道融　酒醒

初四

张正元的《冬日可爱》:“寒日临清昼，辽天一望时。未消埋径雪，先暖读书帏。属思光难驻，舒情影若遗。晋臣曾比德，谢客昔言诗。散彩宁偏煦，流阴信不追。余辉如可就，回烛幸无私。”冬天辽阔，是为辽天一望。皎然句:“欲为山中侣，肯秘辽天声。”“帏”是布幔，齐己写秋后萤火虫，“夜深飞过读书帏”。有趣。“属思”指文章构思,“舒情”即抒情，柳宗元用“凝情江月落，属思岭云飞”。“晋”指晋朝,“谢客”指南朝宋谢灵运。林逋诗“已输谢客清吟了，未忍山翁烂醉归”。“山翁”指晋朝山简，山涛的幼子，嗜酒，饮辄烂醉。“煦”是暖,“信”是任,“流阴”指浮云,“回烛”是重新燃烛，“幸”是幸而。朱庆馀诗:“斜雪微沾砌，空堂夜语清。逆风听漏短，回烛向楼明。”

皎　然　答道素上人别
齐　己　萤
柳宗元　奉和周二十二丈酬郴州侍郎衡江夜泊得韶州书并附当州生黄茶一封率然成篇代意之作
林　逋　池上春日即事
朱庆馀　雪夜与真上人宿韩协律宅

初五

文徵明的《对雪》:“短榻无聊拥败绨,开门深雪压檐低。苍松白石寒相照,曲巷斜桥去欲迷。舞态不禁风脉脉,羁怀都似鸟凄凄。小山诗思清如许,不见高人出剡溪。”“绨”是粗厚的棉袍,苍松白石,曲巷斜桥,画意跃然纸上。晏殊词中有“似佳人、独立倾城,傍朱槛、暗传消息,静对西风脉脉”。“舞态”是指飞雪。“羁”是寄客,旅途中人,“羁怀”是寄旅之怀,“朝来登陟处,不似艳阳时。异县殊风物,羁怀多所思”是孟浩然诗。“小山”是晏几道,“剡溪”乃东晋戴逵所居。王徽之雪夜乘舟经宿到剡溪,不访而归,称“吾本乘兴而行,兴尽而返,何必见戴”,剡溪因此是隐居逸友的代称。“阴岭有风梅艳散,寒林无月桂华生。剡溪一醉十年事,忽忆棹回天未明”是许浑诗。

晏　殊　睿恩新(芙蓉一朵霜秋色)
孟浩然　人日登南阳驿门亭子,怀汉川诸友
许　浑　对雪

初六

孟浩然的寒夜诗："瑞雪初盈尺，寒宵始半更。列筵邀酒伴，刻烛限诗成。香炭金炉暖，娇弦玉指清。醉来方欲卧，不觉晓鸡鸣。"落雪盈尺。白居易诗有趣："平生所心爱，爱火兼怜雪。火是腊天春，雪为阴夜月。鹅毛纷正堕，兽炭敲初折。盈尺白盐寒，满炉红玉热。稍宜杯酌动，渐引笙歌发。但识欢来由，不知醉时节。银盘堆柳絮，罗袖抟琼屑。共愁明日销，便作经年别。""抟"（tuán）是飞扬。雪夜列筵作诗，可谓白居易的"雪宴烛通晨"了。陆龟蒙后来用"娇弦玉指"："镂碗传绿酒，雕炉薰紫烟。谁知苦寒调，共作白雪弦。""恃爱如欲进，含羞出不前。朱口发艳歌，玉指弄娇弦。"李商隐写"晓鸡"："羽翼摧残日，郊园寂寞时。晓鸡惊树雪，寒鹜守冰池。"羽翼摧残日，不得高飞，有苍凉感，"鹜"是鸭子，池已冰封。

孟浩然　寒夜张明府宅宴
白居易　对火玩雪
白居易　斋居春久，感事遣怀
陆龟蒙　子夜警歌二首·其一
李商隐　幽居冬暮

初七

陆游当年，十一月上七日蔬饭诗："新粳炊饭白胜玉，枯松作薪香出屋。冰蔬雪菌竞登盘，瓦钵毡巾俱不俗。晓途微雨压征尘，午店清泉带修竹。建溪小春初出碾，一碗细乳浮银粟。老来畏酒厌刍豢，却喜今朝食无肉。尚嫌车马苦縻人，会入青云骑白鹿。""毡巾"是毡制头巾，福建建溪产"龙茶"，茶碾。陆游的《建安雪》："建溪官茶天下绝，香味欲全须小雪。雪飞一片茶不忧，何况蔽空如舞鸥。银瓶铜碾春风里，不枉年来行万里。从渠荔子腴玉肤，自古难兼熊掌鱼。"黄庭坚也用"银粟"："赤铜茗碗雨斑斑，银粟翻光解破颜。"牛羊为刍（chú），猪狗为豢（huàn），縻（mí）本是牛缰绳，引申为牵制。陆游诗"难觅长绳縻日住，且凭羯鼓唤花开。一春政使浑无事，醉到清明得几回"。"羯（jié）鼓"是印度传入的打击乐器，称八音领袖。"白鹿"是归隐。

陆　游　十一月上七日蔬饭骡岭小店
黄庭坚　以小团龙及半挺赠无咎并诗用前韵为戏
陆　游　芳华楼夜饮

初八

陆游灯下对梅花独酌诗："奔走人间无已时，夜窗喜对出尘姿。移灯看影怜渠瘦，掩户留香笑我痴。冷艳照杯欺麴蘖，孤标逼砚结冰澌。本来难入繁华社，莫向春风怨不知。"诗中梅花已开，"渠"即它。陆游自己写"梅瘦"："梅瘦有情横淡月，云轻无力护清霜。"很美。"麴蘖"本是酒麴，也指酒，"澌"是解冻的冰水，解冻又重新结冰。"山堂晚色，满疏篱寒雀，烟横高树。小雪轻盈如解舞，故故穿帘入户。扫地烧香，团栾一笑，冰澌生砚，问谁先得佳句"是金王庭筠词。"团栾"即团聚。陆游在《梅花绝句》中也用"怨不知"："湖上梅花手自移，小桥风月最相宜。主人岁岁常为客，莫怪幽香怨不知。"

陆　游　十一月八日夜灯下对梅花独酌累日劳甚颇自慰也
陆　游　冬夜戏书
王庭筠　大江东去·山堂晚色

初九

苏东坡当年夜梦与人论神仙道术诗："析尘妙质本来空，更积微阳一线功。照夜一灯长耿耿，闭门千息自濛濛。养成丹灶无烟火，点尽人间有晕铜。寄语山神停伎俩，不闻不见我何穷。""析"是"剖析"，《晋书》说，许迈服气，一气千余息。道家炼丹养身，"守丹灶而不顾，炼金鼎而方坚"是南朝梁江淹《别赋》中的句子。"耿耿"是明亮，"濛濛"是空茫貌，"晕铜"的"晕"指铜绿。《云笈七签》上有去铜晕法，要用牛皮胶熬成粥，入胶，盐封，火化后"出冷砧上打之，黑皮自落"。"点尽人间有晕铜"是比喻，"晕铜"是锈蚀。古人注解。结尾的"寄语山神"典出《传灯录》：寿州道树禅师得法于北宗神秀，在寿州三峰山结茅而居。有一野人，常化作佛及菩萨、罗汉、天仙等形，或放神光，或呈声响，如此涉十年，后无形影。师告众人曰："野人作多色伎俩，眩惑于人，只消老僧不见不闻。伊伎俩有穷，吾不见不闻无尽。"

苏　轼　十一月九日夜梦与人论神仙道术，既觉，颇记其语，录呈子由弟

初十

鲍溶的《山中冬思》:“山深先冬寒,败叶与林齐。门巷非世路,何人念穷栖?哀风破山起,夕雪误鸣鸡。巢鸟侵旦出,饥猿无声啼。晨兴动烟火,开云伐冰溪。老木寒更瘦,阴云晴亦低。我贫自求力,颜色常低迷。时思灵台下,游子正凄凄。”“穷栖”是隐居,南朝宋颜延之的《和谢监灵运》始用“寡立非择方,刻意藉穷栖”。杜甫后用“宿鸟恋本枝,安辞且穷栖”。喜欢“夕雪误鸣鸡”,天太暗了。“旦”是拂晓,“开云伐冰溪”的“伐”是敲冰。“颜色”是神色,南朝梁刘孝标的《广绝交论》:“寄通灵台之下,遗迹江湖之上,风雨急而不辍其音,霜雪零而不渝其色,斯贤达之素交,历万古而一遇。”“灵台”应指心。戴叔伦诗:“出门逢故友,衣服满灰尘。岁月不可问,山川何处来?绮城容弊宅,散职寄灵台。自此留君醉,相欢得几回?”

鲍　溶　山中冬思二首·其一
杜　甫　无家别
戴叔伦　吴明府自远而来留宿

南宋　夏圭　雪堂客话图

十一

白居易的夜宴喜雪诗："风头向夜利如刀，赖此温炉软锦袍。桑落气薰珠翠暖，柘枝声引管弦高。酒钩送盏推莲子，烛泪粘盘垒蒲萄。不醉遣侬争散得，门前雪片似鹅毛。"白居易另写"温炉"："暖帐迎冬设，温炉向夜施。裘新青兔褐，褥软白猿皮。似鹿眠深草，如鸡宿稳枝。逐身安枕席，随事有屏帷。"桑落酒，柘枝舞，"桑落酒"是美酒指称，"柘枝舞"呢？白居易有《柘枝妓》："红蜡烛移桃叶起，紫罗衫动柘枝来。带垂细胯花腰重，帽转金铃雪面回。""酒钩"的"钩"其实是抓阄得赋诗韵格，"莲子"是酒杯。李商隐诗也用到"送钩"："隔座送钩春酒暖，分曹射覆蜡灯红。嗟余听鼓应官去，走马兰台类转蓬。""分曹"即分组，"射覆"即酒令。"兰台"是秘书省，"转蓬"是随风飘飞的蓬草，三国曹植诗："转蓬离本根，飘飖随长风。何意回飚举，吹我入云中。"

白居易　房家夜宴喜雪，戏赠主人
白居易　三年冬随事铺设小堂寝处稍似稳暖因念衰病偶吟所怀
李商隐　无题二首·其二
曹　植　杂诗

十二

又近月圆时。杜甫诗：“天寒鸟已归，月出山更静。土室延白光，松门耿疏影。跻攀倦日短，语乐寄夜永。明燃林中薪，暗汲石底井。大师京国旧，德业天机秉。从来支许游，兴趣江湖迥。数奇谪关塞，道广存箕颍。何知戎马间，复接尘事屏。幽寻岂一路，远色有诸岭。晨光稍朦胧，更越西南顶。”“土室”即土屋，《后汉书·袁闳传》：袁闳守母，曾筑土室潜居十八年。“耿”是照，“跻”是升，“跻攀”即攀登，“跻攀倦日短”，多耐读！燃薪代烛为读书，汲井水是为烹茶，“语乐寄夜永”是深夜长谈。京国旧有大师，雅有德业。“支许”指晋高僧支遁与高士许询，两人是好友，一个好佛法，一个好玄理。数奇不偶是命运不好；箕山颍水，相传是贤者许由隐居地，道广存隐居之地。“尘事屏”，“屏蔽”的“屏”，“闲邪讬静室，寂寥虚且真。逸想流岩阿，朦胧望幽人”是支遁诗。“讬”即托，寄托，“岩阿”是山坳。

杜　甫　西枝村寻置草堂地，夜宿赞公土室二首
支　遁　咏怀五首·其四

十三

陆游当年《十一月十三日夜作》诗："风雪正相乘，萧然一点灯。拥炉蒙衲被，就壁倚枯藤。火降神方王，河潮脑自凝。邻鸡太多事，三唱请晨兴。""相乘"即相加，风雪交加。陶渊明在《五柳先生传》中先用"萧然"："环堵萧然，不蔽风日，短褐穿结，箪瓢屡空，晏如也。""晏如"是安宁。"窗外正风雪，拥炉开酒缸。何如钓船雨，篷底睡秋江"是杜牧诗。"衲被"是带补丁的破被。"河潮脑自凝"句指道家胎息服气，闭气存想，便"意如流水，前波已去，后浪续起"。修行后，精神充溢，"脑既已凝，骨亦换矣"。杜甫写"晨鸡"："老夫卧稳朝慵起，白屋寒多暖始开。江鹳巧当幽径浴，邻鸡还过短墙来。绣衣屡许携家酝，皂盖能忘折野梅。戏假霜威促山简，须成一醉习池回。"白茅覆屋，"酝"是酒，"皂盖"是官员的黑伞，"山简"是西晋名士，多在习家池游嬉，置酒辄醉。

杜　牧　独酌
杜　甫　王十七侍御抡许携酒至草堂奉寄此诗便请邀高三十五使君同到

十四

明日十五，寒月如璧。张说的《山夜闻钟》：“夜卧闻夜钟，夜静山更响。霜风吹寒月，窈窕虚中上。前声既春容，后声复晃荡。听之如可见，寻之定无像。信知本际空，徒挂生灭想。”张说还有诗写寒月：“江势连山远，天涯此夜愁。霜空极天静，寒月带江流。思起南征棹，文高北望楼。自怜如坠叶，泛泛侣仙舟。”寒月窈窕，“窈窕”是娴静貌，“虚”是空无所有。“春容”是有力撞击的洪亮，前声洪亮，后声回荡。“信知”是因信方知，“际”，边际，一切皆空，故只有空际。际空如沐，生灭幻梦受，徒劳牵挂？“一公住世忘世纷，暂来复去谁能分？身寄虚空如过客，心将生灭是浮云。萧散浮云往不还，凄凉遗教殁仍传。旧地愁看双树在，空堂只是一灯悬”是刘长卿诗。

张　说　和朱使欣二首·其二
刘长卿　齐一和尚影堂

十五

杜甫的《冬至》："年年至日长为客，忽忽穷愁泥杀人。江上形容吾独老，天涯风俗自相亲。杖藜雪后临丹壑，鸣玉朝来散紫宸。心折此时无一寸，路迷何处是三秦？"离亲为客，冬至日称"至日"。"朝发轫于苍梧兮，夕余至乎县圃。欲少留此灵琐兮，日忽忽兮其将暮"是《离骚》的句子，"轫"是止车之木，"苍梧"是太阳升处，"县圃"是太阳落处，"灵琐"指君主之门。忽忽穷愁，忽忽，迷也，"泥"是黏滞。《论语·子张》："虽小道，必有可观者焉，致远恐泥，是以君子不为也。"藜老茎为杖，"杖藜寻晚巷，炙背近墙暄。人见幽居僻，吾知拙养尊"也是杜甫诗。"丹壑"是雪后阳光映红的沟壑，"鸣玉"是腰间佩玉声，喻出仕在朝。"紫宸"在大明宫内，群臣上朝之地。老杜显然是以自己杖藜，对比娇子之鸣玉。"有别必怨，有怨必盈，使人意夺神骇，心折骨惊"是南朝梁江淹《别赋》中的句子。项羽分秦地为三，是为三秦。

十六

寒月称“冰盘”。周邦彦《红林檎近》词：“风雪惊初霁，水乡增暮寒。树杪堕飞羽，檐牙挂琅玕。才喜门堆巷积，可惜迤逦销残。渐看低竹翩翻。清池涨微澜。　　步屐晴正好，宴席晚方欢。梅花耐冷，亭亭来入冰盘。对前山横素，愁云变色，放杯同觅高处看。”“霁”是晴，“杪”是树梢，“万壑树参天，千山响杜鹃。山中一夜雨，树杪百重泉”是王维描写的春景。“羽”是飘飞积雪，“夜卷牙旗千帐雪，朝飞羽骑一河冰”是李商隐诗。“琅玕”本是珠玉，周邦彦喻冰凌，范成大也用“旋融檐滴冻琅玕，风力如刀刮面寒”。“迤逦”是曲折连绵，“征人草草尽戎装，征马萧萧立路傍。尊酒阑珊将远别，秋山迤逦更斜阳”是韩偓诗。“步屐”是散步，素为白，南朝梁沈约诗：“茅栋啸愁鸱，平冈走寒兔。夕阴带层阜，长烟引轻素。”“茅鸱”是鸠，“阜”是山。

周邦彦　红林檎近·雪晴
王　维　送梓州李使君
李商隐　赠别前蔚州契苾使君
范成大　雪后苦寒
韩　偓　见别离者因赠之
沈　约　宿东园诗

十七

冬至一阳生，一年生机又始。杜牧诗：“远信初凭双鲤去，他乡正遇一阳生。尊前岂解愁家国，辇下唯能忆弟兄。旅馆夜忧姜被冷，暮江寒觉晏裘轻。竹门风过还惆怅，疑是松窗雪打声。”古乐府：“客从远方来，遗我双鲤鱼。呼儿烹鲤鱼，中有尺素书。”“双鲤”是夹书信的木板。“辇”是车，此“辇下”指在皇帝辇下，京城。“姜被”的“姜”指东汉姜肱兄弟同被而寝，指兄弟情。“晏裘”的“晏”指春秋时，晏子一件狐裘穿三十年，节俭，亦指困顿。“曾与东山约。为倏鱼、从容分得，清泉一勺。堪笑高人读书处，多少松窗竹阁。甚长被、游人占却。万卷何言达时用？士方穷、早去声与人同乐”是辛弃疾《贺新郎》词的前半阕。

杜　牧　冬至日遇京使发寄舍弟
辛弃疾　贺新郎·题君用山园

十八

欧阳修《渔家傲》词："十一月新阳排寿宴，黄钟应管添宫线。猎猎寒威云不卷，风头转，时看雪霰吹人面。　　南至迎长知漏箭，书云纪候冰生研。腊近探春春尚远，闲庭院，梅花落尽千千片。""新阳"指冬至后的一阳渐长，农历十一月对应十二律中的黄钟，冬至是"阳气踵黄泉而出"。五音中，羽对应冬，武则天的《明堂乐章·羽音》中，"黄钟既陈玉烛，红粒方殷稔岁"。很有味道。红粒贵琼瑶，"红粒"即米。"管"是律管，"宫线"是皇宫中用线量日影计时。"猎"是夺取，南朝宋鲍照起用"猎猎"写风声："鳞鳞夕云起，猎猎晚风遒。""遒"是强劲。"霰"是雪珠，"霰雪纷其无垠兮，云霏霏而承宇"是《楚辞·九章·涉江》中的句子。"迎长"指冬至后日始长，古人以漏壶计时，壶中竿为箭，"遥城传漏箭，乡寺响风铃"是元稹诗。古人在四季的分、至、启、闭时书云物，云物是风气、日月、星辰，是为书云。"研"即砚台的砚，腊近春还远。

鲍　照　上浔阳还都道中
元　稹　饮致用神麴酒三十韵

十九

杨万里当年此日，已有折梅诗：“初爱寒香一朵斜，又逢奇朵出高丫。折来折去花多子，忘却前花与后花。”“也知春向岁前回，不道春前早有梅。折得数枝拈归去，蜂儿一路趁人来。”时杨万里在江西吉水。欧阳修有一首《减字木兰花》词，也写折梅，很喜欢：“去年残腊，曾折梅花相对插。人面而今，空有花开无处寻。　　天天不远，把酒拈花重发愿。愿得和伊，偎雪眠香似旧时。”唐诗中，罗隐写《梅花》：“吴王醉处十余里，照野拂衣今正繁。经雨不随山鸟散，倚风疑共路人言。愁怜粉艳飘歌席，静爱寒香扑酒樽。欲寄所思无好信，为人惆怅又黄昏。”张谓也有《早梅》：“一树寒梅白玉条，迥临林村傍谿桥。不知近水花先发，疑是经春雪未销。”“谿”是山涧。“蜂儿一路趁人来”，肯定是杨万里的夸张了。

杨万里　十一月十九日折梅二首

二十

杜甫的《至后》：“冬至至后日初长，远在剑南思洛阳。青袍白马有何意？金谷铜驼非故乡。梅花欲开不自觉，棣萼一别永相望。愁极本凭诗遣兴，诗成吟咏转凄凉。”冬至后，一天天日长，洛阳是杜甫家乡。“青袍”是学子衣，在杜诗里是贫贱象征：“凤翔千官且饱饭，衣马不复能轻肥。青袍朝士最困者，白头拾遗徒步归。”“白马饰金羁”与青袍对比，杜甫的《洗兵马》中用“青袍白马更何有”。“金谷”指西晋富翁石崇的金谷园，洛阳城“东门向金马，南陌接铜驼”，“金谷”“铜驼”本是故乡，此诗是说风景非昔。“棣萼”出自《诗经·小雅·常棣》：“常棣之华，鄂不韡韡。凡今之人，莫如兄弟。”“常棣”有说即郁李，“鄂”即“萼”，花托，“韡（wěi）韡”是光耀貌。“棣萼”后指兄弟，挤在一起，亲密无间。老杜在《晚晴》中也写“吟咏”：“口虽吟咏心中哀，未怪及时少年子。扬眉结义黄金台，洎乎吾生何飘零，支离委绝同死灰。”“洎”是流水，此诗作于晚年，心如死灰。

南宋　马远　梅溪放艇图（局部）

廿一

白居易当年诗："祸福茫茫不可期，大都早退似先知。当君白首同归日，是我青山独往时。顾索素琴应不暇，忆牵黄犬定难追。麒麟作脯龙为醢，何似泥中曳尾龟。"此诗作于甘露之变发生时，白居易在洛阳，故称"感事而作"。"期"是预期，"大都"就指长安。"白首同归日"典自西晋潘岳行刑路上遇石崇，潘曰："可谓白首同所归。"之前，潘有诗："春荣谁不慕，岁寒良独希。投分寄石友，白首同所归。""良"是美。"青山"指归隐处，"人皆闻蟋蟀，我独恨蹉跎。白发无心镊，青山去意多"是贾岛诗，"镊"同"摄"。"顾"，回首，"顾索素琴应不暇"指嵇康，"忆牵黄犬"则指李斯临刑，谓子："吾欲与若复牵黄犬，俱出上蔡东门逐狡兔，岂可得乎？""醢"是肉酱。"泥中曳尾龟"即《庄子·秋水》中，庄子问楚国大夫："吾闻楚有神龟，死已三千岁矣，王以巾笥而藏之庙堂之上。此龟者，宁其死为留骨而贵乎？宁其生而曳尾于涂中乎？""涂"是污泥，"曳尾龟"后成为人生自嘲。

白居易　九年十一月二十一日感事而作
潘　岳　金谷集作诗
贾　岛　答王建秘书

廿二

李商隐的《对雪》:“旋扑珠帘过粉墙，轻于柳絮重于霜。已随江令夸琼树，又入卢家妒玉堂。侵夜可能争桂魄，忍寒应欲试梅妆。关河冻合东西路，肠断班骓送陆郎。”“未若柳絮因风起”是《世说新语》里记载，东晋谢道韫的句子。“银盘堆柳絮，罗袖抟琼屑。共愁明日销，便作经年别”是白居易诗，“抟”是捏成团。“江令”即南朝陈江总；“卢家”指古乐府中，洛阳女子莫愁，嫁富商卢家，“卢家兰室桂为梁，中有郁金苏合香”是南朝梁武帝诗。雪光侵夜,“桂魄”指月亮，“梅妆”是梅花妆，“半掩朱门白日长，晚风轻堕落梅妆。不知芳草情何限，只怪游人思易伤”是韦庄诗。“关河”指黄河与函谷关等关隘，“陆郎”指南朝陈后主宠臣陆瑜，陆郎乘班骓，苍白杂毛称骓，“班”同“斑”。“为君起唱长相思，帘外严霜皆倒飞。明星烂烂东方陲，红霞稍出东南涯，陆郎去矣乘班骓”是李贺诗。

李商隐　对雪二首·其二
白居易　对火玩雪
萧　衍　河中之水歌
韦　庄　和人春暮书事寄崔秀才
李　贺　夜坐吟

廿三

僧子兰的《对雪》:“密密无声坠碧空，霏霏有韵舞微风。幽人吟望搜辞处，飘入窗来落砚中。”吴融也写“雪霏霏”:“洒密蔽璇穹，霏霏杳莫穷。迟于雨到地，疾甚絮随风。四野苍茫际，千家晃朗中。夜迷三绕鹊，昼断一行鸿，结片飞琼树，栽花点蕊宫。”“璇”是美玉,“璇穹”是明净的天空,“杳”是高远，“晃”是闪耀。子兰诗中的“舞微风”用得太好了，他在《唐诗纪事》中列在前。其诗，我很喜欢《赠行脚僧》:“世界曾行遍，全无行可修。炎凉三衲共，生死一身休。片断云随体，稀疏雪满头。此门无所着，不肯暂淹留。”“行脚”是云游参禅。“衲”是僧衣，“淹留”是逗留。卢照邻的《狱中学骚体》的结尾用了“淹留”:“林已暮兮鸟群飞，重门掩兮人径稀。万族皆有所托兮，蹇独淹留而不归。”“蹇”是跛，迟行，与子兰不同意思，都耐人寻味。

廿四

欧阳修的《对雪十韵》："对雪无佳句，端居正杜门。人闲见初落，风定不胜繁。可喜轻明质，都无剪刻痕。铺平失池沼，飘急响窗轩。惜不摇嘉树，冲宜走画辕。寒欺白酒嫩，暖爱紫貂温。远霭销如洗，愁云晚更屯。儿吟雏凤语，翁坐冻鸱蹲。病思惊残岁，朋欢赖酒樽。稍晴春意动，谁与探名园。""杜门"是闭户，"杜门不复出，久与世情疏。以此为良策，劝君归旧庐。醉歌田舍酒，笑读古人诗。好是一生事，无劳献子虚"是王维诗。姚康写春雪，用过"轻明"："微暖春潜至，轻明雪尚残。银铺光渐湿，珪破色仍寒。""珪"是瑞玉。冲画辕而去，画辕是装饰漂亮之车。"霭"是云气，"屯"，屯集。"十岁裁诗走马成，冷灰残烛动离情。桐花万里丹山路，雏凤清于老凤声"是李商隐名诗。"鸱"（chī）是猫头鹰的一种。

王　维　送孟六归襄阳
姚　康　礼部试早春残雪
李商隐　韩冬郎即席为诗相送一座尽惊他日余方追吟"连宵侍坐徘徊久"之句有老成之风因成二绝寄酬兼呈畏之员外二首·其一

廿五

梅尧臣和欧阳修的《对雪十韵》:“纷纷何乱目，凛凛自开门。著莫风难定，侵凌物已繁。装成新树色，遮尽古苔痕。冷入梁王苑，清乘卫国轩。欺贫冻蓬荜，增险想镮辕。小隙皆能及，洪炉逼不温。云衣随处积，水甲等闲屯。团戏为丸转，堆雕作兽蹲。岂愁穿破履，幸喜有清樽。谁问诸公子，高楼与后园。”和欧阳修诗，高手对韵，真有趣味。“凛”是寒，“凛凛”是严寒，“著”是依附，“著莫”则是无依。积冰为“凌”,“梁王”指南朝宋谢惠连《雪赋》中那个命召邹阳、枚乘、司马相如的梁孝王刘武，“卫多君子”，故“清乘卫国轩”。“蓬荜生辉”的“蓬荜”，蓬草，“荜”是荆条竹木，晋朝傅咸先用“蓬荜”:“违君能无恋，尸素当言归。归身蓬荜庐，乐道以忘饥。”“尸素”是在位不尽职。“镮辕”指道路环曲，隙，缝隙，无可写《小雪》:“气射重衣透，花窥小隙通。”“水甲”指冬对应五行中水，甲对应五行中木，木为春。破履度岁，诸公子对欧阳修的谁与春意，梅尧臣真才华横溢。

梅尧臣　次韵和永叔对雪十韵
傅　咸　赠何劭王济

廿六

苏东坡当年在惠州，有松风亭下梅花盛开诗："春风岭上淮南村，昔年梅花曾断魂。岂知流落复相见，蛮风蜑雨愁黄昏。长条半落荔支浦，卧树独秀桄榔园。岂惟幽光留夜色，直恐冷艳排冬温。松风亭下荆棘里，两株玉蕊明朝暾。海南仙云娇堕砌，月下缟衣来叩门。酒醒梦觉起绕树，妙意有在终无言。先生独饮勿叹息，幸有落月窥清樽。"按东坡自己解释，昔赴黄州，春风岭上见梅花，曾作两绝句，今不可寻。"蜑"（dàn）：南方水上居民，蛮风蜑雨，指今日了。"桄榔"也称"糖树"，"朝暾"是初升太阳，杜牧有诗"娇云光占岫，健水鸣分溪。燎岩野花远，戛瑟幽鸟啼"。"砌"是石阶。喜欢"月下缟衣来叩门"句，"缟"是细白的生绢。《诗经·郑风·出其东门》中："出其东门，有女如云。虽则如云，匪我思存。缟衣綦巾，聊乐我员。""綦"是什么颜色呢？毛诗解释是苍艾色。孔颖达说，苍即青。"綦巾"是暗绿色裙，"聊乐"的"聊"是依赖，"员"是语助词。

苏　轼　十一月二十六日松风亭下梅花盛开
杜　牧　茶山下作

廿七

北周庾信的《寒园即目》诗："寒园星散居，摇落小村墟。游仙半壁画，隐士一床书。子月泉心动，阳爻地气舒。雪花深数尺，冰床厚尺余。苍鹰斜望雉，白鹭下观鱼。更想东都外，群公别二疏。"星摇落而村墟渐现，陶渊明诗："暖暖远人村，依依墟里烟。狗吠深巷中，鸡鸣桑树巅。""暖暖"是迷蒙隐约貌。"寂寂寥寥扬子居，年年岁岁一床书"是卢照邻诗，扬子是西汉扬雄。农历十一月对应十二地支中的子，称子月。农历十一月对应《周易》复卦，初爻始阳，阳气导致水泉动，地气舒。苍鹰从处暑后就开始猎杀了，"凄风淅沥飞严霜，苍鹰上击翻曙光"是柳宗元的句子。李端写白鹭："迥起来应近，高飞去自遥。映林同落雪，拂水状翻潮。犹有幽人兴，相逢到碧霄。"但此时，鱼在冰下。"二疏"指汉宣帝时名臣疏广与侄子疏受，分别是太傅、少傅，一起功成身退。当时东都城外，群臣相送，车数百辆。东都是洛阳。

陶渊明　归园田居五首·其一
卢照邻　长安古意
柳宗元　笼鹰词
李　端　白鹭咏

廿八

杜甫的《对雪》："北雪犯长沙，胡云冷万家。随风且闲叶，带雨不成花。金错囊垂罄，银壶酒易赊。无人竭浮蚁，有待至昏鸦。"白居易也用"北雪"："不独君嗟我亦嗟，西风北雪杀南花。不知月夜魂归处，鹦鹉洲头第几家。"贯休也用"胡云"："汉月堂堂上，胡云惨惨微。黄河冰已合，犹未送征衣。""金错刀"是王莽所铸的钱币，泛指钱财，"罄"是尽。"浮蚁"是酒，"酒法众传吴米好，舞衣偏尚越罗轻。动摇浮蚁香浓甚，装束轻鸿意态生"是刘禹锡诗。昏鸦归巢是黄昏。杜甫诗："叶稀风更落，山迥日初沈。独鹤归何晚，昏鸦已满林。"这个"迥"是僻远，远山。汉班彪《北征赋》中的句子："隮高平而周览，望山谷之嵯峨。野萧条以莽荡，迥千里而无家。""隮"（jī）是登上。

白居易　和刘郎中伤鄂姬
贯　休　古塞下曲七首·其三
刘禹锡　酬乐天衫酒见寄
杜　甫　野望

廿九

南朝宋谢灵运的《苦寒行》："岁岁层冰合，纷纷霰雪落。浮阳灭清晖，寒禽叫悲壑。饥爨烟不兴，渴汲水枯涸。"冬日"浮阳"，韩愈后来用"霭霭野浮阳，晖晖水披冻"。"霰"是雪粒，白居易后来用"岁暮天地闭，阴风生破村。夜深烟火尽，霰雪白纷纷"。"爨"是烧火做饭，"饥爨烟不兴"，杜甫的《空囊》变成"不爨井晨冻，无衣床夜寒。囊空恐羞涩，留得一钱看"。曹操最早作《苦寒行》："北上太行山，艰哉何巍巍。羊肠坂诘曲，车轮为之摧。树木何萧瑟，北风声正悲。熊罴对我蹲，虎豹夹路啼。溪谷少人民，雪落何霏霏。延颈长叹息，远行多所怀。我心何怫郁，思欲一东归。水深桥梁绝，中路正徘徊。迷惑失故路，薄暮无宿栖。行行日已远，人马同时饥。担囊行取薪，斧冰持作糜。悲彼东山诗，悠悠令我哀。""诘"是弯曲，"诘曲"是盘旋，"怫郁"是忧郁，"糜"是粥，"斧冰"为粥。"东山"指所征之地。

韩　愈　人日城南登高
白居易　秦中吟十首·重赋

三十

北宋毛滂当年有《上林春令》见雪词："蝴蝶初翻帘绣。万玉女、齐回舞袖。落花飞絮濛濛，长忆著、灞桥别后。　浓香斗帐自永漏。任满地、月深云厚。夜寒不近流苏，只怜他、后庭梅瘦。"前半阕写雪，后半阕写梅。雪花如飞在帘上的蝴蝶，"雪处疑花满，花边似雪回。因风入舞袖，杂粉向妆台"是卢照邻的《梅花落》诗。"选胜移银烛，邀欢举玉觞。炉烟凝麝气，酒色注鹅黄。急管停还奏，繁弦慢更张。雪飞回舞袖，尘起绕歌梁"是白居易诗。"胜"是首饰。"灞桥"在长安东，昔汉人送客至此桥，折柳赠别。"斗帐"是小帐，古诗《为焦仲卿妻作》："妾有绣腰襦，葳蕤自生光。红罗复斗帐，四角垂香囊。""襦"是短衣，"葳蕤"是艳丽貌。"永漏"指长夜，三十无月，故称"月深云厚"。夜寒不近饰流苏的帷帐，宋人爱用"梅瘦"，"灯烛上山堂，香雾暖生寒夕。前夜雪清梅瘦，已不禁轻摘。　双歌声断宝杯空，妆光艳瑶席。相趁笑声归去，有随人月色"是张先的《好事近》词。

毛　滂　上林春令·十一月三十日见雪
白居易　江南喜逢萧九彻因话长安旧游戏赠五十韵

清代　清院本十二月令图册·十二月

十二月

愁到晓鸡声绝后，
又将憔悴见春风。

——来鹄《除夜》

清代　冷枚　雪艳图

李贺描写的十二月："日脚淡光红洒洒，薄霜不销桂枝下。依稀和气排冬严，已就长日辞长夜。"十二月乐词，这首最短。"日脚"是云隙泻下的日光，"峥嵘赤云西，日脚下平地。柴门鸟雀噪，归客千里至"是杜甫诗。白居易诗："日脚金波碎，峰头钿点繁。送秋千里雁，报暝一声猿。"写秋景很美。万物皆因和气生，春布和气。李咸用的《春风》："青帝使和气，吹嘘万国中。发生宁有异，先后自难同。荦草不消力，岩花应费功。"而白居易的《早春》："雪散因和气，冰开得暖光。春销不得处，唯有鬓边霜。"十二月，夜一天天短，日一天天长，该辞旧迎新了。

李　贺　河南府试十二月乐词·十二月
杜　甫　羌村
白居易　东楼南望八韵

初一

杜甫当年诗："今朝腊月春意动，云安县前江可怜。一声何处送书雁，百丈谁家上濑船。未将梅蕊惊愁眼，要取椒花媚远天。明光起草人所羡，肺病几时朝日边。"此诗作于杜甫五十五岁，在云安时。"流萤映月明空帐，疏叶从风入断机。自对孤鸾向影绝，终无一雁带书回"是南朝陈张正见诗。"百丈"是纤绳，杜甫爱用"百丈"，比如"楼下长江百丈清，山头落日半轮明。君王旧迹今人赏，转见千秋万古情"。"濑"是急滩。梅蕊惊眼，老杜还有诗"梅蕊腊前破，梅花年后多。绝知春意好，最奈客愁何"。"椒"即花椒，晋朝刘臻妻正月初一作《椒花颂》，春将至，故椒花欲颂。"明光起草"指汉丞相王商在明光殿作诰，后人所谓"翰林学士如堵墙，观我落笔中书堂"。"日边"指长安。

杜　甫　十二月一日三首·其一
张正见　赋得佳期竟不归诗
杜　甫　越王楼歌
杜　甫　江梅

初二

元稹写雪："知君夜听风萧索，晓望林亭雪半糊。撼落不教封柳眼，扫来偏尽附梅株。敲扶密竹枝犹亚，煦暖寒禽气渐苏。坐觉湖声迷远浪，回惊云路在长途。钱塘湖上蘋先合，梳洗楼前粉暗铺。石立玉童披鹤氅，台施瑶席换龙须。满空飞舞应为瑞，寡和高歌只自娱。莫遣拥帘伤思妇，且将盈尺慰农夫。称觞彼此情何异，对景东西事有殊。镜水绕山山尽白，琉璃云母世间无。""柳眼"是新芽，元稹还有诗："何处生春早，春生柳眼中。芽新才绽日，茸短未含风。""亚"即"压"，"煦"是清晨的阳光。"鹤氅"是羽裘，白居易诗："雪似鹅毛飞散乱，人披鹤氅立裴回。邹生枚叟非无兴，唯待梁王召即来。"末句是南朝梁谢惠连《雪赋》描写的情景。"龙须"指龙须草，针对"瑶席"而言。喜欢末句，元稹本用"琉璃"写水面："琉璃波面月笼烟，暂逐萧郎走上天。""萧郎"指随凤凰飞去的萧史。以云母喻雪之晶光，有创意。

元　稹　酬乐天雪中见寄
元　稹　生春二十首
白居易　酬令公雪中见赠，讶不与梦得同相访
元　稹　襄阳为卢窦纪事

初三

李贺的《北中寒》诗："一方黑照三方紫，黄河冰合鱼龙死。三尺木皮断文理，百石强车上河水。霜花草上大如钱，挥刀不入迷濛天。争瀯海水飞凌喧，山瀑无声玉虹悬。""一方黑"指北方玄武之气，北方为黑，三方日都不敌一方黑，以示寒极。"鱼龙"泛指水族。"三尺"是夸张，积阴处，三尺木皮都冻裂了纹理；河冰之坚，百石重车也压不碎。草上凝霜大如钱，更夸张了。"瀯"（yíng）是波浪回旋、互激貌，古人称大湖都为海，"凌"是积冰。冰块撞击争喧，飞瀑冻成虹，冷极了。李贺诗总能出其不意。

初四

李峤《十二月奉教作》:“玉烛年行尽,铜史漏犹长。池冷凝宵冻,庭寒积曙霜。兰心未动色,梅馆欲含芳。裴回临岁晚,顾步伫春光。”古人以“玉烛”指四时之气和畅,白居易的《喜雨》诗:“千日浇灌功,不如一霡霂。方知宰生灵,何异活草木。所以圣与贤,同心调玉烛。”“霡霂”就是小雨。“铜史”是张衡的浑天仪盖上铜铸的仙人,所谓“铜史司刻”。“玉漏随铜史,天书拜夕郎”是王维诗。“宵”是夜,“马行边草绿,旌卷曙霜飞。抗手凛相顾,寒风生铁衣”是李白诗。“早知云雨会,未起蕙兰心”是鱼玄机诗。“裴回”就是徘徊,“悲笳嘹唳垂舞衣,宾欲散兮复相依。几往返兮极浦,尚裴回兮落晖”又是王维诗。“顾”是回首,“顾步已相失,裴回反自怜”是虞世南诗。“伫”是站立等候,等待春光乍泄。

王　维　春日直门下省早朝
李　白　送白利从金吾董将军西征
鱼玄机　感怀寄人
王　维　双黄鹄歌送别
虞世南　飞来双白鹤

初五

杜甫的《前苦寒行二首》："汉时长安雪一丈，牛马毛寒缩如蝟。楚江巫峡冰入怀，虎豹哀号又堪记。秦城老翁荆扬客，惯习炎蒸岁絺绤。玄冥祝融气或交，手持白羽未敢释。""去年白帝雪在山，今年白帝雪在地。冻埋蛟龙南浦缩，寒刮肌肤北风利。楚人四时皆麻衣，楚天万里无晶辉。三足之乌足恐断，羲和送将安所归。"此诗杜甫作于五十六岁，在夔州时。大雪落地盈尺，夸张为丈。"蝟"是刺猬，"楚江"即长江，虎豹哀号乃雪中无食。"秦翁荆客"指他自北往南。"玄冥"是冬神，"祝融"是炎帝，分管水火寒暑。谢惠连的《雪赋》："白羽虽白，质以轻兮。"以白羽喻飞雪，风生白羽，白羽弄空晖，都很美。雪从山到地，寒甚，"浦"是水边。古人说，日中有三足乌，三足乌就是太阳。"羲和"是驾日车的神，"羲和冬驭近，愁畏日车翻"也是杜甫诗，写瞿塘峡之险。

初六

李商隐的《幽居冬暮》："羽翼摧残日，郊园寂寞时。晓鸡惊树雪，寒鹜守冰池。急景倏云暮，颓年寖已衰。如何匡国分，不与夙心期？""羽翼"可指归鸟，亦可指时光之翼。李商隐诗处处寂寞，"日射纱窗风撼扉，香罗拭手春事违。回廊四合掩寂寞，碧鹦鹉对红蔷薇"是春景；"扇风淅沥簟流离，万里南风滞所思。守到清秋还寂寞，叶丹苔碧闭门时"是秋景。"鹜"是鸭子。"倏"是疾速，南朝宋鲍照的《舞鹤赋》用"穷阴杀节，急景凋年"。"日短"称急景。"颓年"是衰老之年，"寖"（jìn）是逐渐。"匡"是匡正，汉蔡邕的说法，"夫书画辞赋，才之小者，匡国理政，未有其能"。"夙心"是平素的心愿。末句是说，匡国无分，报国无门。

李商隐　日射
李商隐　到秋
蔡　邕　上封事陈政要七事

清代　王云　休园图·银雪封园

初七

明日腊八。南宋汪莘的《行香子》词："野店残冬，绿酒春浓。念如今、此意谁同。溪光不尽，山翠无穷。有几枝梅，几竿竹，几株松。　　篮舆乘兴，薄暮疏钟。望孤村、斜日匆匆。夜窗雪阵，晓枕云峰。便拥渔蓑，顶渔笠，作渔翁。"古时绿酒是美酒。陶渊明诗："清歌散新声，绿酒开芳颜。未知明日事，余襟良已殚。""襟"是情怀，"殚"是尽，尽兴之意。溪光山翠，都是对春色的眺望。"篮舆"是人抬的交通工具，后发展为轿子。"晚来篮舆雪中回，喜遇君家门正开。唯要主人青眼待，琴诗谈笑自将来"是白居易诗。"青眼"是器重。孤村斜日、薄暮疏钟，典型怅惘景象。"谷口疏钟动，渔樵稍欲稀。悠然远山暮，独向白云归"是王维诗。拥渔蓑，作渔翁指超脱世事，渔樵都指隐居。苏东坡的"爱酒陶元亮，能诗张志和。青山来水槛，白雨满渔蓑"多美。"陶元亮"即陶渊明。

陶渊明　诸人共游周家墓柏下
白居易　春雪过皇甫家
王　维　归辋川作
苏　轼　乘舟过贾收水阁，收不在，见其子

初八

今日腊八。陆游当年诗：“腊月风和意已春，时因散策过吾邻。草烟漠漠柴门里，牛迹重重野水滨。多病所须唯药物，差科未动是闲人。今朝佛粥更相馈，更觉江村节物新。”“策”是手杖，“白水可洗心，采薇可为肴。曳策背落日，江风鸣梢梢”是常建诗。“散策”是拄杖散步，“北风吹瘴疠，羸老思散策”是杜甫诗。“瘴疠”是瘴气，“羸”是瘦弱。“差科”是当差的差役，韩愈诗中也用“差科未动”：“白布长衫紫领巾，差科未动是闲人。麦苗含穟桑生葚，共向田头乐社神。”是春社景象,“穟”即穗。“节物苦相似，时景亦无余。唯有人分散，经年不得书”是白居易诗。陆游另有《节物》写到“佛粥”：“节物犹关老病身，乡傩佛粥一年新。檐间百舌还多事，探借园林十日春。”“借十日”是指，十日后就立春了。

陆　游　十二月八日步至西村
常　建　空灵山应田叟
杜　甫　郑典设自施州归
韩　愈　游城南十六首·赛神
白居易　东坡秋意，寄元八

初九

南宋魏了翁当年此日诗："远钟入枕雪初晴，衾铁棱棱梦不成。起傍梅花读周易，一窗明月四檐声。""衾"是被子，李白诗："相见不得亲，不如不相见。相见情已深，未语可知心。胡为守空闺，孤眠愁锦衾。锦衾与罗帏，缠绵会有时。"孟浩然写"寒夜"："闺夕绮窗闭，佳人罢缝衣。理琴开宝匣，就枕卧重帏。夜久灯花落，薰笼香气微。锦衾重自暖，遮莫晓霜飞。""衾铁棱棱"是何感觉？"棱棱"自南朝宋鲍照始，用于寒冷貌："棱棱霜气，蔌蔌风威。孤蓬自振，惊沙坐飞。"一窗明月，檐声何来？陆游有诗："桐阴清润雨余天，檐铎摇风破书眠。梦到画堂人不见，一双轻燕蹴筝弦。""蹴"（cù）即踩、踏，"檐铎"即檐马，檐下风铃。檐下风铃声吗？我想，还是静中风过檐声。

魏了翁　十二月九日雪融，夜起达旦
李　白　相逢行
孟浩然　寒夜
鲍　照　芜城赋
陆　游　夏日昼寝梦游，一院阒然无人，帘影满堂，惟燕蹋筝弦有声，觉而闻铁铎风响

初十

欧阳修与陆经冬夕小斋联句寄梅尧臣诗（欧起陆接）：“寒窗明夜月，散帙耿灯火。破砚裂冰澌，败席荐霜笴。废书浩长吟，想子实劳我。清篇追曹刘，苦语侔岛可。酣饮每颓山，谈笑工炙輠。驾言当有期，岁晚何未果？幽梦乱如云，别愁牢若锁。雪水渐涟漪，春枝将婀娜。客心莫迟留，苑葩即纷堕。何当迎笑前，相逢嘲饭颗。”“帙”（zhì）是书册，“散帙”是读书，“耿”是灯照。“霜笴（gě）”即笋干。“曹刘”指曹植与建安七子中的刘桢，“岛可”即贾岛与无可，贾岛曾为僧，“侔”（móu）是比，这是夸梅尧臣。“颓山”是《世说新语》中形容嵇康的醉态：“其醉也，傀俄若玉山之将崩。”“傀俄”是倾颓貌。“輠”（guǒ）是润滑车轮的盛膏器，“炙”是烤，烤热流膏，指谈笑流畅。“空虚惭炙輠，点窜许怀铅”是元稹诗，“怀铅”是著述。驾言出自《诗经·邶风·泉水》：“驾言出游，以写我忧。”“驾言”的“言”是语气词，“驾”是乘。末句的“饭颗”指长安附近饭颗山，李白有《戏赠杜甫》诗：“饭颗山头逢杜甫，头戴笠子日卓午。借问何来太瘦生，总为从前作诗苦。”“卓午”是正午，“饭颗”因此是“拘束”代称。

欧阳修　与陆经冬夕小斋联句寄梅尧臣
刘义庆　世说新语·容止
元　稹　献荣阳公诗五十韵

南宋　马远　雪滩双鹭图

十一

梅尧臣《雪夜留梁推官饮》："昼雪落旋消，夜雪寒易积。灯清古屋深，炉冻残烟碧。为沽一斗酒，暂对千里客。酒薄意不浅，轻今须重昔。重昔是年华，飘飘犹过隙。一醉冒风归，平明马无迹。"杜甫写夜雪："朔风吹桂水，朔雪夜纷纷。暗度南楼月，寒深北渚云。烛斜初近见，舟重竟无闻。不识山阴道，听鸡更忆君。""沽"是买，"杂花飞尽柳阴阴，官路逶迤绿草深。对酒已成千里客，望山空寄两乡心"是卢纶诗。"隙"为孔，《庄子·知北游》："人生天地之间，若白驹之过郤，忽然而已。""郤"（xì）即隙。"人生百年内，疾速如过隙。先务身安闲，次要心欢适。事有得而失，物有损而益。所以见道人，观心不观迹"是白居易诗。"平明"是黎明，"平明出门暮归舍，酩酊马上知为谁"是韩愈诗。

杜　甫　舟中夜雪，有怀卢十四侍御弟
卢　纶　与从弟瑾同下第后出关言别
白居易　咏怀
韩　愈　感春四首·其二

十二

白居易诗“庭草留霜池结冰，黄昏钟绝冻云凝。碧毡帐上正飘雪，红火炉前初炷灯。高调秦筝一两弄，小花蛮榼二三升。为君更奏湘神曲，夜就侬来能不能？”白居易写过“霜杀中庭草，冰生后院池。有风空动树，无叶可辞枝。”“毡帐”指毡幔，白居易诗：“忆昨腊月天，北风三尺雪。年老不禁寒，夜长安可彻。赖有青毡帐，风前自张设。复此红火炉，雪中相暖热。”“榼”是盛酒器，南方曰“蛮”，“蛮榼”是南方酒器。白居易还有诗用到“蛮榼”：“缓步携筇杖，徐吟展蜀笺。老宜闲语话，闷忆好诗篇。蛮榼来方泻，蒙茶到始煎。无辞数相见，鬓发各苍然。”“蒙茶”即蒙顶茶。“湘神”即湘妃娥皇、女英，刘禹锡的《潇湘神》：“湘水流，湘水流，九疑云物至今愁。若问二妃何处所，零陵芳草露中秋。”“斑竹枝，斑竹枝，泪痕点点寄相思。楚客欲听瑶瑟怨，潇湘深夜月明时。”“君”指晦叔崔玄亮。

白居易　夜招晦叔
白居易　冬夜对酒寄皇甫十
白居易　别毡帐火炉
白居易　新昌新居书事四十韵，因寄元郎中、张博士

十三

天寒地冻，又到月近圆时。李商隐的《赋得月照冰池》诗："皓月方离海，坚冰正满池。金波双激射，璧彩两参差。影占徘徊处，光含的皪时。高低连素色，上下接清规。顾兔飞难定，潜鱼跃未期。鹊惊俱欲绕，狐听始无疑。似镜将盈手，如霜恐透肌。独怜游玩意，达晓不知疲。""璧"是美玉，月如悬璧，"京洛重新年，复属月轮圆。云间璧独转，空里镜孤悬"是隋薛道衡诗。《汉书·礼乐志》中有"月穆穆以金波"句，"穆穆"是寂静。"明月照高楼，流光正徘徊。上有愁思妇，悲叹有余哀"是曹植诗。"的皪"是光烁貌，司马相如《子虚赋》中用"明月珠子，的皪江靡"，"靡"是边。月满如规，"浮云卷霭，明月流光。荆南兮赵北，碣石兮潇湘。澄清规于万里，照离思于千行"是卢照邻诗，规圆，也是法度。"顾兔"是月亮代称。"鹊绕"出自曹操的"月明星稀，乌鹊南飞。绕树三匝，何枝可依"。狐善听。"盈手"出自晋陆机诗："安寝北堂上，明月入我牖。照之有余晖，揽之不盈手。"

薛道衡　和许给事善心戏场转韵
曹　植　七哀
卢照邻　明月引
曹　操　短歌行
陆　机　拟明月何皎皎诗

十四

苏东坡当年《十二月十四日，夜，微雪，明日早，往南溪小酌，至晚》诗：“南溪得雪真无价，走马来看及未消。独自披榛寻履迹，最先犯晓过朱桥。谁怜屋破眠无处，坐觉村饥语不嚣。惟有暮鸦知客意，惊飞千片落寒条。”南溪在陕西凤翔，时东坡二十七岁。“平明走马上村桥，花落梅溪雪未消。日短天寒愁送客，楚山无限路迢迢”是贾岛诗，“平明”即黎明。这个“榛”非“榛树”，是指草木丛生，“披”是砍，“犯”是冒，拂晓过朱桥，“此去仙源不是遥，垂杨深处有朱桥。共君同过朱桥去，索映垂杨听洞箫”是徐铉诗。“屋破”出自杜甫《茅屋为秋风所破歌》：“安得广厦千万间，大庇天下寒士俱欢颜，风雨不动安如山。”喜欢“村饥语不嚣”句，“初旭红可染，明河澹如扫。泽阔鸟来迟，村饥人语早”是杜牧诗。

贾　岛　冬夜送人
徐　铉　柳枝辞十二首·其九
杜　牧　赴京初入汴口，晓景即事，先寄兵部李郎中

十五

昔南宋吴潜有《柳梢青》词："绿野平泉，古来人事，空里飞花。月榭风亭，荷漪藓石，说郑公家。　　老梅傍水茶牙。人那得、光阴似他。万种思量，百年倒断，付与残霞。"绿野平泉，"绿野堂"是唐代裴度的别墅，"平泉庄"是唐代李德裕的别庄，"笙歌缥缈虚空里，风月依稀梦想间"是白居易诗。土高曰台，有木曰榭，榭是台上亭阁，"月榭故香因雨发，风帘残烛隔霜清。不须浪作缑山意，湘瑟秦箫自有情"是李商隐诗。"漪"是风吹波纹，"郑公"应指东汉经学家郑玄，他拒绝仕途，不为名利，专心读书注经，终成大家。"牙"即芽，"他"指茶、梅，"倒断"是弄清、明白。杜牧诗写"残霞"："西北楼开四望通，残霞成绮月悬弓。江村夜涨浮天水，泽国秋生动地风。高下绿苗千顷尽，新陈红粟万箱空。才微分薄忧何益，却欲回心学塞翁。""绮"是有花纹的丝织品，塞翁失马，焉知祸福。

白居易　送姚杭州赴任，因思旧游二首·其一
李商隐　银河吹笙
杜　牧　题白云楼

十六

腊月十五已过。朱庆馀的《十六夜月》诗："昨夜忽已过，冰轮始觉亏。孤光犹不定，浮世更堪疑。影落澄江海，寒生静路岐。皎然银汉外，长有众星随。""冰轮"是明月，"江拗碧湾盘洞府，石排青壁护禅关。有时海上看明月，碾出冰轮叠浪间"是徐夤诗。"高通荆门路，阔会沧海潮。孤光隐顾眄，游子怅寂寥"是杜甫诗。元稹描述浮世："朱紫衣裳浮世重，苍黄岁序长年悲。白头后会知何日？一盏烦君不用辞。""朱紫"指红官服、紫绶带，喻名利。李白《行路难》中吟歧路："行路难，行路难，多歧路，今安在。长风破浪会有时，直挂云帆济沧海。""济"是渡。"梦长银汉落，觉罢天星稀。含悲想旧国，泣下谁能挥"也是李白诗。

徐　夤　题福州天王阁
杜　甫　桔柏渡
元　稹　赠别杨员外巨源
李　白　秋夕旅怀

十七

元稹的《生春二十首》中的前三首："何处生春早？春生云色中。笼葱闲着水，晻淡欲随风。度晓分霞态，余光庇雪融。晚来低漠漠，浑欲泥幽丛。""葱茏"是青翠，"岩壑千家接，松萝一径通。渔烟生缥缈，犬吠隔笼葱"是吕温诗。"晻"是日无光，"晻霭寒氛万里凝，阑干阴崖千丈冰。将军狐裘卧不暖，都护宝刀冻欲断"是岑参诗。这首写云，"漠漠"是迷蒙昏沉，"泥"是滞留。"何处生春早？春生漫雪中。浑无到底片，唯逐入楼风。屋上些些薄，池心旋旋融。自悲销散尽，谁假入兰丛。"这首写雪，"带烟千井树，和磬一楼风。月色寒沈地，波声夜飐空"是子兰诗，"假"是至。"何处生春早？春生霁色中。远林横反照，高树亚东风。水冻霜威庇，泥新地气融。渐知残雪薄。杪近最怜丛。"这首写霁色，晴朗的天色，"山月空霁时，江明高楼晓"是王昌龄诗。"亚"是拂，霜威还庇护水冻，但地气已融，泥土已新。"杪"是末梢，"杪近"指岁末，"丛"是聚集。

吕　温　道州途中即事
岑　参　天山雪送萧沼归京
子　兰　登楼忆友
王昌龄　何九于客舍集

十八

元稹的《生春二十首》中第九至十一首的“何处生春早？春生柳眼中。芽新才绽日，茸短未含风。绿误眉心重，黄惊蜡泪融。碧条殊未合，愁绪已先丛”。这首写柳，“柳眼”乃新芽，“爱日轻明新雪后，柳眼星星，渐欲穿窗牖”是周邦彦词。此时只有“绿误眉心”，“柳眉翠扫”要待早春二月。眼下柳眼鹅黄，似惊蜡泪。“殊”是异，“丛”是聚。“何处生春早？春生梅援中。蕊排难犯雪，香乞拟来风。陇迥羌声怨，江遥客思融。年年最相恼，缘未有诸丛。”这首写梅，“支援”的“援”，指枝条，李商隐写《杏花》，就用“援少风多力，墙高月有痕”。“羌笛”称陇笛，古乐府有《陇头》曲，“陇头”指边塞，“迥”是远。心识攀缘为诸缘。“何处生春早？春生鸟思中。鹊巢移旧岁，鸢羽旋高风。鸿雁惊沙暖，鸳鸯爱水融。最怜双翡翠，飞入小梅丛。”这首写鸟，鹊感春气筑巢，“鹊巢结空林，雉雊响幽谷”是王维描述的早春。“翡翠”是翠鸟，赤而雄曰“翡”，青而雌曰“翠”。

周邦彦　蝶恋花·柳
王　维　晦日游大理韦卿城南别业四声依次用各六韵

十九

元稹《生春二十首》中第十五及最后两首："何处生春早？春生半睡中。见灯如见雾，闻雨似闻风。开眼犹残梦，抬身便恐融。却成双翅蝶，还绕庳花丛。"此诗怀旧，"庳"（bì）是低矮。"何处生春早，春生客思中。旅魂惊北雁，乡信是东风。纵有心灰动，无由鬓雪融。未知开眼日，空绕未开丛。"此诗怀乡。许浑诗："月沉高岫宿云开，万里归心独上来。河畔雪飞扬子宅，海边花盛越王台。泷分桂岭鱼难过，瘴近衡峰雁却回。乡信渐稀人渐老，只应频看一枝梅。""泷"是湍急的流水。"何处生春早？春生濛雨中。裛尘微有气，拂面细如风。柳误啼珠密，梅惊粉汗融。满空愁淡淡，应豫忆芳丛。"此诗春愁了，"裛"是沾湿，王维诗："渭城朝雨裛轻尘，客舍青青柳色新。"也是阳春三月景象了。李山甫的"疏影未藏千里树，远阴微翳万家楼。青罗舞袖纷纷转，红脸啼珠旋旋收"写早春雨景。"豫"是喜悦。

许　浑　冬日登越王台怀旧
王　维　渭城曲
李山甫　早春微雨

二十

腊月二十，岁暮了。柳宗元的《郊居岁暮》："屏居负山郭，岁暮惊离索。野迥樵唱来，庭空烧烬落。世纷因事远，心赏随年薄。默默谅何为，徒成今与昨。""屏居"是退隐，"屏居淇水上，东野旷无山。日隐桑柘外，河明闾井间。牧童望村去，猎犬随人还。静者亦何事，荆扉乘昼关"是王维诗。"闾"是里巷，"闾井"是民居喧闹处。"山郭"是山村，"千家山郭静朝晖，日日江楼坐翠微"是杜甫诗。"离索"是离群索居，陆游的《钗头凤》："东风恶，欢情薄。一怀愁绪，几年离索。错、错、错。""樵"是砍柴，"鸟雀垂窗柳，虹霓出涧云。山中无外事，樵唱有时闻"是祖咏诗。"月凉风静夜，归客泊岩前。桥响犬遥吠，庭空人散眠"是许浑诗。"世纷"是世间纷乱，"壮士怀远略，志存解世纷"是李白诗，而"畏途君怅望，岐路我裴徊。心赏风烟隔，容华岁月催"是骆宾王诗。"谅"是信，"徒"是空，徒然今与昨。

王　维　淇上田园即事
杜　甫　秋兴八首·其三
祖　咏　汝坟别业
许　浑　夜归丁卯桥村舍
李　白　送张秀才从军
骆宾王　饯郑安阳入蜀

南宋　苏汉臣　冬日戏婴图

廿一

梅尧臣的岁暮诗："旧历卷将尽，慨然增永怀。唯希步兵醉，莫作太常斋。孟浪从人笑，疏愚共世乖。定知当汩灭，名不与功偕。"梅尧臣另用"永怀"："舟中逢献岁，风雨送余寒。推年增渐老，永怀殊鲜欢。""步兵"指阮籍，常大醉而越世故。"太常斋"指后汉周泽官太常，虔敬宗庙，常卧疾斋宫。其妻哀其老病，窥问疾苦，泽大怒，以妻干犯斋禁，收送诏狱。"孟浪"出自《庄子·齐物论》，瞿鹊子对长梧子说："我闻孔夫子以为，圣人不从事于务，不就利，不违害，不喜求，不缘道，无谓有谓，有谓无谓，游乎尘垢外，是孟浪之言，我却以为是妙道之行。""孟"是夸大，"孟浪"是浮夸粗率，"疏愚"是粗疏笨拙。"冷暖俗情谙世路，是非闲论任交亲。应须绳墨机关外，安置疏愚钝滞身"是白居易诗。"汩灭"即淹没、湮灭，杜甫当年寄李白诗："昔年有狂客，号尔谪仙人。笔落惊风雨，诗成泣鬼神。声名从此大，汩没一朝伸。文彩承殊渥，流传必绝伦。""渥"是恩泽。

梅尧臣　次韵和吴冲卿岁暮有怀
白居易　迂叟
杜　甫　寄李十二白二十韵

廿二

昔宋朝叶梦得当年此日有《鹧鸪天》与许干誉赏梅词：“不怕微霜点玉肌，恨无流水照冰姿。与君著意从头看，初见今年第一枝。　　人醉后，雪消时。江南春色寄来迟。使君本是花前客，莫怪殷勤为赋诗。”李贺的《河南府试十二月乐词·正月》就用到“玉肌”：“锦床晓卧玉肌冷，露脸未开对朝暝。”杨巨源用“冰姿”写竹：“满院冰姿粉箨残，一茎青翠近帘端。离丛自欲亲香火，抱节何妨共岁寒。”“著意”是用心，“劝君著意惜芳菲，莫待行人攀折尽”是欧阳修《玉楼春》词中的句子。写梅花，还是林逋的好：“众芳摇落独暄妍，占尽风情向小园。疏影横斜水清浅，暗香浮动月黄昏。霜禽欲下先偷眼，粉蝶如知合断魂。幸有微吟可相狎，不须檀板共金尊。”“暄”是温暖，“妍”是美丽。朱敦儒写瑞香用到“偷眼”：“不知因甚来尘世，香似旧曾逢。江梅退步，幽兰偷眼，回避芳丛。”“檀板”是歌唱时击节的木板，指唱和。

叶梦得　鹧鸪天·十二月二十二日与许干誉赏梅
杨巨源　和令狐舍人酬峰上人题山栏孤竹
欧阳修　玉楼春（黄金弄色轻于粉）
朱敦儒　眼儿媚词·席上瑞香

廿三

农历腊月二十三，白居易当年有呈崔玄亮诗：“案头历日虽未尽，向后唯残六七行。床下酒瓶虽不满，犹应醉得两三场。病身不许依年老，拙宦虚教逐日忙。闻健偷闲且欢饮，一杯之外莫思量。”崔玄亮官为右散骑常侍，故称崔常侍，是皇帝侍从、顾问。“拙宦”是不善为官，白居易还有“自惭拙宦叨清贵，还有痴心怕素餐。或望君臣相献替，可图妻子免饥寒”。“素餐”是无功受禄。“闻健”是趁健。白居易写这首诗几乎同时，还有一首《六年冬暮赠崔常侍晦叔》：“鬓毛霜一色，光景水争流。易过唯冬日，难销是老愁。香开绿蚁酒，暖拥褐绫裘。已共崔君约，樽前倒即休。”洒脱得很，大和六年，白居易已六十一岁。白居易还有诗：“褐绫袍厚暖，卧盖行坐披。紫毡履宽稳，蹇步颇相宜。足适已忘履，身适已忘衣。况我心又适，兼忘是与非。”“蹇”是跛行。

白居易　十二月二十三日作，兼呈晦叔
白居易　初罢中书舍人
白居易　三适赠道友

廿四

南宋范成大当年有西楼观雪诗：“一夜珠帘不下钩，彻明随雪上西楼。瑶池万顷昆仑近，玉垒千峰滴博收。已报春回南亩润，从教寒勒北枝愁。四筵都为丰年醉，录事何须校酒筹。”织珠为帘，风至则鸣，岑参写雪用“散入珠帘湿罗幕，狐裘不暖锦衾薄”，范成大喻雪夜为珠帘。徐铉就以雪野比瑶池了：“近看琼树笼银阙，远想瑶池带玉关。润逐麳麰铺绿野，暖随杯酒上朱颜。”“麳”（lái）是小麦，“麰”（móu）是大麦。“垒”是堆砌，宋人爱用“滴博”——密集无数滴，集聚为千峰万垒。陆游有诗“千叠雪山连滴博，一支春水入摩诃”。摩诃池在成都城郊。“勒”是约束，黄庭坚用“更喜轻寒勒成雪，未春先放一城花”。很妙。“四宴”指四座，四周座席，录事是督酒人，“酒筹”是行酒令的筹子。白居易诗：“花时同醉破春愁，醉折花枝当酒筹。忽忆故人天际去，计程今日到凉州。”

范成大　十二月二十四日西楼观雪
岑　参　白雪歌送武判官归京
徐　铉　进雪诗
陆　游　登子城新楼遍至西园池亭
黄庭坚　春近四绝句
白居易　同李十一醉忆元九

廿五

白居易写岁暮："岁暮风动地，夜寒雪连天。老夫何处宿？暖帐温炉前。两重褐绮衾，一领花茸毡。粥熟呼不起，日高安稳眠。是时心与身，了无闲事牵。以此度风雪，闲居来六年。忽思远游客，复想早朝士。踊冻侵夜行，凌寒未明起。心为身君父，身为心臣子。不得身自由，皆为心所使。我心既知足，我身自安止。方寸语形骸，吾应不负尔。""夜寒生酒思，晓雪引诗情。热饮一两盏，冷吟三五声"也是白居易诗。白居易经常用"安稳日高眠"："有兴或饮酒，无事多掩关。寂静夜深坐，安稳日高眠。"心身关系，则出自《庄子·齐物论》："百骸九窍六脏……其递相为君臣乎？其有真君存焉？"心为身之主而不能自主，故造物为真君。结尾的"方寸"就指心，心不负形骸，便是"身自由"。"夜直入君门，晚归卧吾庐。形骸委顺动，方寸付空虚"也是白居易诗。

白居易　风雪中作
白居易　雪朝乘兴欲诣李司徒留守，先以五韵戏之
白居易　赠杓直
白居易　松斋自题

廿六

杜甫岁暮逢早梅诗：“东阁官梅动诗兴，还如何逊在扬州。此时对雪遥相忆，送客逢春可自由。幸不折来伤岁暮，若为看去乱乡愁。江边一树垂垂发，朝夕催人自白头。”南朝梁何逊当年在扬州有早梅诗：“兔园标物序，惊时最是梅。衔霜当路发，映雪拟寒开。枝横却月观，花绕凌风台。朝洒长门泣，夕驻临邛杯。应知早飘落，故逐上春来。”“兔园”为汉梁孝王所筑，是名园代称。“长门”指司马相如的《长门赋》，而司马相如在临邛饮酒，才结识卓文君。喜欢杜诗中“幸不折来伤岁暮，若为看去乱乡愁”句，“岁时销旅貌，风景触乡愁。牢落江湖意，新年上庾楼”是白居易诗。“庾楼”是庾公楼，传说晋朝庾亮所建，白居易还有《庾楼晓望》诗：“子城阴处犹残雪，衙鼓声前未有尘。三百年来庾楼上，曾经多少望乡人。”梅花开放时下垂，故云垂垂。梅开岁暮，似催白头。

杜　甫　和裴迪登蜀州东亭送客逢早梅相忆见寄
白居易　庾楼新岁

廿七

除夕还剩三天，南宋杨万里当年诗："风卷寒江浪湿天，斜吹乱雪忽平船。碧琉璃上琼花里，独载诗人孟浩然。""腊残滕六不归家，白昼乘风撒玉沙。旋种琼田茁瑶草，更栽琪树看银花。""雪吹醉面不知寒，信脚千山与万山。天甃琼街三十里，更飞柳絮与君看。"大雪纷飞才有过年气氛。第一首写"独载"诗人，是因孟浩然有《早寒江上有怀》："木落雁南渡，北风江上寒。我家襄水上，遥隔楚云端。乡泪客中尽，孤帆天际看。迷津欲有问，平海夕漫漫。"第二首，"滕六"是传说中的雪神，杨万里爱用"滕六"："春风一夜吹滕六，旋落旋销不成簇。""白银作雪漫天涯""平地一尺白玉沙"是卢仝诗，"琪"是玉。第三首，"信"是听任，"甃"（zhòu）是井，砖砌圆壁为井，天圆，杨万里才用"天甃"。白居易写雪，用过"散面遮槐市，堆花压柳桥。四郊铺缟素，万室甃琼瑶"。

杨万里　十二月二十七日，大雪中过吉水小盘渡西归
杨万里　再和罗武冈钦岩酴醾长句
卢　仝　苦雪寄退之
白居易　西楼喜雪命宴

廿八

后天除夕。韦应物的《除日》诗："思怀耿如昨，季月已云暮。忽惊年复新，独恨人成故。冰池始泮绿，梅援还飘素。淑景方转延，朝朝自难度。"耿耿于怀，"耿"是悲伤，"夜耿耿而不寐兮，魂茕茕而至曙"是《楚辞·远游》中的句子，"茕"(qióng)是孤独无依。"泮"是融，南朝宋谢灵运诗："未觉泮春冰，已复谢秋节。空对尺素迁，独视寸阴灭。""尺素"是书信，"寸阴"是短暂光阴。"援"指梢条之援，"素"是雪，李商隐写杏花："援少风多力，墙高月有痕。为含无限意，遂对不胜繁。"很美。"转延"是延长，日已经转长了。韦应物还用过"转延"："临流一舒啸，望山意转延。隔林分落景，余霞明远川。""朝朝"是每天，"寂寂竟何待，朝朝空自归。欲寻芳草去，惜与故人违"是孟浩然诗。此诗是韦应物悼亡妻的——"独恨人成故"，其妻下葬于此年十一月。

谢灵运　折杨柳行
李商隐　杏花
韦应物　晚出沣上，赠崔都水
孟浩然　留别王侍御维

廿九

明日除夕。孟浩然的《除夜有怀》诗："五更钟漏欲相催，四气推迁往复回。帐里残灯才去焰，炉中香气尽成灰。渐看春逼芙蓉枕，顿觉寒销竹叶杯。守岁家家应未卧，相思那得梦魂来？"钟与刻漏，古代用以报时。"窅窅钟漏尽，曈曈霞景初。楼台红照曜，松竹青扶疏"是白居易诗。"窅（yǎo）窅"是夜幽暗貌，"曈曈"是日初出渐明貌。"四气"指春夏秋冬的温热冷寒之气，"春秋四气更回换，人事何须再三叹。君不见雀为鸽，鹰为鸠，东海成田谷为岸，负薪客，归去来"是冯著诗。"芙蓉"指荷花，"竹叶青"是美酒。杜甫的守岁诗："守岁阿戎家，椒盘已颂花。盍簪喧枥马，列炬散林鸦。四十明朝过，飞腾暮景斜。谁能更拘束，烂醉是生涯。""阿戎"是弟弟，"椒"是花椒，古时正月初一，以盘进椒，取椒进酒中，因晋刘臻妻曾有《椒花颂》。"盍"同"合"，"盍簪"出自《周易》豫卦："勿疑，朋盍簪。""盍簪"是欢聚。"枥"是马槽，"枥马"是拴在槽上之马，"炬"是烛火。杜甫写此诗时已四十岁。

白居易　和钱员外禁中夙兴见示
冯　著　行路难
杜　甫　杜位宅守岁

三十

今日除夕。张说的守岁诗："除夜清樽满，寒庭燎火多。舞衣连臂拂，醉坐合声歌。至乐都忘我，冥心自委和。今年只如此，来岁知如何？"来鹄的《除夜》："事关休戚已成空，万里相思一夜中。愁到晓鸡声绝后，又将憔悴见春风。""休戚"是喜乐忧患祸福。除夜燎火别岁，陆游诗："前村后村燎火明，东家西家爆竹声。老逢新正幸强健，却视徂岁何峥嵘。""徂"是至，南朝宋谢灵运的《伤己赋》："眺徂岁之骤经，覩芳春之每始。始芳春而羡物，终岁徂而感己。""冥心"是泯灭俗念，超然物表，"委和"是随顺自然。"率志委和，则理融而情畅；钻砺过分，则神疲而气衰"是南朝梁刘勰《文心雕龙·养气》里的说法。"岁阑无事且招邀，邻曲披榛共来往。为言今岁胜去年，来岁应须更胜前"是舒岳祥诗。

张　说　岳州守岁
陆　游　壬子除夕
舒岳祥　守岁行

明代　蓝瑛　仿古山水册十二开·青山红树

附录　诗人简介

B

班婕妤（公元前48—公元前2年），汉成帝刘骜妃，班固、班超、班昭的祖姑。

班彪（3—54），字叔皮，扶风安陵（今陕西咸阳）人，班固、班超、班昭的父亲，存赋三篇。

鲍照（414—466），字明远，东海郡（今山东临沂）人，与颜延之、谢灵运并称元嘉三大家，为中书令，大明五年出任前军参军，故称“鲍参军”，终死于乱军，有《鲍参军集》。

白居易（772—846），字乐天，晚号“香山居士”，祖籍太原，贞元十六年进士，曾任杭州、苏州刺史，后官至刑部尚书，诗文与元稹齐名，世称“元白”，晚年与刘禹锡唱和，又称“刘白”，有《白氏长庆集》。中华书局有谢思炜《白居易诗集校注》。

鲍溶，字德源，生卒、籍贯不详，元和四年进士，《全唐诗》存诗约200首。

C

曹操（155—220），字孟德，沛国谯（今安徽亳州）人，即魏武帝，有《曹操集》。

曹植（192—232），字子建，沛国谯县（今安徽亳州）人，曹操与卞夫人生的第三子，生前为陈王，死后谥号“思”，故称“陈思王”。原有集三十卷，已佚，今存《曹子建集》为宋人编。中华书局有赵幼文《曹植集校注》。

崔豹，生卒年不详，字正雄，渔阳郡（今北京密云）人，晋惠帝时官至太子太傅丞，有《古今注》三卷。

陈叔达（？—635），字子聪。吴兴（今浙江长兴）人，出身陈朝皇室，陈后主异母弟，陈亡入隋，后又降唐，任黄门侍郎、礼部尚书，有《陈叔达集》。

陈子昂（659—702），字伯玉，梓州射洪（今四川射洪）人，曾任右拾遗，因翻武则天株连下狱，曾两次从军边塞，后受武三思迫害，冤死狱中，有《陈子昂集》。上海古籍出版社有徐鹏校注《陈子昂集》。

崔颢（704—754），汴州（今河南开封）人，开元十一年进士，官至太仆寺丞，天宝中为司勋员外郎，有《崔颢集》。

储光羲（约706—763），润州延陵（今江苏金坛）人，开元十四年进士，隐居终南山后复出，官至监察御史，安史之乱后贬谪岭南，有《储太祝集》。

崔国辅，生卒年、字号不详，吴郡（今苏州）人，开元十四年登进士第，官至集贤直学士、礼部员外郎，有《崔国辅集》已散佚，仅存诗四十五首。

常建（708—？），字号、籍贯皆不详，开元十五年进士，曾当过县尉，一生失意，曾隐居鄂渚（今武昌），有诗集两卷。中华书局有王锡九《常建诗歌校注》。

岑参（约715—770），荆州江陵（今湖北江陵）人，天宝三年进士，曾两次从军边塞，在安西节度使高仙芝幕府、安西北庭节度使任职，代宗时任嘉州（今四川乐山）刺史，故称“岑嘉州”，有《岑嘉州集》。中华书局有廖立《岑参诗笺注》。

崔护（772—846），博陵（今河北定州）人，官至御史大夫，《全唐诗》仅存诗六首。

崔道融（880年前—907），自号“东瓯散人”，荆州江陵（今湖北江陵）人，官至右补阙，有《东浮集》。

蔡襄（1012—1067），字君谟，福建兴化军仙游人，天圣八年进士，官至礼部侍郎、端明殿学士，有《端明集》。

蔡伸（1088—1156），字伸道，号“友古居士”，福建莆田人，蔡襄孙，政和五年进士，曾为康王幕府，南渡后，遭秦桧排斥，后为浙东安抚司参议官，有《友古居士集》。

曹组，生卒年不详，字元宠，颍昌（今河南许昌）人，多次应试不第，宣和三年赐同进士出身，后得徽宗宠幸，约卒于徽宗末年，有《箕颍词》。

岑安卿（1286—1355），字静能，余姚上林乡（今浙江慈溪市桥头镇与匡堰镇一带），不仕，因筑室栲栳山，自号“栲栳山人”，有《栲栳山人集》。

陈允平，南宋末年人，生卒年不详，字君衡，号“西麓”，四明鄞县（今宁波鄞州）人，恭宗德祐时曾任沿海制置参议，后以“谋复宋”入狱，出狱后应征北上大都，辞官后南归隐居，有《西麓诗稿》《西麓继周集》。

D

杜甫（712—770），字子美，本襄阳人，后迁徙河南巩县，自号“少陵野老”，被称为“诗圣”。举进士不第，后官至左拾遗、检校工部员外郎，故称“杜工部”，有《杜工部集》，诗有1500余首。中华书局有清代仇兆鳌《杜诗详注》。

戴叔伦（约732—约789），字幼公（一作次公），润州金坛（今江苏常州）人，官至抚州刺史、容州刺史、容管经略使。上海古籍出版社有蒋寅《戴叔伦诗集校注》。

杜牧（803—约852），字牧之，号“樊川居士”，京兆万年（今西安）人，宰相杜佑孙，大和二年进士，官至吏部员外郎、中书舍人，有《樊川集》。

杜荀鹤（约 846—约 906），字彦之，自号“九华山人”，池州石埭（今安徽石台）人，中年才中进士，官至翰林学士、知制诰，有《杜荀鹤文集》。

F

范灯，生卒不详，约贞元时人，《全唐诗》存诗仅两首。

范成大（1126—1193），字至能，早年号“此山居士”，晚年号“石湖居士”，平江府吴县（今苏州）人，绍兴二十四年进士，官至参知政事，晚年退居石湖，加资政殿大学士，与陆游、杨万里、尤袤合称南宋“中兴四大诗人”，有《石湖集》。上海古籍出版社有富寿荪点校《范石湖集》。

G

郭璞（276—324），字景纯，河东郡闻喜（今山西闻喜）人，晋元帝时拜著作佐郎，参与编撰《晋史》，后为大将军王敦记室参军，因劝王敦谋反遇害，追赠弘农太守，有《郭弘农集》辑本。

顾野王（519—581），原名顾体伦，字希冯，因仰慕西汉冯野王改名，梁武帝时官至黄门侍郎、光禄大夫，著《玉篇》。

顾况，生卒年不详，字逋翁，号“华阳真逸”，浙江海盐人，至德二年进士，曾任著作郎，晚年隐居茅山，有《华阳集》。

广宣，本姓廖，生卒年不详，蜀中本人，元和、长庆两朝为内供奉，赐居安国寺红楼院，有《红楼集》。

贯休（832—912），俗姓姜，字德隐，婺州兰溪（今浙江兰溪）人，七岁出家，天复年间入蜀，蜀王王建封为“禅月大师”，有《禅月集》。中华书局有胡大浚《贯休歌诗系年笺注》。

冯延巳（903—960），字正中，也作冯延嗣，五代江都府（今江苏扬州）人，南唐二朝宰相，有词集《阳春集》。中华书局有杨景龙《花间集校注》，天津古籍出版社有黄畬《阳春集校注》。

葛长庚（1194—？），即白玉蟾，字如晦，号海琼子，海南琼州人，称“琼山老人”。后定居福建闽清，号“武夷散人”。金丹派南宗创始人，为南宗五祖之一，有《海琼集》。

龚自珍（1792—1841），字璱人，号定盦，仁和（今杭州）人，曾任内阁中书、宗人府主事、礼部主事，四十八岁辞官南归，居昆山羽琌山馆，号“羽琌山民”，有《龚自珍集》。中华书局有刘逸生《龚自珍己亥杂诗注》。

H

何逊（？—约518），字仲言，东海郯（今山东兰陵）人，州举秀才，梁武帝时任诸王参军、记室，官至尚书水部郎，诗与谢朓齐名，有《何记室集》。中华书局有李伯齐《何逊集校注》。

寒山，生卒年不详，字号不详，长安人，出生官宦人家，三十岁后隐居浙东天台山，自号“寒山”，有诗三卷。

韩愈（768—824），字退之，自称“郡望昌黎”，因此称“昌黎先生”。河南河阳（今河南孟州）人，贞元八年进士，官至吏部侍郎，死后追赠礼部尚书，列为“唐宋八大家”之首，有《韩昌黎集》。上海古籍出版社有钱仲联《韩昌黎诗系年集释》。

韩偓（约842—约923），字致光，晚年号“玉山樵人”，陕西万年（今陕西樊川）人，李商隐是他姨夫，官至左拾遗、作谏议大夫，翰林学士，有《玉山樵人集》。中华书局有吴在庆《韩偓集系年校注》。

和凝（898—955），字成绩，郓州须昌（今山东东平）人，五代梁贞明二年进士，官至中书侍郎、工部侍郎，有宫词百首。

黄庭坚（1045—1105），字鲁直，号“涪翁”“山谷道人”，洪州分宁（今江西九江修水）人，英宗治平四年进士，哲宗时任秘书丞兼国史编修官，任宣州、鄂州知州，遭诬贬，与张耒、晁补之、秦观并称“苏门四学士”，与苏轼并称“苏黄”，有《豫章黄先生文集》。中华书局有刘尚荣校点《黄庭坚诗集注》。

洪适（1117—1184），原名造，更名适，字景伯、景温，号“盘州”，饶州（今江西鄱阳）人，绍兴十二年榜眼，官至右丞相，封太师、魏国公，有《盘州集》。

韩淲（1159—1224），字仲业，号“涧泉”，祖籍开封，南渡后隶属信州上饶，做过小官，有《涧泉集》。

洪咨夔（1176—1235），字舜俞，号“平斋”，于潜（今属杭州）人，嘉泰二年进士，官至刑部尚书、翰林学士、知制诰，有《平斋词》。

黄升，生卒年不详，字叔旸，号“花庵词客”，建安（今福建建瓯）人，不仕，性喜吟咏，著有《散花庵词》，编有《绝妙词选》。

J

江淹（444—505），字文通，宋州济阳（今河南商丘）人，历仕三朝，齐明帝时官至御史中丞，梁武帝时官至骠骑将军兼尚书左丞，有《江文通集》。中华书局有丁福林、杨胜朋《江文通集校注》。

江总（519—594），字总持，济阳郡考城（今河南商丘民权）人，平定侯景之乱后，任明威将军，梁灭，寄居岭南多年，天嘉四年回朝任中书侍郎，陈后主时任宰相，有《江令君集》。

贾至（718—831），字幼隣，洛阳人，安史之乱随玄宗入蜀，官至中书舍人、礼部侍郎、御史大夫，有《贾至集》。

皎然（730—799），俗姓谢，南朝宋谢灵运的十世孙，字清昼，湖州人，湖州杼山妙喜寺主持，佛门茶事集大成者，有《皎然诗集》与《诗式》。

贾岛（779—843），字阆仙，号碣石山人，幽州范阳（今河北涿州）人，累举不中第，与孟郊并称“郊寒岛瘦”，有《长江集》

十卷。

姜夔（1154—1221），字尧章，号“白石道人”，饶州鄱阳（今江西鄱阳）人，终生未仕，游历江湖，晚年居西湖，有《白石道人诗集》《白石道人歌曲》。中华书局有陈书良《姜白石词笺注》。

K

孔稚珪（447—501），字德璋，会稽山阴（今浙江绍兴）人，刘宋时任尚书殿中郎，齐永明年任御史中丞，后迁太子詹事，有《孔詹事集》。

L

刘桢（180—217），字公干，东平宁阳（今山东宁阳）人，建安年召为丞相掾属，建安七子之一。因在席上平视曹丕妻甄氏，以不敬罪服役，后免罪，染疾亡，有《刘公干集》。中华书局有俞绍初辑校《建安七子集》。

陆机（261—303），字士衡，吴郡吴县（今江苏苏州）人，与弟陆云合称“二陆”，赵王司马伦辅政，引为相国参军，后又在成都王司马颖手下为平原内史，称“陆平原”，后又任河北大都督，兵败，遭谗遇害，有《陆士衡集》。凤凰出版社有刘运好《陆士衡文集校注》。

卢照邻（约 635—约 689），字昇之，号“幽忧子”，幽州范阳（今河北涿州）人，初唐四杰之一，官至益州新都县尉，患风痹，进太白山又服丹药中毒，致手足残，后因不忍疼痛，投水卒，有《卢昇之集》。上海古籍出版社有祝尚书《卢照邻集笺注》。

骆宾王（约 638—684），字观光，婺州义乌（今浙江义乌）人，初唐四杰之一，曾为侍御史，因罪入狱。出狱后任临海县县丞，因此称“骆临海”。徐敬业起兵讨武则天，作檄文，兵败后下落不明，有《骆临海集》。上海古籍出版社有陈熙晋《骆临海集笺注》。

李峤（645或646—714或715），字巨山，赵郡赞皇（今河北赞皇）人，二十岁考取进士，自武则天至中宗，三次为相，与苏味道齐名，称“苏李”，有《李峤集》。

刘方平，生卒年不详，字号不详，匈奴人，生于洛阳，天宝年在世，隐居终身未仕，存诗一卷。

李白（701—762），字太白，号“青莲居士”“谪仙人”。李白出生地，现在学者们考证大约是碎叶，唐太宗贞观年间，碎叶是安西都护府所辖四大重镇之一，在今吉尔吉斯斯坦境内。陈寅恪因此认为他是“西域胡人”，“诡托于陇西李氏”。李白后随父入蜀绵州昌隆（今四川江油）。天宝元年曾供奉翰林，后因放荡不羁很快又被玄宗弃之，天宝三年在齐州入道，至德二年在永王营当幕僚，永王败后入狱，后又流放夜郎（今贵州桐梓），乾元二年才遇大赦，有《李太白集》。上海古籍出版社有瞿蜕园、朱金城《李白集校注》。

李嘉佑，生卒年不详，字从一，赵州（今河北赵县）人，天宝七年进士，官至台州、袁州刺史，有诗集一卷存世。

刘长卿（约726—约786），字文房，宣城（今安徽宣城）人，天宝年间进士，当官曾两次被谪，第一次还入了狱，后官至随州刺史，称“刘随州”，有《刘随州集》。中华书局有储仲君《刘长卿诗编年笺注》，人民文学出版社有杨世明《刘长卿集编年校注》。

卢纶（739—799），字允言，河北涿州人，官至集贤学士，检校户部郎中，有《卢户部诗集》。上海古籍出版社有刘初棠《卢纶诗集校注》。

刘禹锡（772—842），字梦得，河南洛阳人，贞元九年进士，做过包括苏州在内的多地刺史，官至检校礼部尚书，有《刘宾客集》。上海古籍出版社有瞿蜕园《刘禹锡集笺证》。

柳宗元（773—819），字子厚，河东（今山西运城）人，因称“柳河东”，唐宋八大家之一，贞元九年进士，官至礼部员外郎，与韩愈并称“韩柳”，后贬永州司马，再任永州刺史，有《柳河东集》。

上海古籍出版社有王国安《柳宗元诗笺释》。

李德裕（787—850），字文饶，赵郡赞皇（今河北赞皇）人，中书侍郎李吉甫次子，牛李党争中的李党领袖，历仕四朝，一度为相，封卫国公，梁启超称其为中国六大政治家之一，有《会昌一品集》二十卷。

李贺（约 791—约 817），字长吉。河南福昌（今洛阳宜阳）人，唐宗室，李渊叔父后人，未能考进士，当过三年九品奉礼郎，传诗 220 首，有《李长吉集》。中华书局有吴企明《李长吉歌诗编年笺注》。

李群玉（808—862），字文山，澧州（今湖南常德）人，未经科考，授弘文馆校书郎，三年后辞官归乡，存诗三卷。

李昂（809—840），唐文宗（826—840 年在位），唐朝第十四位皇帝，甘露之变后被软禁，阴郁而终。

李商隐（约 813—约 858），字义山，号玉谿生，郑州荥阳人，开成二年登进士第，任秘书省校书郎，因卷入牛李党争遭排挤，一生不得志，有诗 600 余首，有《李义山集》。中华书局有刘学锴、余恕诚《李商隐诗歌集解》。

罗邺（825—？），字号不详，余杭人，约僖宗朝在世，存诗一卷。上海古籍出版社有何庆善、杨应芹《罗邺诗注》。

罗隐（833—909），字昭谏，杭州新城人，多年进士不第，称"十上不第"，后归乡依吴越王，有《甲乙集》，存诗 500 余首。

李咸用，生卒年不详，族望陇西（今甘肃临洮），久不第，遂寓居庐山等地，有《披沙集》。

陆龟蒙（？—881），字鲁望，号"天随子""江湖散人""甫里先生"，长洲（今苏州）人，曾任湖州、苏州刺史幕僚，后隐居松江甫里（今江苏甪直），有《甫里先生文集》。凤凰出版社有何锡光《陆龟蒙全集校注》。

李珣（约 855—约 930），字德润，祖先为波斯人，生于蜀地，有《琼瑶集》，已佚，存词有50多首。

李建勋（872—952），字致尧，广陵（今江苏扬州）人，南唐官至司空，有《钟山集》。

李中（约920—974），字有中，江西九江人，官至水部郎中，有《碧云集》三卷。

李煜（937—978），字重光，号“钟隐”“莲峰居士”，彭城（今江苏徐州）人，南唐后主，北宋建隆二年（961）即位，开宝八年（975）兵败降宋，俘至汴京。与南唐中主共有《南唐二主词》。中华书局有陈书良、刘娟《南唐二主词笺注》。

林逋（967—1028），字君复，后人称“和靖先生”，浙江奉化人，布衣终身，晚年隐居西湖，结庐孤山，有《林和靖先生诗集》。浙江古籍出版社有沈幼征校注《林和靖集》。

柳永（约984—约1053），原名三变，字景庄，后改名柳永，字耆卿，因排行老七，称“柳七”。福建崇安人，屡试不中，暮年才及第，以屯田员外郎致仕，故称“柳屯田”，有《乐章集》。上海古籍出版社有陶然、姚逸超《乐章集校笺》。

吕渭老，生卒年不详，字圣求，嘉兴人，宣和、靖康年做过小官，南渡后归老于家，有《圣求词》一卷。

李清照（1084—约1155），号“易安居士”，齐州济南（今山东济南）人，李格非女，赵明诚妻。金人据中原，避乱南方，明诚卒后，流离江湖间，为婉约派宗主，有《易安居士文集》，已佚，后人辑有《漱玉集》。上海古籍出版社有徐培均《李清照集笺注》。

陆游（1125—1210），字务观，号放翁，越州山阴（今浙江绍兴）人，尚书右丞陆佃孙，宋孝宗赐进士，因主战，屡遭主和派排斥。四十多岁入蜀，与范成大相知，任蜀州通判、范成大的参议官，在主和派压力下免职。宋光宗时曾为礼部郎中兼实录院检讨官，后又遭主和派攻击罢官。晚年主持编修《两朝实录》，任秘书监、宝章阁待制，一生作诗9300多首，编为《剑南诗稿》。上海古籍出版社有钱仲联《剑南诗稿校注》。

刘克庄（1187—1269），初名灼，字潜夫，号“后村”，福建莆田人，曾罢官两次，后官至工部尚书、龙图阁学士，有《后村先生大全集》。中华书局有辛更儒《刘克庄集笺校》，上海古籍出版社有钱仲联《后村词笺注》。

M

枚乘（？—公元前140），字叔，淮阴（今江苏淮安）人，原为吴王刘濞郎中，后拜梁孝王帐下，汉景帝召为弘农都尉，最著名的作品即《七发》。

孟浩然（689—740），名浩，字浩然，号孟山人，襄州襄阳（今湖北襄阳）人，有《孟浩然集》三卷。上海古籍出版社有佟培基《孟浩然诗集笺注》。

孟郊（751—814），字东野，湖州武康（今浙江德清）人，曾两试不第，四十六岁才考中进士，因不屑县尉职而游历山川，后隐居嵩山。有《孟东野诗集》十卷。浙江古籍出版社有韩泉欣《孟郊集校注》。

梅尧臣（1002—1060），字圣俞，称“宛陵先生”，宣州宣城（今安徽宣城）人，皇祐三年赐同进士出身，欧阳修荐为国子监直讲，后迁尚书都官员外郎，有《宛陵集》六十卷，其中诗二十五卷。上海古籍出版社有朱东润《梅尧臣集编年校注》。

毛滂（1056？—约1124），字泽民，号“东堂”，浙江衢州人，苏轼任杭州知府时任法曹，苏轼欣赏其才，荐于朝，后官至秀州知州，有《东堂集》。浙江古籍出版社有周少雄点校《毛滂集》。

N

倪瓒（1301—1374），字泰宇，后字元镇，号“云林子”，江苏无锡人，家富，元末忽散尽家财浪迹，其画与黄公望、王蒙、吴镇并称“元四家”，有《清闷阁集》。西泠印社出版社有江兴祐点校《清闷阁集》。

纳兰性德（1655—1685），字容若，号“楞伽山人”，大学士明珠长子，康熙十五年进士，有《饮水词》。中华书局有赵秀亭、冯统一《饮水词校笺》。

O

欧阳炯（896—971），益州（今四川成都）人，后蜀时任翰林学士、门下侍郎，孟昶降宋后，授散骑常侍，花间词重要词人，存词40多首。

欧阳修（1007—1072），字永叔，号“醉翁”，晚年号“六一居士”，吉州永州（今江西吉安）人，唐宋八大家之一，官至翰林学士、枢密副史，谥号“文忠”，有《欧阳文忠集》。中华书局有刘德清、顾宝林、欧阳明亮《欧阳修诗编年笺注》。

P

潘岳（247—300），后名潘安，字安仁，荥阳中牟（今河南中牟）人，官至给事黄门侍郎，美姿仪，为“二十四友”之首，有《潘黄门集》辑本。天津古籍出版社有董志广《潘岳集校注》。

皮日休（约838—约883），字袭美，道号“鹿门子”，复州竟陵（今湖北天门），官至著作佐郎、太常博士，与陆龟蒙称“皮陆”，参加黄巢起义后失踪，有《皮日休集》。

潘佑，生卒年不详，幽州（今河北蓟县）人，南唐时任内史舍人，曾推行变法，很快失败，有《荣阳集》。

Q

屈原（约公元前340—公元前278），芈姓，屈氏，名平，字原，又自云名正则，字灵均，生于楚丹阳秭归（今湖北宜昌），楚武王后代。早年受楚怀王信任，为三闾大夫，后遭排挤、流放，楚都被秦军攻破后，自沉汨罗江。中华书局有金开诚等《屈原集校注》。

秦嘉，生卒年不详，字士余，陇西（今甘肃通渭）人，东汉桓帝时为郡史，黄门郎，存《赠妇诗》三首。

钱起（约 722—780），字仲文，吴兴（今浙江湖州）人，天宝十年进士，官至司勋员外郎、考功郎中、翰林学士，故称“钱考功”，有《钱考功集》。浙江古籍出版社有王定璋《钱起集校注》。

权德舆（759—818），字载之，天水略阳（今甘肃秦安）人，德宗时历礼部侍郎，宪宗时迁礼部尚书，罢相后又复拜太常卿，徙刑部尚书，有《权载之文集》五十卷。上海古籍出版社有郭广伟校点《权德舆诗文集》。

齐己（863—937），出家前俗名胡德生，晚年号“衡岳沙弥”，潭州益阳（今湖南宁乡）人，出家后拜仰山大师慧寂为师，晚年在荆州龙兴寺为僧正，有《白莲集》，中国社会科学出版社有王秀林《齐己诗集校注》。

秦观（1049—1100），字少游，号“邗沟居士”，称“淮海居士”，扬州高邮人，官至太学博士、国史馆编修，有《淮海集》。上海古籍出版社有徐培均《淮海集笺注》。

钱谦益（1582—1664），字受之，号“牧斋”，晚号“蒙叟”“东涧老人”，苏州常熟人，明万历三十八年探花，东林党领袖之一，官至礼部侍郎，明亡后曾为南明弘光政权礼部尚书，后降清为礼部侍郎，有《牧斋集》。上海古籍出版社有钱曾笺注《钱牧斋全集》。

R

阮籍（210—263），字嗣宗，陈留（今河南）尉氏人，竹林七贤之一，曾任步兵校尉，故称“阮步兵”。有《阮步兵集》。中华书局有陈伯君《阮籍集校注》。

S

司马相如（约前179—约前118），字长卿，蜀郡成都人，汉赋四大家之一，汉景帝时为武骑常侍，汉武帝时任中郎将建节使，有《司马相如集》一卷，已佚，后人编成《司马文园集》。上海古籍出版社有金国永《司马相如集校注》。

苏武（前140—前60），字子卿，杜陵（今西安）人，天汉元年奉命出使匈奴，持节不屈十九年，始元六年方获释归汉。萧统组织编《昭明文选》中选李陵、苏武赠答诗，逯钦立编《先秦汉魏晋南北朝诗》认为非李、苏二人，而是汉末文人的作品。

沈约（441—513），字休文，吴兴武康（今浙江德清）人，宋、齐、梁三朝为官，宋时为尚书度支郎，齐时官至黄门侍郎，梁时官至左卫将军，加通直散骑常侍，有《沈隐侯集》，晚年因消瘦，有“沈腰潘鬓”说，潘指潘岳。

宋之问（约656—约712），字延清，名少连，汾州隰城（今山西汾阳）人，与沈佺期并称“沈宋”，上元二年进士，官至修文馆学士，后遭流放，玄宗先天元年赐死，有《宋之问集》。中华书局有陶敏、易淑琼《沈佺期宋之问集校注》。

沈佺期（约656—约715），字云卿，相州内黄（今河南安阳）人，唐高宗上元二年进士，中宗神龙年官至修文馆直学士、中书舍人、太子少詹事，诗与宋之问齐名，称“沈宋”。中华书局有陶敏、易淑琼《沈佺期宋之问集校注》。

司空曙（约760年前后在世），字文初，广平府（今河北永年）人，大历年进士，官左拾遗后被谪，后官至虞部郎中，有《司空文明诗集》。人民文学出版社有文航生《司空曙诗集校注》。

施肩吾（780—861），字希圣，号“东斋”，杭州富阳人，元和十五年进士，不待授官东归。隐居潜身钻研道经二十年，晚年迁居澎湖列岛，为开发澎潮先驱，有《西山集》《闲居诗》。

沈雅之（781—832），字下贤，吴兴（今浙江湖州）人，元和十年进士，官至殿中丞御史内供奉，有《沈下贤集》十卷。

司空图（837—908），字表圣，自号“知非子”“耐辱居士”，河中虞乡（今山西永济）人，懿宗时进士，官至礼部尚书，哀帝被弑，绝食而亡，名著有《二十四诗品》，有《司空表圣集》。安徽大学出版社有祖保泉、陶礼天《司空表圣诗文集笺校》。

司马光（1019—1086），字君实，号“迂叟”，陕州夏县（今山西夏县）人，龙图阁直学士，官至尚书左仆射兼门下侍郎，《资治通鉴》的编撰者，有《温国文正司马公文集》。

苏轼（1037—1101），字子瞻，号“东坡居士”，四川眉山人，唐宋八大家之一，曾任翰林学士、礼部尚书，杭州、蒙州、扬州、定州等地太守，一生仕途起落，有《苏东坡全集》。中华书局有清朝王文诰辑注《苏轼诗集》。

石孝友，子次仲，江西南昌人，生卒年不详，宋孝宗乾道二年进士，有《金谷遗音》。

史达祖（1163—1220？），字邦卿，号“梅溪”，开封人，一生未中第，当过幕僚，韩侂胄的亲信堂吏，韩兵败，受黥刑，有《梅溪词》一卷。天津人民出版社有王步高《梅溪词校注》。

舒岳祥（1219—1298），字景薛，一字舜侯，人称“阆风先生”，浙江宁海人，南宋宝祐四年进士，曾入京参与订正《通鉴》注疏，后不仕回乡，有《阆风集》。

萨都剌（1272—1355），字天锡，号直斋，雁门（今山西代县）人，元代著名诗人。泰定四年进士。曾任江南诸道行御史掾史、福建闽海道肃正廉访司知事等，晚年隐居武林（杭州），有《雁门集》。

T

陶渊明（352—427），字元亮，又名潜，私谥“靖节”，世称“靖节先生”，浔阳柴桑（今江西九江）人，曾任彭泽县令，后归隐，有《陶渊明集》。中华书局有袁行霈《陶渊明集笺注》。

唐彦谦（？—893），字茂业，号“鹿门先生”，并州晋阳（今太原）人，咸通二年进士，官至阆州（今四川阆中）、壁州（今四川通江）刺史，晚年隐居鹿门山，有《鹿门集》。

W

王粲（177—217），字仲宣，山阳高平（今山东微山）人，在曹操手下任丞相掾，后官侍中，“建安七子”之一，有《王侍中集》辑本。

吴均（469—520），字叔庠，吴兴故鄣（今浙江安吉）人，梁武帝时为侍诏、奉朝请，参与撰《通史》，更以注范晔《后汉书》闻名，有集已佚。

王筠（482—550），字元礼，一字德柔，琅邪临沂（今山东临沂）人，曾任昭明太子萧统属官，萧统卒后，官至秘书监、太府卿、太子詹事，侯景之乱因惊恐坠井卒，有《王詹事集》。

王褒（约513—576），字子渊，琅琊临沂（今山东临沂）人，梁元帝时任吏部尚书，西魏时授车骑大将军，入北周为内史中大夫、小司空，有《王司空集》。

王勃（约650—约676），字子安，绛州龙门（今山西河津）人，应幽素科试及第，授朝散郎，官至虢州参军，与杨炯、卢照邻、骆宾王称“初唐四杰”，有《王子安集》。

王昌龄（698—757），字少伯，河东晋阳（今山西太原）人，开元十五年进士，任秘书省校书郎，后以博学宏词登科，又因事获罪谪岭南，北归后任江宁丞，后又贬龙标尉，安史之乱中路经亳州，为亳州刺史所杀，存诗180多首。巴蜀书社有胡问涛、罗琴《王昌龄集编年校注》。

王维（701—761），字摩诘，号摩诘先生，河东蒲州（今山西运城）人，官至尚书右丞，故称“王右丞”，与孟浩然合称“王孟”，因参禅信道，称“诗佛”，有诗400余首，有《王右丞集》。中华书局有陈铁民《王维集校注》。

万齐融，生卒年、字号不详，玄宗朝任秘书省正字，昆山令，《全唐诗》仅存诗四首。

韦应物（737—792），长安（今西安）人，文昌右相韦待价曾孙，早年曾为玄宗近侍，代宗广德至德宗贞元间曾任洛阳丞、京兆府功曹参军，滁州、江州、苏州刺史，左司郎中，故称“韦江州”“韦苏州”，有《韦江州集》。上海古籍出版社有陶敏、王友胜《韦应物集校注》。

王建（768—835），字仲初，颍川（今河南许昌）人，四十多岁才入仕，官至陕州司马，因此称“王司马”，有《王司马集》。

温庭筠（约 801—约 866），本名岐，字飞卿，太原祁（今山西祁县）人，屡试不第，曾搅扰考场，后至长安，终国子助教，为“花间派”词人之首，与韦庄并称“温韦”，有《温飞卿集》。中华书局有刘学锴《温庭筠全集校注》。

韦庄（约 836—约 910），字端己，韦应物的四世孙，长安（今西安）人，五代前蜀宰相，与温庭筠同为花间派代表人物，称“温韦”，有《浣花集》十卷。上海古籍出版社有聂安福《韦庄集笺注》。

翁洮，生卒年不详，字子平，号“青山”，睦州寿昌（今属浙江杭州）人，光启三年登第，官礼部主官员外郎兼侍御史，创立了最早的书院，有《青山集》。

吴融（850—903），字子华，越州山阴（今浙江绍兴）人，龙纪元年进士，官侍御史，遭谪，乾宁三年回京，任礼部郎中，后官至中书舍人、翰林学士。

王安石（1021—1086），字介甫，号“半山”，世称“王文公”，唐宋八大家之一，抚州临川（今江西抚州）人，仁宗庆历二年进士，力主变法，经拜相、罢相、复相、再罢相，封“荆国公”，因此又称“王荆公”，有《临川集》。上海古籍出版社有高克勤点校《王荆文公诗笺注》。

王之道（1093—1169），字彦猷，庐州濡须（今安徽无为）人，宣和六年进士，通判滁州时因得罪秦桧，谪监南雄盐税，居相山二十年。秦桧死，任湖南转运判官，有《相山集》三十卷。

魏了翁（1178—1237），字华父，号"鹤山"，邛州蒲江（今四川蒲江）人，庆元五年进士，官至礼部尚书兼直学士院、端明殿学士，有《鹤山全集》。

吴潜（1195—1262），字毅夫，好履斋，宣州宁国（今安徽宁国）人，宁宗嘉定十年进士，官至左丞相兼枢密史，被贾似道等排斥后罢相，谪潮州、循州，最后被下毒害死，有《履斋遗集》。

吴文英（约1200—1260），字君特，号"梦窗"，晚年号"觉翁"，四明（今宁波）人，一生未第，游幕一生，有《梦窗词集》。浙江古籍出版社有吴蓓《梦窗词汇校笺释集评》。

文天祥（1236—1283），字宋瑞，另字履善，号"浮休道人"，江西吉州庐陵（今江西吉安）人，宝祐四年进士，官学士院权直，因草拟诏书有讽权相贾似道语，被罢官。元军南下，罄家财招兵抗元，祥兴元年被俘后押至元大都，忽必烈亲自劝降不从而就义，有《文山诗集》。中华书局有刘文源《文天祥诗集校笺》。

王沂孙，生卒年不详，字圣与，又字咏道，号"碧山"，会稽（今浙江绍兴）人，有《碧山词》。

X

谢灵运（385—433），原名龚毅，字灵运，陈郡阳夏（今河南太康）人，东晋名将谢玄之孙，世袭为康乐公，曾任中书侍郎、黄门侍郎，有《谢康乐集》。中州古籍出版社有顾绍柏《谢灵运集校注》。

谢惠连（407—433），陈郡阳夏（今河南太康），出生于会稽（今浙江绍兴），谢灵运族弟，与谢灵运、谢朓称"三谢"，因当过法曹参军，有《谢法曹集》。

谢朓（464—499），字玄晖，陈郡阳夏（今河南太康）人，与谢灵运同族，称“小谢”。因当过宣城太守，故称“谢宣城”，后官至尚书吏部郎，与沈约共创“永明体”，有《谢宣城集》。上海古籍出版社有曹融南《谢宣城集校注》。

萧统（501—531），字德施，南兰陵郡兰陵（今江苏武进）人，梁武帝长子，即“昭明太子”，主持编撰现存最早的诗文总集《文选》，称《昭明文选》。

萧纲（503—551），字世缵，梁武帝第三子，南兰陵郡兰陵（今江苏武进）人，即简文帝，有《简文帝集》辑本。

徐陵（507—583），字孝穆，东海郡郯（今山东郯城）人，梁武帝时任东宫学士，入陈后历任尚书左仆射等，后官至光禄大夫，有《徐孝穆集》。中华书局有许逸民《徐陵集校笺》。

萧绎（508—555），字世诚，梁武帝第七子，南兰陵（今江苏常州）人，即梁元帝，自号“金楼子”，在位三年，魏军至，城破，焚藏书十四万卷，被杀，有《梁元帝集》辑本。

徐彦伯（？—714），名洪，兖州瑕丘（今山东兖州）人，官至修文馆学士，工部侍郎，有诗一卷。

薛涛（约768—832），字洪度，长安（今陕西西安）人，成都乐妓，脱乐籍后终身未嫁，存诗收于《锦江集》。

徐凝，生卒年不详，与张祜（约792—约853）年岁相当，睦州分水（今浙江桐庐）人，元和中进士，官至金部侍郎，后归乡，优悠诗酒以终，存诗一卷。

许浑（约791—约858），字用晦，润州丹阳（今江苏丹阳）人，大和六年进士，官至虞部员外郎，睦、郢二州刺史，晚年归润州丁卯桥乡居，有《丁卯集》。中华书局有罗时进《丁卯集笺证》。

薛能（约817—约880），字太拙，汾州（今山西汾阳）人，官至工部尚书，后镇守武昌时被杀，有诗十卷。

徐铉（916—991），字鼎臣，会稽（今浙江绍兴）人，南唐时与韩熙载齐名，官至吏部尚书，归宋后任散骑常侍，参与编辑《文苑英华》《太平广记》，校订《说文解字》。

谢逸（1068—1113），字无逸，号“溪堂”，临川城南（今江西抚州）人，科考不第，花间派传人，有《溪堂集》。

辛弃疾（1140—1207），原字坦夫，后改幼安，号稼轩，济南历城（今济南）人，生于金国，少年抗金归宋，曾任江西、福建安抚使，因主战被弹劾，开禧北伐后任绍兴、镇江知府，官至枢密都承旨，有《稼轩词》，存词600多首。上海古籍出版社有邓广铭《稼轩词编年笺注》。

Y

庾肩吾（487—551），字子慎，南阳新野（今河南南阳）人，与刘孝威等人号称“高斋学士”，官至度支尚书，有《庾度支集》。

庾信（513—581），字子山，小字兰成，南阳新野（今河南新野）人，庾肩吾子。在南朝梁，与徐陵同为萧纲的东宫学士，称“徐庾”，西魏时官至车骑大将军，北周代魏，任骠骑大将军，有《庾子山集》。中华书局有许逸民校点《庾子山集注》（清倪璠注）。

颜子推（531—约597），字介，江陵（今湖北江陵）人，受萧绎赏识，十九岁就为国左常侍，北齐官至黄门侍郎，有著名的《颜氏家训》。

虞世南（558—638），字伯施，越州余姚（今浙江慈溪）人，凌烟阁二十四功臣之一，历仕陈、隋两代，官至秘书监、礼部尚书，其书法尊为初唐四大家之一，有诗文集三十卷，散佚，仅存四卷，所编《北堂书钞》为唐四大类书之一。

元结（719—772），字次山，号“漫叟”，河南洛阳人，天宝六年落第后归隐，天宝十二年进士，史思明叛军，曾招募义军抗敌，代宗时任道州、容州刺史，有《元次山集》。陕西人民出版社有聂文郁《元结诗解》。

雍裕之，生卒年不详，蜀人，约813年前后在世，屡试不第，漂泊四方，存诗一卷。

元稹（779—831），字微之，洛阳人，与白居易同科及第，结为终生诗友，称“元白”，曾官至宰相后被谪，一生被贬三次，有《元氏长庆集》，存诗 830 多首。上海古籍出版社有周相录《元稹集校注》。

姚合（约 779—约 855），字大凝，陕州（今河南陕县）人，元和十一年进士，官至刑部郎中、给事中、秘书少监，有《姚少监诗集》十卷。

殷尧藩（780—855），浙江嘉兴人，元和九年进士，官至侍御史，性好山水，有诗集一卷。

晏殊（991—1055），字同叔，抚州临川（今江西抚州）人，十四岁就赐同进士出身，真宗时以户部员外郎充太子舍人，知制诰。仁宗时任集贤院大学士、同中书门下平章事兼枢密使，有《珠玉词》。上海古籍出版社有张草纫《二晏词笺注》。

晏几道（1038—1110），字叔原，号“小山”，抚州临川文港（今江西南昌进贤）人，晏殊第七子，与父合称“二晏”，官至开封府判官，有《小山词》。上海古籍出版社有张草纫《二晏词笺注》。

叶梦得（1077—1148），字少蕴，苏州人，绍圣四年进士，官至翰林学士、户部尚书，晚年隐居湖州弁山石林，故号“石林居士”，有《石林词》。

杨万里（1127—1206），字廷秀，号诚斋，吉州吉水（今江西吉水）人，著有《诚斋集》。

元好问（1190—1257），字裕之，号“遗山”，世称“遗山先生”。太原秀容（今山西忻州）人，金宣宗兴定五年进士，官至知制诰，金亡后被囚数年，晚年回乡不仕，有《元遗山全集》。中华书局有狄宝心《元好问诗编年校注》。

虞集（1272—1348），字伯生，号“道园”，成都仁寿人，成宗时为国子助教、博士，仁宗时为翰林待制，文宗时为奎章阁侍书学士，元诗四家之一，有《道园学古录》《道园类稿》。

杨慎（1488—1559），字用修，号“升庵”，四川新都（今成都新都）人，明正德六年状元，官翰林院修撰。嘉靖三年，谪戍于云南永昌卫，在滇三十年博览群书，有《升庵集》。

Z

张衡（78—139），字平子，南阳人，与司马相如、扬雄、班固并称汉赋四大家，官至太史令、河间相、尚书。有《张河间集》。上海古籍出版社有张震泽《张衡诗文集校注》。

左思（约250—305），字太冲，齐国临淄（今山东淄博）人，官至秘书郎，为“金谷二十四友”重要成员，有《左太冲集》。

张协（？—307？）字景阳，安平（今河北安平）人，在成都王司马颖手下任中书侍郎，转河间内史，后辞官隐居不仕，有集四卷，已佚。

张说（667—730），字道济，洛阳人，永昌元年进士，中宗时任工部、兵部侍郎，弘文馆学士，睿宗继位后任相，曾三次为相，有《张燕公集》。

张九龄（678—740），字子寿，韶州曲江（今广东韶关）人，中宗景龙初年进士，开元年间名相，有《曲江集》。中华书局有熊飞《张九龄集校注》。

张继，生卒年不详，与刘长卿同时代，字懿孙，襄州（今湖北襄阳）人，约天宝十二年进士，官至检校部员外郎，有《张祠部诗集》一卷。

张志和（732—774？），字子同，号“玄真子”，婺州金华（今浙江金华）人，十六岁考取进士，肃宗时任翰林待诏、左金吾卫录事参军等，后弃官归隐，号“烟波钓徒”，有《玄真子》。

张籍（约766—约830），字文昌，和州乌江（今安徽和县）人，韩愈大弟子，乐府诗与王建齐名，称“张王乐府”，官至国子博士，